牵着蜗牛散步——

——著

蜗牛看西游 ❷

解读取经路上的
江湖迷局

作家出版社

图书在版编目（CIP）数据

蜗牛看西游.2，解读取经路上的江湖迷局／牵着蜗牛散步著. -- 北京：作家出版社，2020.6

ISBN 978-7-5212-0901-3

Ⅰ. ①蜗… Ⅱ. ①牵… Ⅲ. ①《西游记》研究

Ⅳ. ①I207.414

中国版本图书馆CIP数据核字（2020）第041953号

蜗牛看西游2：解读取经路上的江湖迷局

作　　者：牵着蜗牛散步

插　　图：黄智臻

责任编辑：杨兵兵

装帧设计：奇文雲海Chival　IDEA

出版发行：作家出版社有限公司

社　　址：北京农展馆南里10号　　　邮　　编：100125

电话传真：86-10-65067186（发行中心及邮购部）

　　　　　86-10-65004079（总编室）

E-mail:zuojia@zuojia.net.cn

http://www.zuojiachubanshe.com

印　　刷：三河市北燕印装有限公司

成品尺寸：147×210

字　　数：234千

印　　张：10.5

版　　次：2020年6月第1版

印　　次：2020年6月第1次印刷

ISBN　978-7-5212-0901-3

定　　价：39.00元

目 录

妖怪众生相：心中有魔，满眼是妖

代序

卖木求书

一

人们常说知识改变命运，但有时命运却影响着对知识的获取。

20世纪七八十年代，读书，对大城市的儿童来说，是一件非常容易的事，但对偏远山区的穷孩子，却是难上加难。

在我小的时候，农村普遍贫穷，而我家因种种原因，更是吃了上顿没下顿，因此，读书成了一件十分奢侈的事。每到新学期，父亲都要为我们姐弟的学费发愁，我也记不清有多少次因欠学费被老师赶到教室外站着听课。偏偏到了小学五年级，已经识得一堆字的我疯狂喜欢上了阅读，看着其他同学花花绿绿的故事书，眼馋得不得了。

一次放学后，我把割猪草的背筐一扔，一定要父亲先答应给我买一本《十万个智斗故事》，才愿意去干农活。父亲瞪了我一眼：你没发烧吧，家里哪还有钱给你买书？

我说我不管，我就要故事书！

那天，从没打过我的父亲狠狠打了我一顿。我抽噎着哭了一晚上，第二天早饭都没吃就去上学了。我用这种幼稚的方式"对抗"着父亲。

原以为这事就这么过去了，忽然有一天，父亲叫住了我，说道："星期天我和你表叔要去钟祥卖木头，你扛一根去吧，卖的钱给你买书。"

"真的?"我听闻喜出望外。

"真的!"父亲说。

钟祥是邻县一个镇，有一个热闹的木材市场。父亲和村民常把山里被风吹断的树木砍了，扛到钟祥卖钱。我们姐弟的学费，多数是这样凑来的。但从我家到钟祥，来回上百里路，要走将近十个小时，而且有很长的一段路在悬崖边，再加上木头也卖不了几个钱，所以稍有点门路的人，都不会去挣这个辛苦钱。

但我当时满脑子都是新书，对路途的艰险根本没放在心上。

二

星期六的晚上，父亲给我选好了一根看起来不大，但是很沉的柏木。为防止把我幼嫩的肩膀磨破，他特意在木头中段包了一层报纸。凌晨4点，父亲就把我叫醒了，我们三人顶着满天星斗出发。

前二十里路，全部是田间小道。稻叶和野草上的露水，很快就把裤角打湿，破烂的胶鞋也穿不住了，因为鞋里进了水脚下打滑，只得打着赤脚走路。

走完稻田路，就开始爬坡上坎。在一个悬崖嘴，我肩上的柏木不小心碰到一块突出的大石，我身子一下子失去平衡，连人带木就往悬崖下摔，幸亏我一把抓住旁边的小树。重新站稳后，我的脸变得惨白。

屋漏偏逢连阴雨。路过一户人家的时候，一条恶狗猛地冲出来，直直地冲着我扑来，狠狠地咬了我的小腿一口，鲜血顿时染红了裤脚。柏木从肩上摔下来，我坐在地上哇哇大哭，怎么也不肯走了。父亲赶跑了恶狗，拈地上的干土给我止住血，说："那怎么办？不可能让你在这儿等我们啊？"

我只好再次扛起木头，一瘸一拐地上路。

快到11点时，我们接近了钟祥。路上不断有木材贩子问价，但我肩上那根柏木，却无人问津，显然是嫌短了细了。我的信心不断受到打击，心想，要是柏木卖不出去怎么办？是不是还得扛回去啊？

终于，有人问我的柏木怎么卖了。父亲说了一个价，那人连连摇头："这根木头我拿来用处也不大，最多给一元。"父亲说："娃儿扛了那么远的路，给一元也太少了吧？"

那人看了一眼正眼巴巴望着他的我，说："这么小的娃儿，你也忍心让他扛木头……最多添五角！"此后任父亲磨破嘴皮，他也不松口。父亲看我实在走不动，只好答应卖了。

但那人仔细检查柏木后，却不要了："中间这么大一个朽洞，连桌腿都做不了，我拿来没用啊！"

柏木重新扛在我红肿的肩上，顿时变得重若千斤。我的眼泪再也忍不住了，一路洒在烈日下的尘土中。

到了集市，父亲和表叔的柏木先后被人买走，而我那根柏木可怜巴巴地缩在一角，始终没人理睬。父亲陪着我蹲在柏木后面，我们用期待的眼神看着每一个走近的小贩。可是直到散场，柏木都没卖出去。

父亲无奈地扛起那根柏木说："走，吃饭去。"

我没动，我还想着那本书。

父亲明白我的心思，说："我们把木头存在一个地方，明天再来卖了买书。我兜里的钱是给你奶奶买药的，不能乱花。"

我哇的一声哭了！

父亲终于失去了耐性，说："要不你扛着木头到书店去，看人家换不换书给你！"

父亲其实只是一句气话，但当时的我却认为真的可以这样换书，于是高高兴兴地扛着这根柏木，往对面的书店走去。

这么多年，我一直记得当时的场景：卖书的阿姨看着一个穿着破烂、肩头红肿的小孩扛着一根长长的柏木来换书，先是吃惊，然后红了眼圈，不仅把书换给了我，还送了我半根油条。

三

此后的日子，我又扛着柏木跟父亲跑了几次钟祥，不过再也没出现卖不出去的窘况。虽然每次回家还要光脚走四十多里山路，但边看书边走路，一点儿也不觉得累。

往往还没到家，这本书就看完了。虽然第二天感到浑身酸疼，可仍期待着下次钟祥之行。

小学毕业时，我从那位卖书的阿姨手里买了一大摞《十万个智斗故事》，当然，幼嫩的肩上也增添了厚厚的茧疤。

今天的孩子，无法理解七八十年代农村孩子无书可读的悲哀。记得有一次放牛，我在垃圾堆里捡到半本小说（没有封面、开头和结尾），如获至宝，反反复复读了好多遍，多年后，才知道它叫《四世同堂》。

读初中时，同学家里有一套金庸小说《倚天屠龙记》，要借得到他家里去取。来回五公里山路，还得替他承包一周打扫教室的任务。放学后，我打扫完教室去他家，边读边走回家时，天已黑尽，而此时我连中午饭也没吃。晚上，又打着手电在被窝里看到深夜。这种读书的快乐，是无以言表的。

书读得多了，便开始尝试写些东西。终于有一天，文章变成铅字出现在了报纸上。记得我领到人生第一笔稿费十二元通知单时，激动得一天没吃饭，一晚上没睡着（真的吃不下、睡不着），血往上冲，幸福得直发晕。

正如一位名人所说的，知识是走向成功的阶梯。我靠着读书，走出了山区；靠着一支笔，有了今天的成就。

四

二十多年过去了，我国物质生活水平大大提高，买书早已不用跑那么远的路，只需在手机上点两下，第二天快递员就能送到家门口。

甚至都不用买书，无论什么样的文章，网上总能搜索到免费版，不花一分钱，就能读到作家们熬更守夜写出来的作品。

读书越来越容易，可读书的人却越来越少。大家似乎都挺忙：小学生忙着补课，中学生忙着应考，大学生忙着找工作，上班族忙着赶地铁……每天这么累，哪有时间读书？好不容易有点儿零碎时间，那就打开手机刷刷短视频吧，顶多看看搞笑段子。

读书，成了一种沉重的负担。相信很多人买回去的新书，落满了厚厚的灰尘也没读完。

文学青年成了愣头青的代名词，单纯的实体书店难以继续，写书的，比看书的还多。

记得有次参加一位作家的新书发布会，他不停地作揖感谢大家读他的文章。在我小的时候，是读者鞠躬感谢作家们奉献了精神食粮。

不过，我们还是要感谢这个时代。

如果没有购书网站，相信很多人还会像我当年一样卖木求书；如果没有媒体平台，相信我写的"西游"系列文章，读者也很难看到；如果没有网络评论，我也不能及时听到大家的批评意见，有针对性地弥补自己的知识缺陷……

网络改变着大众，也改变着作家。

正因为有粉丝们每天的督促，让我坚持三年解读《西游记》，每天更新文章雷打不动；正因为有粉丝在网上留言鼓励，让我坚持写了五百多万字获得全网十亿点击；正因为为了方便读者网上阅读，我改变了以往的沉重文风，尽量用通俗易懂的语言解读深奥的道理。

时代在变，作家也必须变。唐诗衰落了，有了宋词；宋词没落了，有了元曲；文言文生涩，才催生了白话文。网络平台的兴起，给文学提供了一种新的思路。

但不管文体怎么变，载体怎么变，阅读习惯怎么变，文化传承不能变。

从2015年11月开始，我陆续在自媒体号"蜗牛看西游"上写了两千多篇文章，其中精品深度文二百多篇，2018年年初由作家出版社出版了第一本实体书《蜗牛看西游：揭秘取经背后的五十个谜团》，赢得了读者的喜爱，销量喜人。

在粉丝们的催促下，决定推出第二本新书。这里面的内容，同样经过了反复修改补充，以及出版社专业编辑的校正审核，比公众号上的网文更加丰富更加严谨。此外，每篇文章后还增添了网友留言，相信不少粉丝能从中找到自己的名字。在此，对作家出版社以及这些热情留言的网友表示感谢。

需要特别说明的是，蜗牛在引用原著时，以人民文学出版社出版的《西游记》为准，即便是通假字，也原样保留。关于佛道相争的内容，仅限于西游世界，与现实中的佛教道教无关，请勿对号入座。

仙佛众生相

菩萨妖精，一念之间

观音最亲密的人

一

许多读者以为，观音是如来最忠心的部下，也是最亲密的战友，她最关心的，是孙悟空。

但仔细读原著后，你就会发现，观音与如来的交集，仅限于取经工程，其他时间，基本都是公事公办，生活上并无过多接触。

原著第八回，如来准备找一位中层领导前去长安寻取经人，观音主动请缨，如来大喜：你办事，我放心。

除此之外，基本就是她汇报，如来听着；如来做指示，她抓好落实。

对孙悟空，观音的态度则相反，是一种师父对徒弟的感情，有一种居高临下的感觉。即使在孙悟空成佛之后，他们的关系，也不可能"战友战友，亲如兄弟"，始终不在同一条线上。

但是，对天庭的一位神仙，观音的表现就活泛多了。他们相互之间开展了多次亲密互动，这种互动，甚至超越了革命战友的界线。

而且这位神仙，居然不是佛教中人，而是三清之一的太上老君！

二

原著第六回，观音兴致勃勃地来到天庭参加蟠桃会，结果发现豆沙馅的月饼没有了，蟠桃只剩下小小的几个，有的还带着牙印。一问，被告知：好蟠桃都让猴啃了！

走出宴会厅，外面乒乒乓乓打得正凶，孙悟空与十万天兵大战。玉帝和众神一边吃月饼一边欣赏5D猴戏电影。

遗憾的是，十万天兵放水严重，孙悟空越战越勇，看来天兵们只出工不出力。玉帝自然不高兴。

观音一眼就看出其中玄机，合掌启奏："陛下宽心，贫僧举一神，可擒这猴。"观音推荐的人是二郎神。

若在以前，玉帝是不可能召二郎神回来参加猴戏的，因为玉帝从未把孙悟空放在心上，二郎神才是他的心头之患。但这次他却很爽快地答应了，派了大力鬼王去宣召。

请大家注意这个大力鬼王！要知道，鬼王既不是神，也不是人，是鬼又不住地府，还不归阎王管，这鬼王一派可不简单！

以孙悟空民办学校的文凭，是想不出"齐天大圣"这样高大上的称呼的，这四个字就是两个独角鬼王的贡献。是他们的唆使，才拉开了孙悟空第二次大闹天宫的序幕。

可见，观音举荐二郎神很有深意，玉帝召见二郎神同样不简单。

结果，二郎神来了，仍没把孙悟空制伏。这时，观音与太上老君展开了一段意味深长的对话。

　　菩萨道："我将那净瓶杨柳抛下去，打那猴头；即不能打死，也打个一跌，教二郎小圣好去拿他。"老君道："你这瓶是个磁器，准打着他便好，如打不着他的头，或撞着他的铁棒，却不打碎了？你且莫动手，等我老君助他一功。"菩萨道："你有什么兵器？"老君道："有，有，有。"捋起衣袖，左膊上取下一个圈子，说道："这件兵器，乃锟钢抟炼的，被我将还丹点成，养就一身灵气，善能变化，水火不侵，又能套诸物；一名金钢琢，又名金钢套。当年过函关，化胡为佛，甚是亏他，早晚最可防身。等我丢下去打他一下。"

正因为这一击，让孙悟空跌了一跤，被二郎神轻易捉住。

我们都知道，观音的净瓶是产于上古时代的古董，怎么可能像普通瓷器一样一碰就碎呢？再说，要收拾孙悟空有多种手段，观音何须碰瓷？她这样做，明显是逼老君出手。

老君呢，也回答得巧妙，同意出手，可偏偏补一句：我这金钢琢非凡品，当年化胡为佛多亏了它。

蜗牛曾经说过，这"化胡为佛"其实是贬低佛教的。因此，两人第一次交际，就暗藏锋芒，一个批评对方故意放水，一个讽刺你是我晚辈。

但这种交锋是温和性的，有点小调侃的意味。

三

他们的另一次交往，更是可以用调笑来形容。

孙悟空把镇元子的人参果树推倒，找到观音求助。观音说，你怎么不早点儿来找我？用我净瓶里的水就可以治好啊。

行者问："可曾经验过么？"菩萨道："经验过的。"行者问："有何经验？"

菩萨道：

"当年太上老君曾与我赌胜：他把我的杨柳枝拔了去，放在炼丹炉里，炙得焦干，送来还我。是我拿了插在瓶中，一昼夜，复得青枝绿叶，与旧相同。"

从这段可以看出，两人关系亲密无间，没事时就打赌玩：太上老君把观音的杨柳枝拔去放在炼丹炉里烤，观音拿回来插在瓶中等它复苏……关系不深，根本不可能这样干。

除了小赌怡情，太上老君还不断给观音送东西。

在朱紫国，观音坐骑金毛犼下凡为妖，孙悟空把铃铛偷走才制伏他。观音下来领人时，还不服气地对猴子说：如果不是偷走了铃铛，你拿他也没办法。

这铃铛哪来的？太清仙君道源深，八卦炉中久炼金。结就铃儿称至宝，老君留下到如今。

原来，铃铛竟然是太上老君打造的。

肯定是有次两人聊天，观音说我这野兽牌越野车好是好，但没有装饰品。老君一拍胸脯，此事交给我。于是连夜加工完成，亲自送到观音府上。

太上老君为观音送礼物，观音为太上老君送东西了吗？送了！

老君手里有一个玉脂净瓶，被金角大王偷下界，差点儿把孙悟空装进去了。太上老君有一个紫金葫芦，比这玉脂净瓶厉害得多，他何必多此一举再打造这样一个瓶子？

更关键的是，这玉脂净瓶与观音的净瓶一模一样，完全就是一个翻版纪念品！

难怪有人说，玉脂净瓶其实就是观音送给老君的礼物。

四

两人的交往还不仅限于打赌送东西。

在平顶山，孙悟空遭遇金角大王银角大王，刚要把他们灭掉，太上老君就来要人。孙悟空心里自然不舒服，责怪老君犯了管教不严之罪，太上老君却说：

> "不干我事，不可错怪了人。此乃海上菩萨问我借了三次，送他在此托化妖魔，看你师徒可有真心往西去也。"

取经工程是佛教的头号工程，观音要找人扮妖，还不是一抓一大把，何必三次向太上老君借人，真的是缺群众演员的盒饭钱？

太上老君不仅借了弟子，还让他们带了五件法宝下界捣乱，金角、银角是取经路上拥有法宝最多的妖怪。

一件法宝就让孙悟空狼狈不堪，更何况五件法宝！其中还包括芭蕉扇和玉脂净瓶，甚至把裤腰带（幌金绳）也交给了他们。

看看太上老君的支持力度有多大！

——先不忙鼓掌！

借东西应该算是观音的"绝对隐私"吧？太上老君怎么可以告诉当事人孙悟空呢？这不摆明观音把孙悟空当猴要吗？

太上老君话音刚落，孙悟空果然大怒：

> "这菩萨也老大悫懒！当时解脱老孙，教保唐僧西

去取经。我说路途艰涩难行，他曾许我到急难处亲来相
救。如今反使精邪指害，语言不的，该他一世无夫！"

活该一世无夫，这是多么重的诅咒！可见，孙悟空已不爽到
了极点。

五

太上老君泄露观音秘密，是无心之过，还是有意为之？

按理说，以他们的亲密关系，该说的才能说，不该说的坚决
不能说，太上老君不会连这个道理都不懂！

可见，老君另有意图。

在以往文章中，蜗牛给大家分析过，如果太上老君要灭孙悟
空，那是分分钟的事。在猴子大闹天宫时，只需把金箍棒收回，
他马上就会失去战斗力，还闹什么天宫！

只要老君愿意，金钢琢随时可敲死孙悟空，也能套走金箍
棒，怎么可能只让猴子跌一跤那么简单！

所以，太上老君并不想孙悟空死，还故意助他打入佛教
系统。

在平顶山，太上老君把这个秘密告诉孙悟空，其实就是提醒
他：取经工程就是一场游戏，你必须要有自己的立场。

老君的这次泄密，导致孙悟空从此打怪不积极，甩两棍子就
到处探后台搬救兵。

六

从这个故事我们可看出，很多小道消息不是别人传出去的，而是先从自己嘴里透出来的。

有些人相信"把快乐讲给别人听，就有两个人得到了快乐；把悲伤讲给别人听，痛苦就减少了一半"，但这要看另一个人是谁。

你把快乐讲给有忌妒心的人听，不亚于让别人增加了一倍痛苦；你把悲伤讲给品德不好的人听，除了得到幸灾乐祸，还能有什么？

最可怕的是，你讲给了朋友听，再三叮嘱"我只告诉你一个人，千万不要告诉第三人"，而朋友又讲给了自己的朋友听，依然是"我只告诉你一个人，千万不要告诉第三人"……

朋友的朋友未必是你的朋友，于是消息便这样传开了，再添油加醋反扑到你这里来：你的快乐，在领导耳中就成了自大的表现；你的悲伤，就领导看来是爱抱怨、进取心不够！

最终，你被自己所伤。

天下没有不透风的墙，但这风很多是你自己先刮起来的。

对观音来说，当初跟亲密战友太上老君借人时，肯定再三叮嘱：此事千万不要告诉猴子。太上老君也肯定给她保证：我对着太阳发誓，绝不告诉第三人。

但最终的结果是，三界之中连蜗牛都知道了！

当然，以上仅限于一般智商的人。

而高智商的人呢，则故意放出假消息，让好朋友的好朋友的好朋友传，当然也不忘加上"千万不要告诉第三人"，最终利用"小道消息"达到自己的目的。

这种做法，有个专业术语叫炒作！这已经成了娱乐圈常用的套路。

所以，对观音来说，她是不是故意放出这个消息，让猴子摆正自己位置，还真不好说！

个人意见，太上老君那句话不是泄密。凭借蜗牛以上所言，我们可以看出老君和观音的友谊深厚，两人互相送东西给对方，没事调侃对方，如现实中的好兄弟，不应该存在把兄弟的小秘密说给外人听的可能。所以，很大概率是观音故意而为，就是要告诉你这是个游戏，考验你能不能走下去，不走的话，肯定会找各种借口再压你五百年。这叫不能为我方提供动力的都是阻力。

——今夜月光不太冷

为何东土没有妖怪？

一

原著第八回，西天召开了第×届第×次盂兰盆会。待大家瓜子花生吃得差不多了，如来清了清嗓子，发表了重要讲话——

　　"我观四大部洲，众生善恶，各方不一……我西牛贺洲者，不贪不杀，养气潜灵，虽无上真，人人固寿；但那南赡部洲者，贪淫乐祸，多杀多，正所谓口舌凶场，是非恶海。我今有三藏真经，可以劝人为善。"

这次会议之后，取经工程正式启动。

但是，当观音千里迢迢来到长安找到唐僧，唐僧再经历千辛万苦组团到灵山取经时，我们惊奇地发现，九九八十一难中，差不多所有的妖怪都来自西牛贺洲如来的地盘，而以东土大唐为代表的南赡部洲，只有三个妖怪盘踞在边界上，而且还有偷渡的嫌疑。

除了妖怪扎堆西牛贺洲，如来地盘上的群众也没有幸福感，反而更向往东土大唐！

在原著第九十一回，唐僧到达天竺国外郡金平府慈云寺时，他刚表明身份，寺里和尚马上倒身下拜行大礼。唐僧问缘由，和尚答道：

> "我这里向善的人，看经念佛，都指望修到你中华地托生。才见老师丰采衣冠，果然是前生修到的，方得此受用，故当下拜。"

看看，西牛贺洲的人习经念佛的目的是什么？居然是想到大唐拿绿卡！就像有些人向往美国，而美国的群众想到我们大中华来一样，这不是狠狠打如来的脸吗？

更奇怪的是，在原著第二十回，唐僧快到黄风岭的时候，遇到一个老头，听了唐僧的行程，老头马上摆手摇头道：

> "去不得，西天难取经。要取经，往东天去罢。"

东天，就是东土，南赡部洲大唐地界。这不懂事的老头居然说西天的经不好取，还不如到东土取经。这又是啥意思？

当着众徒的面，堂堂佛祖为何要撒谎？

作者这样写，是喝了小酒疏忽了，还是另有深意？

二

很多人以为，西游里的妖就像今天的亡命之徒一样，哪里黑哪里歇，哪个地方能发财就往哪里跑。

其实西游中的妖都划分了地盘，绝不会玩跨界，他们很讲业界良心。

在原著第二十七回，白骨精连续两次都没有抓到唐僧，不禁有些慌了，自言道：

> "这些和尚，他去得快，若过此山，西下四十里，就不伏我所管了。若是被别处妖魔捞了去，好道就笑破他人口，使碎自家心，我还下去戏他一戏。"

看看，白骨精最担心的不是没吃到唐僧肉，而是唐僧过了这个界被别的妖精吃了，自己反遭同行笑话。

唐僧西行遇到的第一拨妖怪在哪里？大唐山河边界处的双叉岭。这个地方名义上还是大唐的地盘，却是南赡部洲与西牛贺洲的交界处（边线划在五行山的中间），没有兵马驻防，只有普通猎户在此求活。

唐僧带着两个随从，也是新收的徒弟来到这里，立刻被老虎精抓住。老虎精还邀来野牛精、熊罴精，咔嚓咔嚓把两个随从吃了，然后就不知所终。

天亮的时候，太白金星出现，用手一指，捆绑唐僧的绳子就断了，然后告诉他：兄弟，大胆地往前走，前面有更厉害的徒弟等着你。说完也不见了。

因此，可以推测，这三个妖精也是从西牛贺洲越界过来，专为了吃掉唐僧新徒弟！正如蜗牛在以往文章中写的那样，不是谁都有取经资格，两个草根徒弟必须死，而且要死在孙悟空前面。

试想，如果唐僧收了孙悟空，这两个老徒弟怎么办？谁也不能眼看着他们被妖怪吃吧？到了西天，如来要不要给这两名凡人功果呢？给不好，不给也不好，既然这么麻烦，干脆派三个妖怪越界干掉他们算了。

也有人指出，这是让唐僧从三心二意变成一心一意。没有背景的随从，就成了必须被干掉的"二意"。

三妖之后，唐僧遇到的所有妖精，都出现在西牛贺洲了。首先登场的，居然是观音连锁宾馆旁边的黑熊精。双叉岭有个熊罴精，这里又有个黑熊精，说他们没有关系，真不知要费多少口舌别人才信！（况且黑熊精莫名被观音带到落伽山，轻松得了正果。）

然后，来自如来身边的黄风怪登场，他吹了一嘴黄风，就像集结号一样，把取经路上的好多妖精都吹下了凡。

从此，唐僧团队就开始了打怪升级模式，没背景的妖基本都死了，有背景的妖基本都被收走了。

回到刚才的问题，这些妖精为何不敢到大唐地界搞事情？如果要吃唐僧肉，应该埋伏在江洲，等小唐僧一生出来就吃；或者潜伏在那条河里，等唐僧母亲把小唐僧漂浮过来，中途截和直接拉走，这多省事，何必在西牛贺洲等着挨孙悟空的铁棒呢？

三

看完原著，我们就会找到答案。不是妖怪们不想跑到南赡部洲搞事，而是东土有一个大神压阵，连如来都轻易不敢惹。

他是谁呢？真武大帝！

我们来翻翻这位猛人的档案。

> 姓名：真武大帝
> 又用名：玄天上帝、玄武大帝、佑圣真君玄天上帝、荡魔天尊、玉虚师相、九天降魔祖师、无量祖师等
> 职位：北极四圣之一
> 出生地：净乐国净乐宫
> 父母：净乐国王、胜善皇后
> 本源：太上老君八十二次化身
> 居住地：武当山

从这份档案就可看出，真武大帝是太上老君第八十二次化身（见《道经》），托生于净乐国，从十岁开始，就树立远大理想——除尽天下妖魔，最终成为三界闻名的荡魔祖师。

《道经》记载：他身长百尺，披散头发，金锁甲胄，脚下踏着五色灵龟，按剑而立，眼如电光，身边侍立着龟蛇二将及记录着三界功过善恶的金童玉女。

在民间，也有小报记者说他是盘古之子，生有炎黄二帝，曾降世为伏羲。总之，荡魔祖师在屠妖界赫赫有名。

荡魔祖师的名头有多大？连猪八戒都害怕！在高老庄时，孙悟空变成高翠兰去调戏他，说父亲请了高人来收妖，他却冷笑一声：

"我有天罡数的变化，九齿的钉钯，怕什么法师、和尚、道士？就是你老子有虔心，请下九天荡魔祖师下界，我也曾与他做过相识，他也不敢怎的我。"

在猪八戒心目中，九天荡魔祖师就是收妖界最厉害的神了。他说这话时，其实心里也是发虚的。

西牛贺洲的妖精们尝试过到南赡部洲发展业务吗？当然有！只是很不幸，全被真武大帝打死或赶跑了。

在原著第六十六回，如来接班人弥勒佛的秘书黄眉老怪，用弥勒佛的人种袋把唐僧及众神抓了起来，孙悟空打不过，第一个就想到真武大帝。他驾云到武当山，找到了荡魔天尊，说明了来意。天尊却告诉他：

> "我当年威镇北方，统摄真武之位，剪伐天下妖邪……今日静享武当山，安逸太和殿，一向海岳平宁，乾坤清泰。奈何我南赡部洲并北俱芦洲之地，妖魔剪伐，邪鬼潜踪。……我谅着那西路上纵有妖邪，也不为大害。"

从他的话可知，曾有许多妖想到南赡部洲找碗饭吃，但都被天尊收拾了。如今有他坐镇南赡部洲，没有谁敢冒头，只要敢冒头，老虎苍蝇一起打！

他为何不接受孙悟空邀请，到西牛贺洲灭妖呢？有两个原因：第一，那是如来的地盘，他不便插手；第二，黄眉老怪是如来接班人的秘书，他不愿得罪。所以，他只是派了两个部下敷衍孙悟空，去了刚念台词就被抓起来领了盒饭。

四

除了真武大帝，东土大唐还有一位猛人。谁？魏征！

别看他只是一名凡人，人家还有一个身份：天庭刽子手。泾河龙王的头就是他砍的。连神仙都敢砍，何况妖魔？

此外，魏征在地府也有很深的关系。李世民被十王拉到地府对质，魏征硬是托关系，不仅将李世民平安救回，还增加了二十年寿命。

妖怪去了南赡部洲，要是落在他手里，不是被弄到天庭砍死，就是被弄到地府判个永世不得超生，谁还敢去？

除了魏征，还有袁天罡、李淳风等猛人，他们都是手眼通天的人物，妖怪想要在他们眼皮底下生存，也非常艰难。

最关键的是，东土的群众最善于吃，流传了很多捕猎和烹饪之法，很多外来物种都被吃光了，成了珍稀物种。那些妖怪赶来，可能还没吃到唐僧，就被群众吃得连骨头渣都不剩。

因此，妖怪们心想，还是混在如来身边比较安全，顶多挨两棒子；到了南赡部洲，死了可能连块碑都没有。

回到刚才的话题，既然西牛贺洲比南赡部洲妖怪多，如来为何还猛夸自己的地盘呢？其实他想说明一个道理：有时人比妖更可怕！

妖，他还可以划个边界，设些条条框框管起来，而东土的人完全不按套路出牌，连他都搞不定，所以，才需要送佛经去教化。

可是，让他万万没想到的是，在《后西游记》中，佛经送到东土之后，却成了某些人敛财蛊惑人心的工具，他们的胃口比妖大多了，而且还不怕真武大帝。唐僧不得不寻找接班人，再次到西天取真经。

外来的经真的管用？唐僧心中肯定也没底。

我感觉这些远古的神仙都是外星人，盘古开着宇宙飞船带着女娲他们坠落在地球，引发了海啸，浇灭了当时爆发的火山。女娲补天其实补的是宇宙飞船，《山海经》里面的神兽都是从宇宙飞船里面逃出来的外来生物。女娲做了基因试验，造就了新一代的生物，包括人类。

——壹先生

谁挡住了孙悟空暴打玉帝？

一

在央视82版《西游记》电视剧（注：指杨洁导演1982年开机，中央电视台1986年播出的《西游记》电视剧。有时也称86版《西游记》）中，孙悟空从太上老君的八卦炉里逃出来，直接冲进灵霄宝殿，众神竟无人能挡，最后玉帝被打在桌底下，伸出左手高喊："快请西天如来佛祖！"

原著真是这样的吗？当然不是，孙悟空连灵霄宝殿的门都没跨进半步。

孙悟空之所以没打进灵霄殿，是因为刚到门口，就被一小神挡住了。这小神既不是什么大咖，也不是什么大腕，只是一个不入流的小角色。

只有他挺身而出，以一己之力挡住了狂怒的猴子。最后，打斗声惊动了玉帝，才传旨让游奕灵官和翊圣真君上西天请如来除妖。

但是，在最后的表彰总结大会（安天大会）上，那些躲藏的大神纷纷现身领奖状、啃蟠桃，而这名小神却没资格入会场，连提名奖也没拿到一个。

这是为何呢？

二

我们先来看原著。

第七回，太上老君把孙悟空关在八卦炉里炼了七七四十九日，心想，就是老牛排骨都炖熟了吧？于是揭开盖子，吹口烟，往里细看。

哪知孙悟空此时正揉着眼睛，揩着鼻涕，听得炉头声响，猛睁开眼，见有人头晃动，忍不住将身一纵，跳出丹炉，嗯喇一声，蹚倒八卦炉，往外就走。

慌得那架火、看炉与丁甲一班人来扯，都被他一个个放倒，好似"癫痫的白额虎，风狂的独角龙"。太上老君一看势头不对，赶上去抓一把，却被孙悟空扯了个倒栽葱。

然后，孙悟空从耳中拿出金箍棒，迎风幌一幌，见人就打，见东西就砸，直闹得"九曜星闭门闭户，四天王无影无形"。

蜗牛在以往的文章中分析过，这并不是说孙悟空有多厉害，而是太上老君等大神放水而已。且不说老君没收他的金箍棒，就是随便从后院牵一青牛来，就能把孙悟空打趴（在金兜洞，青牛精就把孙悟空整得很惨）。

三

想打的打不赢，打得赢的不想打。

孙悟空就这样势不可挡，一直打到了灵霄宝殿门口，眼看就要冲进去，把玉帝老儿打到桌底下。在这关键时刻，一小神跳将出来了，大喝一声——

"泼猴何往！有吾在此，切莫猖狂！"

两人一阵狂斗，居然未分胜负。随后，圣佑真君调来三十六员雷将，和他一起把孙悟空围在中间，孙悟空就再难前进一步，一直到如来过来。

如来到达之后，对大家说，你们辛苦了，下去喝口水休息吧，让老僧来对付他。这时，该小神才坐在墙角休息。

他究竟是谁？原著中有说明：佑圣真君的佐使王灵官。他今天正好执殿（值班），于是拼死把孙悟空拦住了。

四

这王灵官是个什么人物？他是道教的护法镇山神将，同二郎神一样，长着三只眼。

关于王灵官的来历，明清时期的神仙传记有记载，他原名叫王恶，是湘阴浮梁地区一个庙神。同观音菩萨的宠物鲤鱼精（灵感大王）一样，喜欢吃童男童女。

西河第三十代天师虚靖真人的弟子萨守坚听说此事后，非常生气，于是化飞符引来一场大火，把他的老巢烧了，也把王恶烤熟了（以至于他的塑像都是赤红色的）。

王恶自然不服，于是向天庭告状（居然恶人先告状）。玉皇大帝也很神，赐他一只慧眼和一根金鞭，准许他天天隐身跟着萨真人，只要发现萨真人有过错，就可杀之报仇。

但十二年过去了，王恶用三只眼天天盯着萨真人，居然连一件错事也没发现。

这下，王恶服气了。跟到闽中后，王恶硬要拜萨真人为师，甘愿当他的跟班和小弟。萨真人即为他改名王善，并奏告天庭，录为灵官。

从王灵官的来历，我们可看出，他就是一个没啥心机、从黑道转红道的愣头青。所谓灵官，其实就是保安小队长。

五

正因为缺少心机，所以他并没看透孙悟空为何能从八卦炉里逃出来，也没弄明白为何众神都挡不住孙悟空。

太上老君何许人物？西游中道教最高顾问、众神心中的精神领袖。他专门把孙悟空要去，炼了七七四十九日，最后不仅没炼死，还友情赠送了一双火眼金睛，这正常吗？

更不正常的是，孙悟空一扯他，他居然跌了个倒栽葱（老君赶上抓一把，被他一摔，摔了个倒栽葱，脱身走了）！

其他道教神仙一看，老君都被猴子弄个倒栽葱，要是我等把猴子擒住了，那不是显得我们比领导还能干？这可万万使不得！

于是，他们要么跑掉了，要么假装"哎哟哎哟"蒙着脑袋倒在地上。这就是为何孙悟空一路打过来，发现"九曜星闭门闭户，四天王无影无形"的真正原因。

但王灵官不明白，心想，你们都不行，看我的！于是挥鞭就上了，最后居然同孙悟空打了个平手，他心里还沾沾自喜：这猴子也不怎么样嘛。

但是，也不排除王灵官心眼活泛，因为这天是他值班，万一玉帝被猴子暴揍了一顿，他的黑锅肯定背定了！最后责任追查下来，他还当什么保安，卷铺盖回去当庙神吧。

六

不管怎么说，王灵官挡住了孙悟空，至少也得立个二等功吧？
错了！！！
在天庭隆重召开的表彰总结大会上，获奖名单是这样的——

　　玉帝传旨，即着雷部众神，分头请三清、四御、五老、六司、七元、八极、九曜、十都，千真万圣，来此赴会，同谢佛恩。又命四大天师、九天仙女，大开玉京金阙、太玄宝宫、洞阳玉馆，请如来高座七宝灵台，调设各班坐位，安排龙肝凤髓，玉液蟠桃。

蜗牛看了好几遍，都没找到护法王灵官的名字。

后来，王母带了一帮美女过来助兴，寿星老头、赤脚大仙也来了。赤脚大仙可能没接到邀请，心头还有些不爽，酸溜溜地对如来说："深感法力，降伏妖猴。无物可以表敬，特具交梨二颗，火枣数枚奉献。"

大家为何都选择性地忘了王灵官呢？

对太上老君等大佬来说，这王灵官是个不懂事的家伙：我们都很傻，就你娃聪明！下次找个机会弄你回乡下。

对玉帝而言，王灵官就是个保安，挡住妖猴是他的职责。虽然有点成绩，但不能表扬。第一，表扬了他，其实就是打其他大佬的脸，这样就撕破脸皮，影响和谐。第二，表扬了他，就弱化了如来的成绩，如来心头也会不爽。

因此，在安天大会上，玉帝最多只能说一句：在各级领导的有力指导下，王灵官才挡住了妖猴，没有造成更严重的后果。

王灵官，就这样无私奉献了。

职场的朋友爱说，如何干活是一门学问，如何表彰奖励更是一门学问。用领导的话来讲，如果果子分不好，也是要闹矛盾的。

年轻人干活积极性高，成绩也出得多，但作为领导不可能次次表扬他，把所有的好处都给他。如果这样，其他同志就会说，他能干，以后工作都让他干好了！

他的领导也会想：不是我创造条件让他干，他能干出成绩？既然如此，下次安排他去扫地，看他能把地扫出花来？

所以，正确的表彰是这样的：先得表扬主管领导管教有方，再表扬其他同志配合有功，最后才能表扬年轻小伙子。奖金发到他手里，还得动员他拿出来，或者给其他老同志合理补偿。

这样，才皆大欢喜、一派和气嘛！

网友说

　　王灵官能混到保安队长也不是吃素的。想一想孙悟空连神仙胯下的畜生都惹不起，怎么能和王灵官打成平手呢？说白了，王灵官是个聪明人，他也知道孙悟空背后有许多故事，但既然打到他跟前了，他就得出面和孙悟空打，因为职责所在。但王灵官也不傻，一方面肯定不能让孙悟空过去，那样他就失职，另一方面他还不能把孙悟空抓住，那样他就惹了放水的那些人，所以最好的办法就是困住孙悟空，等候处理。从王灵官的角度讲，他也根本没指望自己会上安天大会，不求有功，但求无过罢了。

——黑旦

水帘洞原来的主人是谁？

一

水帘洞原来的主人是谁，好多人还真没注意或者没认真思考过：难道不是天然的仙人洞，专门留给猴子当别墅的？

当然不是！

水帘洞以前是有主人的。也就是说，房产证上的名字是其他人，孙悟空及众猴只是一群租客，并且是野蛮入住不给租金的那种。原主人随时可以亮出房产证，让猴们卷铺盖走人。

不信？我们来看原著是怎么说的。

在《西游记》开篇，一群野猴闲得无聊，一只老猴对大家说，我们去找一下花果山溪流的源头吧。这一招呼立刻得到了众猴的响应。

大家拖男挈女、唤弟呼兄，全齐出动，到了源头一看，却是一股瀑布飞泉。老猴又喊：哪个有本事，钻到瀑布后面去，不伤身体的，我们拜他为老大。

连喊了三声，没人答应。

只有石猴举手应道：我去！我去！

他将身一纵，径跳入瀑布泉中，忽睁开眼，居然发现里面无水无波，有一座明明朗朗的铁板桥。走过桥后，发现了一处新天地。原著是这样写的——

> 翠藓堆蓝，白云浮玉，光摇片片烟霞。虚窗静室，滑凳板生花。乳窟龙珠倚挂，萦回满地奇葩。锅灶傍崖存火迹，樽罍靠案见肴渣。石座石床真可爱，石盆石碗更堪夸。又见那一竿两竿修竹，三点五点梅花。几树青松常带雨，浑然象个人家。

请注意以下几个关键句子——

"锅灶傍崖存火迹，樽罍靠案见肴渣。"锅灶有烧过火的痕迹，饭桌上还有残汤剩饭。说明曾有人在此烧火做饭，并且离去时间还不长。

"石座石床真可爱，石盆石碗更堪夸。"家具不是天然长成的，而是纯手工打造的。看来此人生活时间不短，没事就当石匠，搞了全套生活用品。力气还不小，你端个石碗吃饭试试！

"一竿两竿修竹，三点五点梅花。"暗无天日的山洞里，怎会长出修竹和梅花来？明显是人工培育的盆景。看来此人很懂园艺技术。

更奇葩的是，洞的正当中有一石碣，碣上有一行楷书大字，镌着"花果山福地，水帘洞洞天"。

这说明了什么？第一，"福地""洞天"是道教用词，主人肯定是修仙的道家。第二，楷书出现在东汉，这人肯定是东汉之后出生的人。

此外，文中还有一个线索，铁板桥下有条暗道直通东海。孙悟空就是在老猴子的提醒下，从这条暗道游到东海龙王处寻得金箍棒。

有了这些线索，让我们叼个烟斗，再来分析水帘洞原来的主人是谁。

二

有人说是女娲。生产孙悟空的那块石头，就是她补天留下的。

但原著中并没说明石头来自天上，而是盘古开天辟地之后，它就在花果山，是纯粹的"土著"，拥有花果山原始户口。并且女娲作为上古女神，不可能用楷体写道家洞名。可排除。

有人说是如来，他就是孙悟空的父亲。

此说更加不靠谱。如来是西天佛教最高领导人，怎么可能跑到这里，按道家方法修仙、捧着石碗喝汤？

有人说是菩提，提前来安排孙悟空出世。

这也不对，菩提远在西牛贺洲，有自己的教育基地。就算要为孙悟空传艺，那就在花果山传好了，为何要远远地引猴子到方寸山？那时又没导航，万一走错了路咋办？此外，菩提刚见到孙悟空时，也不太清楚猴子的来历，还反复问了几次。这也说明他对孙悟空出世并不知情。

有人说是东海龙王，这是他与情人相会的地方。

的确，东海龙王离水帘洞最近。原著第三回，孙悟空学艺归来，没有称心的兵器。四名老猴上来了，问他，大王水里能去不？孙悟空说没问题，能上天能入地。四老猴于是说——

> "大王既有此神通，我们这铁板桥下，水通东海龙宫。大王若肯下去，寻着老龙王，问他要件什么兵器，却不趁心？"

铁板桥下有神秘通道，而且直通东海龙宫，难免让人怀疑东海龙王经常跑到花果山来溜达。

但是，孙悟空来到东海龙宫时，龙王的表现却是这样的——

> 东海龙王敖广即忙起身，与龙子龙孙、虾兵蟹将出宫迎道："上仙请进，请进！"直至宫里相见，上坐献茶毕，问道："上仙几时得道，授何仙术？"

可以看出，东海龙王虽对孙悟空很客气（之前被哪吒打怕了，见谁都客气），却不知道他何时学道，学的什么功夫。如果龙王是水帘洞洞主，肯定早弄清了抢洞者的根根底底。

还有人说是太上老君。

还别说，他的嫌疑最大！太上老君是道祖，一直关注着孙悟空的动态。在花果山修个洞烫个火锅，天天盯着仙石，并非没有可能。

而且金箍棒是孙悟空从东海得到的，它的前主人是大禹，生产商是太上老君。大禹治完水后，哪里不扔，偏扔东海。因此，我们有理由怀疑，铁板桥底下的通道就是方便孙悟空去东海取金箍棒而修的。

不过，太上老君在西游中作为道家之祖，天天要讲课、批文件，还要炼丹、打造兵器，忙得很，档期排得太满。再说，如果他下山来的话，会引得各方震动。

所以，他不可能专门修个洞住下来，否则拜访他的人能把花果山踏平。

三

有人可能问了，说了半天，这个不是那个不是，那究竟是谁？

我们采取排除法——在西游世界中，道家神仙除了太上老君，还有谁最活跃？对喽，太白金星！

太白金星是西游神仙界的网红，也是历史上老子最器重的学生。为感恩老子真传，专门在老子得道地亳州修建了道德中宫。

据小道消息，太白金星曾几次投身人世间。最近的一次，是化身酒仙李白，疯疯癫癫戏弄了半个盛唐。即使在今天，他的诗还经常出来当预言帝。不管此事是真是假，太白金星是最具艺术气质的道人，用楷书书写洞名，可能只有他爱干这事。

在西游世界里，孙悟空两次大闹天宫，玉帝要派兵追杀猴子，关键时刻都是太白金星挺身而出，化解危机。

在这期间，太白金星带着圣旨到花果山，轻车熟路就找到了水帘洞，大家不觉得奇怪吗？

在取经路上，太白金星更是不少于五次出面给孙悟空报信，是天庭帮助孙悟空解难最多的神仙。

如果水帘洞原洞主是太白金星的话，他住在那里干什么呢？蜗牛认为，是受太上老君委托，帮助仙石孕育成长。当孙悟空出世后，他的使命完成了，就回到天上交差，将此洞留给了孙悟空。

四

这个故事告诉我们什么？没有什么是天注定的，上天根本就不欠你什么。

可能直到死，孙悟空都以为狗屎运来了，不花钱就得到了一处水景田园大别墅，其实他不知道，道家为了他出世，花了多少功夫！甚至连他出生那块石头，都是反复测量打磨过的。

道家也好，佛家也好，为何始终关注着他成长，并且为了争夺他展开了暗战？还是因为他是可造之才。如果他连当初纵身一跃的勇气也没有，那他一辈子也就是一个默默无闻的石猴。

如果连自己都放弃了自己，那别人更会放弃你。

有三个分别十多年的儿时伙伴终于聚首了。A抱怨说现在工作太难找了，面试了很多家都无下文。好不容易找了一个干苦力的活，还要经常上夜班熬通宵，一个月工资还不到四千块！"老板就是资本家，这世界真不公平。"

B在体制内工作，原来出去有人请吃饭，过节还能收点儿小红包。"八项规定"出台以后，饭没人请了，小红包不敢收了，一个月就那点儿死工资，别指望大富大贵。"现在的工作就像鸡肋，食之无味，弃之可惜。"

他们都羡慕C，坐在家里写作就能年收入上千万，时间自由，行动自由，想去哪儿就去哪儿。

但是C告诉他们：每天必须写2.5万字，12年从没间断过，有好几次输着液都写到凌晨5点；12年间，基本没有出去旅游，即使有事出差，也是带着电脑一路写不停；12年间，很少逛超市进饭馆，吃饭基本靠点外卖，最长纪录是三个月没下楼；12年间，基本不会朋友，更不会参加无谓的聚会；12年间……"如果哪天没完成写作任务，就像犯罪般惶恐。最可怕的不是别人逼自己，而是自己逼自己！"

当C说完，A和B再也不说话了。天道酬勤，没有付出，哪有收获。上天永远是公平的，你不肯多学习，只有干苦力；你舍不得小溪水，如何能看到太平洋。

因此，你在埋怨上天不公、在羡慕别人潇洒、在妒忌别人有钱时，先想一想，能不能吃他人所不能吃的苦，能不能受他人所不能受的委屈，能不能放弃他人不敢放弃的眼前利益……

如果都不能，那水帘洞前的纵身一跃，还是让给别人吧，你当一只老老实实的猴子就好了。

毕竟能上天喝得了仙酒，在五行山下当得了囚犯，还敢戴紧箍走十万八千里的事，不是谁都能做得到的。

这一段有一处隐线大家注意了吗？就是那只老猴，种种迹象表明，他是个头领一级的猴子。孙悟空初次进入他们的族群时并没有被其他猴子排斥，要知道在野外，尤其是一只公猴子要想进入其他族群，必然会发生一场血雨腥风（别说他们本来就没有猴王，稍微有点儿常识的都知道那是不可能的）。其次，怂恿孙悟空进入瀑布的潜台词就表明，他知道后边不是石壁而是个山洞。

最可疑的是，老猴竟然知道水帘洞铁桥下直通东海龙宫。指引孙悟空去海外寻仙的还是这只老猴子。所以我断定，这只老猴是身负特殊使命的"007"。

——戴

李天王托塔之谜

一

天王李靖为何要托塔？

"他手不软吗？吃饭时塔放哪儿？晚上也要抱塔睡吗？……"

这是一些网友的提问，没想到由此引来脑洞大开的回答——

"因为这样帅啊，这才凸显天王个性！如果不托塔，难道去托碗？干脆叫托碗大王算了。"

"神仙到了一定阶段都要修炼自己的专用法器，只不过李天王偏好怪了些。"

……

为了找到真正答案，蜗牛再次读了《西游记》相关章节，结果有了一个惊人的发现。

二

李靖，本是陈塘关总兵，道教典籍中并无此神人，但《封神榜》《西游记》乃至其他小说中均有他的大名（人长得帅没办法）。

他有三儿一女，分别是李金吒、李木吒、李哪吒、李贞英。他之所以名气这么大，还要拜他第三个儿子哪吒所赐。

关于哪吒的出身，《封神榜》与《西游记》记录不太一样，蜗牛简略给大家介绍一下。

《封神榜》是这样记录的：李靖的老婆殷夫人怀孕三年六个月，生下一个肉球。李靖以为是妖怪，一剑劈开，里面的婴儿正是哪吒。后来太乙真人登门道贺，收他为徒，取名"哪吒"。

哪吒出生后，非常顽皮，是一个典型的"街娃"，让李靖非常担心会成为李某某，自己莫名其妙被"坑爹"。

没想到李靖的担心很快成为现实。一次，"李街娃"在东海耍水，先打死保安，后打死东海龙王三太子敖丙，甚至还抽了龙筋，要给李靖做腰带。

东海龙王闻讯到陈塘关找麻烦，为了不连累父母，哪吒割肉还母、剔骨还父，当场自戕。但在他还魂投胎的过程中，李靖怕再次被坑，总是百般阻挠，导致哪吒还魂不成。后来，太乙真人用莲花莲藕给哪吒造了一个新的肉体，让哪吒得以重生。

重生之后哪吒做的第一件事，就是到陈塘关找李靖报仇。李靖仓皇逃命，幸遇燃灯古佛，获赠一座玲珑宝塔。只要将哪吒罩在塔内，哪吒就功力顿失，只得磕头认爹。

从此，李靖塔不离手，人称"托塔李天王"。

在《西游记》中，这个故事框架基本相同，但有几点不一样。

第一，哪吒刚出生时，左手掌上有个"哪"，右手掌上有个"吒"，故名哪吒。

第二，哪吒大闹东海后，李天王怕被"坑爹"，"欲杀之"

（这是重点），哪吒愤怒，将刀在手，割肉还母、剔骨还父。

第三，哪吒自杀后，灵魂径到西方极乐世界找佛祖告状，佛祖即将碧藕为骨、荷叶为衣，念动起死回生真言，哪吒得以重生。

第四，哪吒找李天王报仇，李天王打不赢，跑去佛祖处告状（果然是父子，都喜欢告状），佛祖就给了他一座玲珑剔透舍利子如意黄金宝塔，让哪吒认塔作父。

虽然有四点不同，《西游记》把主要配角太乙真人换成了佛祖，但有一点是相同的，李天王托塔主要是为了镇压哪吒！

三

在《西游记》第八十三回，蜗牛还发现了一个让人心颤的细节。

唐僧被无底洞白鼠精抓住，强迫成亲。孙悟空去救，几次未成，却无意间发现了供奉李天王、哪吒三太子的牌位和香炉，于是到天宫告状，玉帝让太白金星陪同去找李天王问清楚。不料李靖以为孙悟空害他，不仅把孙悟空绑了，还要抢刀砍他。

原著是这样写的：

> 说不了，天王轮过刀来，望行者劈头就砍。早有那三太子赶上前来，将斩腰剑架住，叫道："父王息怒。"天王大惊失色。

李天王为何大惊失色？原来，他刚才气昏了头，忘记把塔拿到手里。

却即回手，向塔座上取了黄金宝塔，托在手间，问哪吒道："孩儿，你以剑架住我刀，有何话说？"哪吒弃剑叩头道："父王，是有女儿在下界哩。"

这一段，蜗牛读了好几遍，越读越感慨。

虽然李靖父子在佛祖（或燃灯古佛）的调解下，暂时化解了冤仇，同在一个屋檐下生活，同在玉帝帐下效力（二人曾协同捉大闹天宫时的孙悟空），但早已貌合神离。表面上彬彬有礼，实则相互提防。

父子间相敬如宾，连架都懒得吵了，想想有多恐怖？

四

李天王、哪吒虽是神话人物，但他们的故事充分反映了当时的一种教育观。

我们回头捋捋。

无论是《封神榜》还是《西游记》，都提到一件事，即哪吒闹海惹麻烦。在这件事上，犯错的是哪吒。他挥舞混天绫，把东海龙宫整得地动山摇，东海龙王还以为闹了地震，于是派了夜叉李艮来查看。李艮不过问了几句，就被哪吒用乾坤圈秒杀了。

龙王三太子闻讯，赶紧带了一帮人马来调查。哪吒几句话过后又把他打死。不仅如此，还要抽龙筋做裤腰带。

这样的人，我们是不是很熟悉？

"官二代"哪吒之所以这样飞扬跋扈，有一个很重要的原因，即李靖在哪吒生下来之后，就戍守边关，很少在家，哪吒基本无人管教，以致成了街边小混混。

哪吒出事之后，李靖根本没检讨自身问题，他为了保住自己的官位，把责任全部推给哪吒，甚至逼哪吒自杀，完全没有担当，这导致父子关系破裂。

再之后，父子俩不是加强心理沟通，而是找外人调解。偏偏调解的人给天王出了一个歪主意（送塔）：你是老子，他不听话，就收拾他！

这塔，在封建社会，就是三纲五常，你是我儿子，就必须听我的，我要你死，你就得死，可以没有理由。

在现代社会，这塔就是老爹权威、面子、社会地位。你要想生存，就得服从塔（不是我要收拾你，而是必须服从于家族利益），你可以不尊敬老爹，但一定要尊重老爹的社会地位（认塔作父）。

可以想象，哪吒见父亲天天托着专门镇压自己的塔，心里有何感想？父子的感情还会回到从前吗？在西游世界里，他们更像是为了同一个利益并肩作战的盟友，而非骨肉相连的亲人。

网友说

本故事细思极恐！

我们都知道，哪吒和李天王的脾气秉性很像，就是固执！只要自己认为对，谁说都不好使。从哪吒割肉还母、剔骨还父就可看出。再往深了想，哪吒最后由太乙真人用莲花重造身体，那么，此时的哪吒还是当初的哪吒吗？他与李天王还有父子关系吗？没有，只有合作关系！

——我的评论是奇葩

孙悟空唯一知己是谁

一

孙悟空会七十二变，一个筋斗就是十万八千里，金箍棒更是威风八面、谁碰谁死。但是，在西游世界里，无论是各路神仙，还是妖魔鬼怪，大多从心底里瞧不起孙悟空，很少有人真心敬佩他。

在上层领导玉帝心中，孙悟空是"刺儿头"，不讲规则、挑战权威，经常弄得他下不了台。所以，对孙悟空的态度是能哄则哄，不能哄则严厉打杀。

在如来、观音眼中，孙悟空是打手、取经工具，为了防止他中途失控耍脾气，还专门在他头上戴个紧箍，随时制约他的行为。

在基层领导唐僧心中，孙猴子是个惹事精，经常不听招呼乱打乱杀，生怕他惹出祸事来连累自己。

在众妖魔眼里，孙猴子不过是没有地位的随从，只要搞定了他的上级领导，即使被他抓住，最后还得乖乖放人。

因此，孙悟空的人生很尴尬，处处受牵制，活得并不轻松。更可悲的是，他一生居然没什么真朋友。

不过，他有一个知己，而且这人曾经是他的死敌！与孙悟空直来直去，不懂人情世故不同，此人神通广大，在玉帝、佛祖乃至妖界都是红人，说得起话、办得了事。靠着这个能力，在取经路上帮助孙悟空最多。

他是谁呢？

二

两人第一次见面，是在大闹天宫事件中。

孙悟空嫌弼马温官小，反下天庭，回了花果山。玉帝震怒，派托塔李天王父子，前去花果山剿匪。

前锋巨灵神一出马就被孙悟空丢翻，激起了哪吒的好奇心。他主动请战，前去相会孙悟空。

两人见面很有意思——

那悟空正来收兵，见哪吒来的勇猛，迎近前来问曰："你是谁家小哥？闯近吾门，有何事干？"哪吒喝道："泼妖猴！岂不认得我？我乃托塔天王三太子哪吒是也。今奉玉帝钦差，至此捉你。"悟空笑道："小太子，你的奶牙尚未退，胎毛尚未干，怎敢说这般大话？我且留你的性命，不打你。你只看我旌旗上是什么字号，拜上玉帝，是这般官衔，再也不须动众，我自皈依；若是不遂我心，定要打上灵霄宝殿。"

　　哪吒抬头看处，乃"齐天大圣"四字。哪吒道："这妖猴能有多大神通，就敢称此名号！不要怕，吃吾一剑！"悟空道："我只站下不动，任你砍几剑罢。"那哪吒奋怒，大喝一声，叫："变！"即变做三头六臂，恶狠狠手持着六般兵器，乃是斩妖剑、砍妖刀、缚妖索、降妖杵、绣球儿、火轮儿，丫丫叉叉，扑面来打。

　　悟空见了心惊道："这小哥倒也会弄些手段！莫无礼，看我神通！"好大圣，喝声："变！"也变做三头六臂，把金箍棒幌一幌，也变作三条，六只手拿着三条棒架住。

　　从上面可以看出，两人最初见面，是互相看不起，但谁都不敢掉以轻心。不过，最后还是悟空技胜一筹。

　　按理说，哪吒在这次战斗中吃了败仗、丢了面子，应该恨孙悟空才对啊，但后面的发展出乎我们的意料。

三

　　孙悟空被唐僧放出五行山，前往西天取经，路上遭遇了不少来自天庭、西天的"妖怪"。这些妖怪本事虽不高，但个个后台硬，还带了不少老板的法宝下凡，让悟空吃尽了苦头。

　　其中，太上老君的两个童子打包带了五件法宝，把孙悟空收拾得够呛。孙悟空只一根金箍棒，弄不过这些动不动就产自天地混沌初开的宝贝，所以只能"坑蒙拐骗"。在骗取紫金葫芦时，孙悟空变了个假葫芦，谎称能装天，可以与小妖们交换。精细鬼要求他先演示一下。

孙悟空暗中叫日游神——

> "即去与我奏上玉帝，说老孙皈依正果，保唐僧去
> 西天取经，路阻高山，师逢苦厄。妖魔那宝，吾欲诱他
> 换之，万千拜上，将天借与老孙装闭半个时辰，以助成
> 功。若道半声不肯，即上灵霄殿，动起刀兵！"

这句话说得相当无礼，甚至有威胁玉帝的意思。玉帝一听，
果然不舒服：

> "这泼猴头，出言无状，前者观音来说，放了他保
> 护唐僧，朕这里又差五方揭谛、四值功曹，轮流护持，
> 如今又借天装，天可装乎？"

这时，从班中闪出哪吒：

> "自混沌初分，以轻清为天，重浊为地。天是一团
> 清气而扶托瑶天宫阙，以理论之，其实难装。但只孙行
> 者保唐僧西去取经，诚所谓泰山之福缘，海深之善庆，
> 今日当助他成功。"

此时，哪吒对孙悟空的称呼已从"妖猴"变成了"行者"，
而且看出了孙悟空的危机（敢威胁玉帝，难道五行山下没蹲
够?），及时出来救场子。他的办法是，向真武大帝借皂雕旗在南

天门上一展，把那日月星辰闭了，就当是装天。

　　玉帝想一想，同意了。孙悟空也因此成功骗取了紫金葫芦。

　　这是取经路上，哪吒第一次助力孙悟空。

四

　　哪吒最重要的一次帮助孙悟空，是在收服牛魔王时。

　　大家都知道，牛魔王曾是孙悟空的拜把子兄弟，后来孙悟空上天做官，两人走上了不同道路。五百年之后相遇火焰山，为了一把破扇子，哥俩刀兵相见，拼得你死我活。

　　孙悟空恨牛魔王在自己服刑期间没来看过自己，牛魔王恨孙悟空说话不算话，还害了自己的儿子和弟弟，因此，两个拼斗起来互不留情。

　　哪吒心里最清楚这次决斗对孙悟空意味着什么：他只能胜不能败。如果败了，不仅是完不成取经任务，还会让如来担心他顾念兄弟旧情，心没完全归顺佛家，甚至会怀疑他以后会不会跟随牛魔王重新入妖界。

　　作为知己和过来人，哪吒决定助他一把，防止他重回老路，再次遇劫。

　　因此，哪吒连夜去见如来，并发文奏告玉帝，专门带兵下来帮助孙悟空（愚父子昨日见佛如来，发檄奏闻玉帝）。最后，他用斩妖剑、风火轮、缚妖索收服了牛魔王，牵着老牛去西天见如来，一是把犯人交给如来，二是替孙悟空说说好话。

五

此外，哪吒还在孙悟空决战青牛怪、降伏白毛老鼠精时出过大力。可以说，他是取经路上帮助孙悟空最多的一个神仙，而且几次都是在孙悟空人生关键时刻出现。

哪吒以前不是孙悟空的敌人吗？为何要一再帮孙悟空呢？

这是因为两人命运差不多，哪吒有了英雄惜英雄之情。

在上文中，蜗牛给大家介绍过，哪吒的出世同孙悟空一样，也是不同凡响。孙悟空是石胎，哪吒则是肉胎，在娘肚子里整整待了三年六个月才出来，而且还是个肉球。气得李靖一剑砍过去，他却就此出世。

之后，哪吒打死龙王三太子惹祸，与父亲李靖闹矛盾，佛祖帮他起死回生（《封神榜》里是太乙真人），却赠李天王一座塔，父子关系依然紧张。

可见，哪吒的命运也是很坎坷的。但在以后的人生过程中，他慢慢转变了观念，棱角越磨越平，甚至主动同李靖改善了关系，父子俩同在玉帝帐下当差。同时，他也改变了"愤青"做派，开始多方交际，不仅在玉帝处说得上话，在如来处也有话语权，甚至在妖界也有很强的影响力（如老鼠精就尊称他为哥）。

但是，李靖始终不相信儿子骨子里的东西能改变，无论走到哪里，塔都不敢离手。

因此，在花果山与孙悟空的比斗中，他仿佛看到了以前的自己，于是心里有了异样的感觉。他佯装落败，回去敷衍玉帝。

对此，可能有人不相信。但在积雷山时，孙悟空打不赢牛魔王，哪吒出马，几下就把牛魔王打败，牵了鼻，拉到了如来处。如果在花果山，他用对付牛魔王的这套本事对付孙悟空，孙悟空真的能胜利吗？

花果山战役之后，他一直关注孙悟空的命运，可是却不敢出手相帮。五百年后，孙悟空从五行山刑满释放，他才有理由竭尽全力暗中相助，不为别的，只为了那年少时的英雄梦。

然而，哪吒以为自己是孙悟空的知己，但孙悟空却从未把他当成自己的朋友。为何？因为此时的孙悟空走的正是哪吒当年不想走，却不得不走的路！自己正在成为当年嘲笑过的那种人！

抱着这样复杂的心态，孙悟空怎会把哪吒当成朋友？如果那样，他就真的连最后的脸面也没有了。

仔细想来，当年的哪吒何尝不是一个刺儿头呢？这份赏识更多出自哪吒对孙悟空大闹天宫之豪情的共鸣和羡慕吧。如果孙悟空真的因此感激哪吒并且与其称兄道弟，便是折辱了英雄，看轻了这份情谊，反而显得俗气了。

——番茄炒苹果

月宫真正的主人

一

　　嫦娥在中国人心目中，绝对是一个高冷的小姐姐。住着独栋别墅，抱着限量版玉兔，一年四季都穿着薄薄的婚纱，眼神冷得拒人千里之外。总之，嫦娥是一个让男人看了陶醉，女人看了流泪的尤物。据说，当年杨洁为了找一个大家心目中的月亮姐姐，不知跑烂了多少双皮鞋。

　　月宫还有一个常年砍桂花树的小哥吴刚（也不知他对桂花树有什么仇，沙僧的兵器就是他砍下的桂花树枝做的），晚上砍一半，早上桂花树又复原了。有天晚上他横躺在砍口中，哪知早上树把他长中间了。

　　然而，真相总是那么残酷。早期神话中的嫦娥并不是什么漂亮小姐姐，而是一只丑陋的癞蛤蟆。

　　知道月宫为什么也叫蟾宫吗？因为癞蛤蟆有个学名，叫蟾蜍。

　　最早报道嫦娥奔月的主流媒体是商代的《归藏》，新闻虽短，信息量却震惊世界：

　　昔常娥以西王母不死之药服之，遂奔月为月精。

　　嫦娥是天帝的女儿，后羿的老婆，在那个年代也是名人，因此，这条新闻很快传遍了商代朋友圈。有记者还挖出了背后八卦：一天，后羿从西王母那里讨来一包长生不老药，放在枕头下准备睡前服用。哪知嫦娥担心后羿不带自己，偷偷截和了。

　　嫦娥刚吃完，突然感觉身体变轻，"控制不住自己"，飘飘荡荡来到了月宫。万万没想到的是，她刚飘进月宫，还没来得及找物管要钥匙，身体就变小了，背就变驼了，皮肤也变粗糙了，成了一只又丑又笨的癞蛤蟆。嫦娥后悔得要死，可世上又没后悔药。

　　西汉著名刊物《淮南子》深度报道了嫦娥奔月后化为蟾蜍的细节：

　　托身于月，是为蟾蜍，而为月精。

　　漂亮的嫦娥为何变成丑陋的癞蛤蟆？人们认为，主要是玉帝怪她背叛丈夫，不是个好女人，所以让她变癞蛤蟆捣药赎罪。

　　其实，这也不怪玉帝，是由当时的社会环境决定的。那些年女性社会地位低下，没什么话语权，嫦娥的这种行为，为当时的士大夫所不齿，所以就把她极度丑化。唐代李商隐就有"嫦娥捣药无穷已"的诗句。

　　在什么时候嫦娥又翻身农奴做主人了呢？从六朝起，女性的社会地位慢慢上升，人们不再对追求幸福生活的女性有偏见，开始对嫦娥抱以深深的同情，将她与癞蛤蟆分成两个人

设，一个作为漂亮网红在月宫从事高雅艺术，一个仍当癞蛤蟆从事苦力劳动。

南北朝宋代的谢庄写了一篇《月赋》，里面有"引玄兔于帝台，集素娥于后庭"的句子，充分证明此时的嫦娥已不再是捣药的蟾蜍，而是天帝宫廷中的漂亮小姐姐了。

再之后，人们对月宫越来越向往，觉得它应该是个清幽、高雅、富有诗意之地，嫦娥是个高冷的仙子，癞蛤蟆太丑了，怎么能与这样的美女相伴呢？于是就将它改成玉兔。兔子的温柔、纯洁，正好衬托嫦娥之美。

二

在央视82版《西游记》电视剧中，杨洁延续了这种认识，把嫦娥打造为月宫美丽的主人，猪八戒就是因为调戏宫主才被打下界的。

但只要读过原著，就会发现根本不是这么回事。在原著小说中，嫦娥的地位又一次发生了巨变。

在第九十五回，月宫玉兔为报一掌之仇，私自下界，把原也是月宫服务员（素娥）的天竺国公主丢到几百里外的一座寺庙，使其靠装疯卖傻才活了下来。而玉兔却化身为公主，通过抛绣球招亲，要硬撩唐僧，目的当然是为了元阳。

孙悟空等获知真相后，追捕玉兔，就在高举金箍棒，准备一棒打死她时，突听半空中一声高喊："大圣，莫动手，莫动手！棍下留情！"

孙悟空回头一看，原来是太阴星君带着一帮姮娥仙子，自带背景音乐，驾着彩云来到面前。

天不怕地不怕的孙悟空，此时却做了一个奇怪的动作——

　　慌得行者收了铁棒，躬身施礼道："老太阴，那里来的？老孙失回避了。"

孙悟空不仅很惶恐，而且声称"失回避"了！

什么叫"失回避"？古代皇帝或高级官员出行，前面保安都会举一个牌子"回避"，如果行人回避不及时，就要治"失回避罪"。

在《西游记》中，孙悟空只有对弥勒佛和太阴星君谦称"失回避"，对如来都没这么客气过。

孙悟空是太乙金仙，弥勒佛是东来佛祖，还是如来佛的接班人，所以孙悟空要说请恕"失回避"之罪。但对太阴星君为何也这样客气？这说明，太阴星君地位不在东来佛祖之下。

太阴星君对孙悟空倒很客气，称他为大圣，并提出："望大圣看老身饶他罢。"孙悟空喏喏连声，连道："不敢，不敢！怪道他会使捣药杵！原来是个玉兔儿！……既有这些因果，老孙也不敢抗违。"当即收了棒，把玉兔交给了老太阴。

从这个故事中，我们可以看出，月宫真正的宫主根本不是嫦娥，而是这个老太阴。她地位超高，连孙悟空都怕。

那么，猪八戒调戏的嫦娥妹妹，又是何方姑娘呢？原著中亦有交代。

孙悟空放了玉兔，却不想当背锅侠，提出让太阴星君带着玉兔在天竺国亮个相，让国王确认一下。太阴星君同意了，与他一同来到天竺国上空。孙悟空扯着嗓子吼了一声——

　　"天竺陛下，请出你那皇后嫔妃看者。这宝幢下乃
　　月宫太阴星君，两边的仙妹是月里嫦娥。这个玉兔儿却
　　是你家的假公主，今现真相也。"

从孙悟空的话里，我们可以看出，原来嫦娥是月宫服务员，也就是姮娥仙子的统称。

猪八戒在这群仙子中发现了昔日的相好，也忘掉了她曾带给自己的痛苦，飞上天抱住她想重续前缘。原著是这样写的——

正此观看处，猪八戒动了欲心，忍不住跳在空中，把霓裳仙子抱住道："姐姐，我与你是旧相识，我和你耍子儿去也。"

这也看出，八戒调戏的并不是月宫宫主，只是其中一个仙子。二师兄很冤啊！

三

太阴星君是何方神圣，孙悟空为何怕她？

在天庭中，她排在第十四位，也叫太阴娘娘、月姑等，俗称月神。道教将月亮与太阳、金星、木星、火星、土星等并为"十一曜"，也称"十一太曜星君"。太阴星君称为"月府素曜太阴皇君"。

此外，中国古代便有崇拜月亮的习俗，将日、月、星辰、岱、河、海统称为六宗（见《尚书·尧典》），而六神即六宗之神，月神排第二。

排在月神前面的，自然是太阳星君。太阳星君又称太阳公、太阳菩萨、太阳神、日神。世界各地都有祭拜太阳神的习俗，祭拜太阳神时，也一定要祭拜月亮神。

太阴星君不仅在中国道教中地位很高，在大乘佛教中也很厉害，名为月光菩萨。

关于月光菩萨的来历，有三种：

一、他是印度古帝王，即无上释尊于过去世修菩萨行之前身。据大乘佛教经典《贤愚经》（卷六）、《月光菩萨经》《大宝积经》卷八十记云："此王具有大威德，后施头予劳度差婆罗门，满足檀波罗蜜行，又称月光菩萨。"

二、佛世时中印度舍卫国波斯匿王之异名。

三、东方净琉璃世界药师佛之右胁侍。

与中国道教中的女身不同，大乘佛教中，她以男身出现。但不管男身女身，不管道教佛教，她的地位都非常高，不亚于西天弥勒佛。

因此，孙悟空一见到她，立刻恭恭敬敬地尊称一声"老太阴"，对她提出的要求，也不敢不答应。

小时候过中秋，嫦娥的故事根本听不进去，心里老想着月饼。

长大后过中秋，月饼根本吃不下去，心里老想着嫦娥。

如今不再年轻了，月饼吃不下去，嫦娥也不想了，开始琢磨兔子，是公的呢还是母的呢，有没有伴，能不能生小兔……

一代人有一代人的月亮故事，一代人有一代人的月宫情怀。

——鱼瑞克

西天最牛招待所所长

一

西游影视剧看多了，就会有一种误解：西天是如来地盘，一切都是如来说了算；灵山是佛教圣地，肯定全是和尚。

很遗憾，在原著里有明确表述：灵山第一站根本不在如来控制范围内，而是归道教的玉真观管理。玉真观最高领导是个道童。他不仅常参加天庭瑶池会，投奔佛教的人进入灵山，还必须向他报告。

看来，这可不是一般的道童。

二

在原著第九十八回，取经团队历经九九八十难，到了灵山脚下。唐僧一看，这西天胜景咋与东土一样，到处是雾霾呢？（孙悟空赶紧提醒他，是仙雾，是仙雾！）

正感叹时，有一个道童斜立在山门之前，叫道："那来的莫非东土取经人么？"

唐僧一听，急忙整整身上的袈裟，抬头观看。见这道童——

> 身披锦衣，手摇玉麈。身披锦衣，宝阁瑶池常赴
> 宴；手摇玉麈，丹台紫府每挥尘。肘悬仙箓，足踏履
> 鞋。飘然真羽士，秀丽实奇哉。炼就长生居胜境，修成
> 永寿脱尘埃。

这道童可不是给老君烧火的打杂工，虽然连道士都不是，但
人家穿着打扮可比一般道士上档次多了，而且名字也大气，叫金
顶大仙。

道童称大仙的，三界恐怕不多吧？而且他还有两项特权：身
披锦衣，宝阁瑶池常赴宴；手摇玉麈，丹台紫府每挥尘。

什么意思呢？就是经常到天庭吃满汉全席，经常到各地道观
去演讲。

他与唐僧打招呼的姿势也十分奇葩：斜立在山门！而且开口
就是一顿埋怨：

> "圣僧今年才到，我被观音菩萨哄了。他十年前领
> 佛金旨，向东土寻取经人，原说二三年就到我处。我年
> 年等候，渺无消息，不意今年才相逢也。"

他不过是一名道童，开口就批评观音哄了他，说好三年到，
结果走了十四年，这不是开国际玩笑吗？害得他天天倚门眺望，
差点儿成了望僧石了。

三

一名小小的道童，取经人几时到关他啥事？他为何皇帝不急太监急？

我们来看原著第八回，观音受领取经任务后，做的第一件事是什么——

那菩萨到山脚下，有玉真观金顶大仙在观门首接住，请菩萨献茶。菩萨不敢久停，曰："今领如来法旨，上东土寻取经人去。"大仙道："取经人几时方到？"菩萨道："未定，约摸二三年间，或可至此。"遂辞了大仙，半云半雾，约记程途。

　　这个地方的"献茶"，可不能简单地理解为大仙向观音献上茶，更不能理解为请观音给他献茶，而是有主动询问的意思。

　　翻译过来，就是：观音到了灵山口岸，金站长兼招待所所长礼貌地拦住了她，拿出纸笔对她说，能否麻烦您填一个出入境登记表？目的、行程、时间……

　　观音很配合，居然把这么大的机密老老实实地告诉了大仙。

　　她为何要这么做？我们再来看第九十八回就明白了。

　　唐僧进了道观，喝干了茶正准备骑马上路，大仙却道："且住，等我送你。"

　　孙悟空觉得奇怪，道："不必你送，老孙认得路。"

　　大仙微微一笑：

> "你认得的是云路。圣僧还未登云路，当从本路
> 而行。"

　　孙悟空脑子活，马上明白过来："这个讲得是，老孙虽走了几遭，只是云来云去，实不曾踏着此地。既有本路，还烦你送送。"

　　那大仙笑吟吟，携着唐僧手，接引游坛上法门。原来这条路不出山门，就自观宇中堂穿出后门便是。

　　大家看明白没有？凡人拜佛，必须要穿过金顶大仙的堂屋，才能到达灵山。

　　观音如果不给大仙报告，大仙一生气把门关了，钥匙往裤腰带上一挂，唐僧就真的拜佛无门了！

四

所以，金顶大仙的玉真观，其实就是一个检查站，而且这个检查站掌握在天庭手中，金顶大仙就是天庭派驻在这里的最高长官。

如来再位高权重，来朝拜他的人进出灵山都必须通过检查站，金顶大仙完全有可能卡脖子。而且，他随时会向天庭汇报灵山动态，至于报告怎么写，那就要看大仙心情了。

大家说，如来和观音敢得罪他不？

观音临走时，在登记表上填的信息是取经人二三年就到，金顶大仙肯定及时给天庭报告了。结果这一等，居然等了十四年，这不是坑人吗？难怪金顶大仙会这么着急，心里自然也对观音有了抱怨。

那么，作为前知五百年后知一千年的观音，为何会把取经时间估计错误呢？对此，有人认为，取经工程受多人阻挠，中途出现了很多变数，观音对其中困难预计不足，因此把时间计算错了。

当然，也有不同观点。有人说，观音早计划好了取经要花5048天，但出发时故意给金顶大仙说错，就是怕他走漏风声。

其实，在取经团队隐形保镖中，三十九人就有十六人来自天庭，人家一路跟踪并拿着小本子记着账，随时都在向天庭汇报，观音想瞒，也不可能瞒得住。

但是，有一个观点蜗牛是赞同的，即从金顶大仙的表现来看，西天佛教势力的发展状况并非如我们想象的那样风光，而是处处受制于天庭，这也是如来急于传经的原因之一。

五

从金顶大仙的角色，我们是不是想到了什么？

观音在天庭时，连玉帝都要给几分薄面，其他神仙就更不用说了。但是，面对金顶大仙，仍不敢托大。人家虽然是个道童，但想批评你几句就批评你几句，你不敢有丝毫不满。

得罪了他，把门一关喝茶上网打游戏，对外称云游在外不便办公，唐僧即使到了灵山脚下，一样上不了灵山。

这就是典型的阎王易见、小鬼难缠。

有一个笑话——

某部门柜台前烟雾缭绕，一名道士正手执桃木剑口里念念有词。路人甲不明白他在干什么，当事人向他解释：母亲去世这道手续办不了，正请道士招魂，让母亲还魂亲口向柜台证明。

我们觉得好笑，但办事人员不觉得好笑，他们最爱说的一句话就是：如果出了事，你负得起责吗？

孙悟空自以为是齐天大圣，所以根本看不起土地神，结果在车迟国比武时，一名土地按住他被砍下的头差点儿把他整死；反观唐僧，见神拜神，见佛拜佛，即使连假神假佛（如犀牛精），也把头磕得咚咚响。所以，别看唐僧本事不高，可在仙佛道办事，面子比猴子大多了。

永远不要轻视小人物。

做人都是要存在感的，再不起眼的角色也是人。当你把别人当小人物刻意忽略时，别人也会找机会拿捏你一下，让你下不了台。其实都是平常人，以平常心相互待之，事情大概就好办多了。

——天外天

孙悟空最怕的结义大哥

一

孙悟空号称天不怕，地不怕，在漫长取经路上，真的谁也没怕过吗？

错了，他还真怕过一人，但这人不是观音，也不是唐僧。

在《西游记》第二十四回，取经团队被黎山老母、观音、普贤、文殊四人设计进行情色考验，结果猪八戒被吊在半空，弄得很是狼狈，唐僧也感到面上无光。因此，整个队伍情绪十分低落。

大家相互埋怨着，来到一个地方。但见古树参天、鹤舞猿啼、百花争艳，好一个绝妙之地。

在这个堪比雷音胜景的大山里，有一个宝贝，鸿蒙始判、天地未开之际，它就有了灵根。天下四大部洲，唯独这里有一棵（真正的独苗苗）。

它的名字叫"草还丹"，也叫"人参果"。三千年一开花，三千年一结果，再三千年才得熟，算起来差不多一万年才可以吃，而且只结三十个果子。

人闻一闻，就可活三百六十岁，吃一个，就能活四千七百岁（孙悟空在生死簿上的年龄才三百四十二岁）。

牛不牛？太牛了！

有这棵果树的人牛不牛？简直是富可敌三界，现在全世界的首富加起来都没法与他比。他们拥有的是钱，人家拥有的是命！

镇元子先生，不要往后看，我们说的就是你。

二

镇元子住的地方叫万寿山五庄观。唐僧一行来的时候，他要去元始天尊处听讲座（看看人家的朋友圈），早就知晓孙悟空等人要来，因此特别交代两名童子（别以为人家没长大，一个一千三百二十岁，一个一千二百岁）：我有个故人唐三藏要来，你们好好接待一下，给他两个人参果。"唐三藏虽是故人，须要防备他手下人罗唣，不可惊动他知。"

别小看这段描述，这说明：第一，镇元子有未卜先知之能，既知道唐僧等人要来，也肯定知道孙猴子要去偷人参果，他为何要躲起来？第二，既是招待客人，为何只给唐僧两个，徒弟连毛都沾不到一根？这不是典型的拉仇恨增加师徒矛盾吗？第三，他说与唐僧是故人，相会在"盂兰盆会"上，唐僧为何不知晓？第四，他为何专门叮嘱童子"小心唐僧手下"？

这表明，一个大坑挖好，就等孙悟空往里跳了。

唐僧一行按照镇元子先生的预料（或者是指引），来到了五庄观。两童子也按师父吩咐，给唐僧献上了两个人参果，唐僧果然不敢吃，于是两童子吃了。偏偏被猪八戒听到，怂恿孙悟空去摘几个来"尝尝鲜"。

武林人士比拼，有一招式叫"猴子偷桃"，这说明猴子对果子之类的东西天然没抵抗力。在三星洞学艺的时候，孙悟空就多次到烂桃山偷桃；在天宫掌管蟠桃园时，更是犯下了偷摘王母蟠桃的大罪。

镇元子肯定知道孙悟空这个致命弱点，所以早早地就躲到天上看好戏去了（只留下两个童子做副导演）。

孙悟空历来天不怕地不怕，管你有什么阴谋，管你果子有多珍贵，拿着金击子就去了，哪知第一个果子被地吞没——事情败露后，这成了激化矛盾的根源：童子来骂唐僧，唐僧叫徒弟来对质。孙悟空说只摘了三个，童子偏说他们偷了四个，不诚实，是个烂贼！

孙悟空受得住打，受不得气，气愤之下使了个分身术，去后园直接把果子打落，把树推倒了。

矛盾进一步升级。

三

眼看火候到了，镇元子及时赶回来了。

孙悟空大闹天宫时，十万天兵奈何不了他，但与镇元子一相遇，则完全不堪一击：不到三个回合，镇元子就将他们连人带马一袖子笼了，捉回观里捆绑起来。

其间经过，想必熟读《西游记》的朋友们都清楚，蜗牛就不多说了。镇元子用皮鞭、油锅都治不了孙悟空，却给他说了一句话：

> "我也知道你的本事，我也闻得你的英名，只是你
> 今番越理欺心，纵有腾那，脱不得我手。我就和你讲到
> 西天，见了你那佛祖，也少不得还我人参果树！"

这句话很有内涵！

有理走遍天下，无理寸步难行。不怕你平时威风，现在理在我手里，就是叫来大老板，损坏东西也得照赔。

以镇元子的神通，难道真的治不了孙悟空吗？作为地仙之祖，他惩罚唐僧师徒，却采用皮鞭、油锅等不上档次的手段，你不觉得很可笑？

更让人不可思议的是，孙悟空答应去找医治果树良方后，镇元子立即把唐僧等人放了，好吃好喝招待着，还与唐僧谈笑风生叙旧情，猪八戒也与福禄寿三星插科打诨玩得甚是高兴。由此可见，镇元子根本没把这棵树的死活放在心上。

那么，镇元子设计套住孙悟空的本意是什么？

他在等一个人！等孙悟空去把这人叫过来！

四

孙悟空驾着筋斗云，先后到三星、九老、东华大帝君处去寻方，但一无所获。

其实这些大佬并非真的没本事医治此树，只是都明白镇元子的意思，不好横插一脚。

我们相信，在找人过程中，孙悟空要多憋屈有多憋屈，想不到自己一世英雄，却被人捏着鼻子指哪打哪，还打不出喷嚏来。

在职场上还很嫩的孙悟空如何能想明白其中道理，只能像没头苍蝇般乱转。最后，他终于找到观音处，观音劈头就问他："你怎么不早来见我，却往岛上去寻找？"由此可见，观音也知道镇元子的意思，就是要找她的麻烦。

故事结局皆大欢喜，观音用净瓶之水救治了人参果树，镇元子也与孙悟空结为八拜之交。

五

小时候看《西游记》，看到镇元子与孙悟空嬉笑着结为兄弟时，非常欣慰，真可谓不打不相识，英雄惜英雄。

可是现在看这一段，总感觉两人的笑容完全不一样。一个是心满意足得意的笑，一个是被逼无奈发恨的笑。

要读懂这个故事，就必须弄清后面的背景。

以镇元子的地位，他为何要设计套住孙悟空？以他的神通，难道救不了树？或者不知观音能治树？可他仍这么做，这里面学问就大了。

镇元子是地仙之祖，拥有万年家族企业（人参果树就是不传秘方）。观音是佛教高层，也是取经团队的直接领导人。唐僧取经不叫取经，而是如来传经，要把佛教传到南赡部洲去。

镇元子所在的西牛贺洲，正是灵山所在地，也是如来的根据地，势力影响可想而知。镇元子作为一名信仰不同的地仙之祖，肯定是惶恐不安的，特别是看到取经项目启动，心里更是害怕：

真不知什么时候五观庄就被兼并过去了，人参果树也会被收为灵山所有。

怎么办？

他突然想起在一次喝茶时（盂兰盆会），唐僧（金蝉子）亲手递过一杯茶给他，两人有一面之缘，何不把这个机会利用一下？

但是他也明白，喝茶的人太多了，金蝉子只不过随手递了一杯，这点交情，今生如何能记得？即使记得，也不一定会在如来、观音面前说上几句好话。

后来得知唐僧手下有个徒弟叫孙悟空，曾偷蟠桃大闹天宫，于是计上心来，使出这一招。

他的目的很简单，作为如来的徒弟的徒弟、取经小组核心成员之一，如今偷我人参果，毁我果树，不给我个说法，绝不罢休！

最后，他的目的达到了，为了缓和矛盾，也为了长远着想，他甚至放下地仙之祖的身份，屈尊与太乙金仙孙悟空结为兄弟。

而对孙悟空而言，莫名其妙就成了牺牲品，毁尽名声不说，还被镇元子逼着到处去求救（偷蟠桃时都没受过这罪），他心里，是何等地尴尬和愤怒。

通过这次斗争，他也见识了上层利益之争的残酷，远不是能打就能战胜的。他被镇元子的阴险和手段，完全整怕了。

虽然最后不得不与镇元子结为八拜之交，可在后面的除妖过程中，孙悟空遇到再大的困难，他请过这位大哥出马吗？

躲他还来不及呢！

网友说

　　镇元子就是想借机给自己捞资本。有人说怎么不与唐僧结拜，而与孙悟空结拜，我认为，镇元子知道，唐僧是老板的红人，是御弟，身份太高，贸然与他结拜，自己的意图就太明显了，易招祸。与孙悟空结拜最可靠，他是红人身边的秘书兼保镖，身份并不低，前程无量，能获得最佳效益比。

——书乞儿

西游中待遇最好的土地

一

土地，是道教神仙体系中最基层的岗位。

西游中的土地神不仅没有土地划拨权，还大多活得灰头灰脸：吃冷馒头、住破庙、吸雾霾，经常被各路神仙和妖怪欺负。

比如在平顶山，金角银角大王就把他们当免费工人用，干保安、做保洁，过得比今天的农民工还不如。

在火云洞，红孩儿常揪他们提铃摇号、砍柴打猎，还要像出租车司机一样交"板板钱"（类似以前拉板车的人交份子钱），如果不交，就要扯衣服拍裸照。孙悟空见到他们时，他们身上挂一片披一片，个个像老版犀利哥。

在车迟国，虎力大仙与孙悟空比砍头，鹿力大仙对土地说：按住猴子脑壳，必奏明国王给你修大楼房。土地就按住孙悟空的头不放。为了一套房子，他们居然不怕得罪齐天大圣。

孙悟空呢，也从没把土地当成神，见到他们的第一句话，往往是：把你的孤拐拿出来，让老孙打几下出出气。

在盘丝洞时，孙悟空手拿GPS也找不到唐僧，于是用金箍棒敲地念了一串密码，土地老儿就开始推磨似的乱转。

土地婆儿不知实情，问他："老儿，你转怎的？好道是羊儿风发了！"

土地说："你不知，你不知！有一个齐天大圣来了，我不曾接他，他那里拘我哩。"

……

可见，西游中的土地神，过得的确很窝囊。

但是，偏有一个土地，日子过得相当滋润，不仅西装笔挺，而且还有跟班秘书，拥有自己的军队。

二

在原著第五十九回，唐僧一行来到火焰山，立刻被层层热浪逼退。

还没等孙悟空掏棒敲土地问话，就听有人叫道："大圣不须烦恼，且来吃些斋饭再议。"

四人回头一看，见一老人，身披飘风氅，头顶偃月冠，手持龙头杖，足踏铁勒靴，后带着一个雕嘴鱼腮鬼，鬼头上顶着一个铜盆，盆内有些蒸饼糕糜，黄粮米饭，在路旁躬身道："我本是火焰山土地，知大圣保护圣僧，不能前进，特献一斋。"

这个土地，明显比其他土地混得好多了，披风上蚊子都巴不稳，铁靴上苍蝇都难落脚，跟班雕嘴鱼腮鬼非常有气质——这是西游里唯一有保镖的土地。

任何土地见孙悟空，都是跪下磕头，偏这土地加保镖都只是

躬身行礼。

好吧，就算你是土地，送完饭该走就走，不要再多废话，如来一号工程岂是你一个小土地能掺和的？

但这土地不同，在孙牛大战中，他不仅像打了鸡血一样全程参与，还处处牵着孙悟空鼻子走，先后把铁扇公主、牛魔王、玉面狐狸卷了进去，表现出了超强的精明。

他先是告诉孙悟空："要灭火光，须求罗刹女借芭蕉扇。"

然后又说："若要借真蕉扇，须是寻求大力王。"

还免费赠送了一条信息——

"大力王乃罗刹女丈夫。他这向撇了罗刹，现在积雷山摩云洞。有个万岁狐王，那狐王死了，遗下一个女儿，叫作玉面公主。那公主有百万家私，无人掌管，二年前，访着牛魔王神通广大，情愿倒陪家私，招赘为夫。那牛王弃了罗刹，久不回顾。"

土地成功挑起了牛魔王与孙悟空决斗。牛魔王抵挡不住孙猪夹击，正准备开溜，土地率领一队阴兵挡住去路：

> "大力王，且住手，唐三藏西天取经，无神不保，无天不佑，三界通知，十方拥护。快将芭蕉扇来息火焰，教他无灾无障，早过山去；不然，上天责你罪愆，定遭诛也。"

这名土地的配置，完全超出了标配，居然有军队——阴兵。他对牛魔王说话的口气，完全像领导批评下属。

因此，牛魔王当场就发飙了：

> "你这土地，全不察理！那泼猴夺我子，欺我妾，骗我妻，番番无道，我恨不得囫囵吞他下肚，化作大便喂狗，怎么肯将宝贝借他！"

但人家可不管你牛魔王发不发脾气，不仅不让路，而且还在老牛逃回铁扇公主住处的空隙，率领阴兵和猪八戒一起，把玉面狐狸打死，把万岁狐王余党全部剿灭。

不仅是不给牛魔王面子，就是对孙悟空等众，他也很不客气。

孙悟空借扇遇到困难，猪八戒打了退堂鼓："这正是俗语云，大海里翻了豆腐船，汤里来，水里去。如今难得他扇子，如何保得师父过山？且回去，转路走他娘罢！"

这时，土地化身人生导师对他们道——

> "大圣休焦恼，天蓬莫懒怠。但说转路，就是入
> 了旁门，不成个修行之类。古语云，行不由径，岂可
> 转走？你那师父，在正路上坐着，眼巴巴只望你们成
> 功哩！"

他这番话一说，孙悟空只得表态：必须拿下牛魔王，行满超
升极乐天，大家同赴龙华宴。

在土地的几番鼓动下，孙悟空再见牛魔王，语调就不一样
了："我昨日还与你论兄弟，今日就是仇人了！仔细吃吾一棒！"

最后，牛魔王被擒，铁扇公主无奈交出芭蕉扇，孙悟空灭了
火之后，准备揣兜走人，又是这土地出面，帮罗刹女要扇——

> "大圣！趁此女深知息火之法，断绝火根，还他扇
> 子，小神居此苟安，拯救这方生民；求些血食，诚为
> 恩便。"

他已经上升到人民名义的高度了，孙悟空再不还扇就是万民
之敌，因此只得把扇子还了。

从头到尾，我们发现，这土地像一个高明的导演，把孙悟空
师兄弟引入局，不仅除掉了牛魔王，还打掉了玉面狐狸及背后的
势力。

三

这土地是何许人也？他这样向孙悟空揭秘——

> "此间原无这座山，因大圣五百年前大闹天宫时，被显圣擒了，压赴老君，将大圣安于八卦炉内，煅炼之后开鼎，被你蹬倒丹炉，落了几个砖来，内有余火，到此处化为火焰山。我本是兜率宫守炉的道人，当被老君怪我失守，降下此间，就做了火焰山土地也。"

这段话其实是告诉孙悟空：火焰山之祸可不关我们的事，是你自己惹出来的，还连累了道爷我。

孙悟空平时聪明，这时却灌了糨糊：我有罪我有罪。于是便很卖力地去打自己的结义大哥。

作为旁观者的我们，却有几个疑点难消除——

一、难道天庭地板有窟窿，天上不时掉东西？孙悟空大闹天宫时，损坏了不少公共财物，为何只有火焰山，没有笔架山、脸盆山、酒杯山？

二、八卦炉里燃烧的是文武火，用的是炭，哪来的火砖？

三、就算八卦炉被推倒掉下火砖，跟烧火的道童有啥关系？

最值得怀疑的是，这火焰山不远不近，偏偏落在去西天的必由之路，落在了牛魔王地盘上！

为什么要孙悟空去借扇？土地的说法是：一则扇息火焰，可保师父前进；二来永除火患，可保此地生灵；三者赦我归天，回缴老君法旨。

但真把牛魔王擒住，把扇子拿到手了，他的说法又变了：小神居此苟安，拯救这方生民；求些血食，诚为恩便。意思是，为了人民，我就不走了。

让我们不得不怀疑，这土地究竟想干什么？

四

有人说，铁扇公主是太上老君的小情人，理由是红孩儿会三昧真火，牛魔王不会；牛魔王长了角，红孩儿没有；太上老君有芭蕉扇，铁扇公主也有芭蕉扇。

正因为太上老君与铁扇公主有特殊的关系，所以派这土地来服侍她。

其实，这种说法根本经不起推敲——

一、原著从头到尾就没说老君会三昧真火，也没说牛魔王不会，倒是说了孙悟空会，是不是也怀疑孙悟空是红孩儿的父亲？

二、红孩儿没长角，但牛魔王弟弟如意真仙也没有角啊？儿子也可随母亲好吗？

三、太上老君的芭蕉扇与铁扇公主的芭蕉扇根本就不是一把，而且功能完全相反。

所以，这名土地到火焰山来，只有一个目的：奉老君之命，借佛教之手，除掉牛魔王。

有人说，何必这样麻烦，直接派天兵天将剿灭牛魔王，不就完了？

这只能说你太单纯了！

　　牛魔王是什么身份？七大圣之首！号山是他地盘（其子红孩儿守着），女儿国是他地盘（其弟如意真仙守着），翠云山是他地盘（其妻罗刹女守着），积雷山是他地盘（借与玉面狐狸相好，收编了万岁狐王势力）。此外，还有没露面的五大圣，这股黑势力不容小视，是天庭的最大隐患。

　　天庭连收服孙悟空都这么费劲，还会大动干戈除这么多妖王吗？最好的办法，就是占住取经之道，借佛教之手来干。

　　事实证明，在收服牛魔王时，如来也颇费了一番功夫，派出了四路佛兵，外加李天王父子，还差点儿没搞定。

　　火焰山之战，这名土地只动了动嘴皮，就让天庭收获了四个大礼包：

　　一、除掉了牛魔王；二、借佛教之手搞事，撇清了自己；三、借扶持罗刹女，收编了火焰山地盘；四、破坏了孙悟空和牛魔王等妖族联盟。

　　现在，大家知道这名土地的厉害之处了吧？别说配个保镖，就是享受天庭特殊津贴都不为过。其他土地只知道守着土地婆过小日子，还想给你配秘书，没被妖精打死就不错了。

　　只是，面对这样精明的土地，相信每个人都感到害怕，他可以看穿你的肠肠肚肚，并且把每一条后路都给你算死，还借助你的手把自己搞废。

　　相比之下，我们还是觉得号山的土地可爱些。但问题来了，他们那么诚实善良，为何连衣服都穿不上，连熊孩子都要欺负他们呢？

　　一名哲人说得好，我们不欺负人，但也不能被人欺负；我们坚守诚信善良，但也不能成为别人耍弄的借口。

只有炼就火眼金睛，才能辨别忠奸善恶；只有苦练七十二般本领，才能笑对人生八十一难。

一句话，没有过硬本事，谁来维护你的善良？

这土地神曾经地位显赫，以后可能还要官复原职的，所以带个保镖什么的很正常。此外，他始终是老君身边的人，虽然假身为土地，但宰相门前七品官的气势并不低，敢对孙悟空和猪八戒指手画脚。这也是西游中孙悟空唯一不敢打孤拐的土地。

——王者

唐僧的启蒙之师

一

　　乌巢禅师究竟是谁，原著中并没有交代。有人说，或许他像菩提祖师一样，只是作者随便写的一个人物。但古人写文相当严谨，每一段话，每一个人物，每一个故事，都有一定的喻义。

　　从原著构架来看，不写乌巢禅师，故事结构也是相当完整的（央视82版《西游记》在改编时，就直接删除了乌巢禅师）。但是，从原著思想来看，这个乌巢禅师相当重要，他传授的《多心经》（有时也称《心经》）可以说是整个小说之魂。

　　乌巢禅师对孙悟空的影响，远超菩提祖师，对唐僧的影响，更是远超如来和观音。唐僧一路上遇到妖怪或坎坷，念的不是如来和观音讲授的佛经，而是乌巢禅师传授的《多心经》，大家不觉得奇怪吗？

　　我们试着来分析分析，乌巢禅师有可能是谁，作者写他的本意究竟是什么。

二

从原著第十九回开始，《多心经》就多次被提及，甚至贯穿到后半部小说。在第二十回的开端，作者就写了一篇偈子（即佛经中的唱颂词）作说明：

> 法本从心生，还是从心灭。
> 生灭尽由谁，请君自辨别。
> 既然皆己心，何用别人说？
> 只须下苦功，扭出铁中血。
> 绒绳着鼻穿，挽定虚空结。
> 拴在无为树，不使他颠劣。
> 莫认贼为子，心法都忘绝。
> 休教他瞒我，一拳先打彻。
> 现心亦无心，现法法也辍。
> 人牛不见时，碧天光皎洁。
> 秋月一般圆，彼此难分别。

怕读者看不明白，作者还补了一句："这一篇偈子，乃是玄奘法师悟彻了《多心经》，打开了门户。那长老常念常存，一点灵光自透。"

怕读者还是看不明白，在原著第四十三回，师徒到达黑水河遭遇水怪之前时，又加了一段说明——

　　行经一个多月，忽听得水声振耳，三藏大惊道："徒弟呀，又是那里水声？"行者笑道："你这老师父，忒也多疑，做不得和尚。我们一同四众，偏你听见什么水声。你把那《多心经》又忘了也？"唐僧道："《多心经》乃浮屠山乌巢禅师口授，共五十四句，二百七十个字。我当时耳传，至今常念，你知我忘了那句儿？"行者道："老师父，你忘了'无眼耳鼻舌身意'。我等出家人，眼不视色，耳不听声，鼻不嗅香，舌不尝味，身不知寒暑，意不存妄想——如此谓之祛褪六贼。你如今为求经，念念在意，怕妖魔不肯舍身，要斋吃动舌，喜香甜嗅鼻，闻声音惊耳，睹事物凝眸，招来这六贼纷纷，怎生得西天见佛？"

　　快到灵山时，唐僧师徒又一次提到《多心经》，这是全书最后一次提及。原文如下——

　　行者道："师父，你好是又把乌巢禅师《心经》忘记了也？"三藏道："《般若心经》是我随身衣钵。自那乌巢禅师教后，那一日不念，那一时得忘？颠倒也念得来，怎会忘得！"行者道："师父只是念得，不曾求那师父解得。"三藏说："猴头！怎又说我不曾解得！你解得么？"行者道："我解得，我解得。"自此，三藏、行者再不作声。

　　但是八戒、沙僧却不相信悟空的话，笑他"只晓得弄棒，哪里晓得讲经"，但唐僧却道："悟能、悟净，休要乱说，悟空解得是无言语文字，乃是真解。"

这些都说明，唐僧团队要取的经，其实是两部，一部是他们自身修炼需要取的经，这已在乌巢禅师处取到，之后的行程，其实是参悟《多心经》的过程；另一部经，是唐王李世民开水陆大会和如来佛教东进需要的经，唐僧把这部经取回东土之后，他自己并没有多看，甚至没来得及给大唐子民讲一课，就被八大金刚带回西天受封赏。

三

弄清了《多心经》的地位，我们再来分析乌巢禅师究竟可能是谁。

需要特别说明的是，《封神榜》和《西游记》虽然有很多相似的地方，但两者的神仙体系却千差万别，比如孙悟空，在《封神榜》里就是一个坏猴子，最后被二郎神打成了一块石头。所以，绝不能用《封神榜》来解《西游记》。说乌巢禅师是陆压的朋友，抱歉了！

我们还是老老实实结合原著来分析（这段分析曾在第一本书中写过了，为了帮助大家理解，再重复一次）。

我们首先从乌巢禅师所居山名说起。乌巢禅师住的地方叫浮屠山，这山名有何意义呢？

中国人最爱说一句话：救人一命，胜造七级浮屠。"浮屠"按照《佛学大辞典》的解释，其实是佛陀的转音。但在中国，很多佛教徒将"浮屠"当作"浮塔"。救人一命胜造七级浮屠的意思是指：救人一命的功德，比你建七层高佛塔的功德要大得多。

所以浮屠山，实际是指佛山。

其次，乌巢禅师住的地方是鸟巢，这就排除了是如来和观音的可能。

如来住的是灵山大别墅，每次出差也是前呼后拥，取经工程就是他亲自安排的，唐僧还是他二徒弟，他有必要把自己变成一鸟人，躲在树上等取经团队来吗？直接通过观音下一个指示就行了。

观音更不可能。作为取经小组的组长，她一直跟踪打表，并多次现身指导，走哪里都是乘坐莲花版高级小轿车，完全没必要委屈自己，藏在鸟窝里指导唐僧取经。

况且上文已说了，《多心经》并非如来和观音传授的经，如果是他们传的，何不在长安时就传，或者到了灵山再传，在中途化装打扮传一经，的确有些费事。

观音曾在取经途中变化成普通人给过唐僧师徒指点，但每次办完事后她都会显一下法身再走。这乌巢禅师从头到尾，就没有改变过自己的形象。

还有人说是菩提祖师，这更不可能了。第一，以他的身份，不可能变成一个孤居深山的鸟人。第二，他已经说过不再见悟空，肯定不会出尔反尔。第三，如果是菩提，为何对唐僧、八戒热情，反而对悟空冷淡？更关键的是，何必要劝八戒跟他修行？第四，他如果有《多心经》，早传给悟空了，何必这个时候才来传。

那么，排除了这几位，还有哪位大伽呢？

有！过去佛燃灯！燃灯作为退休老领导，对如来故弄玄虚开展佛教东进，不一定支持，他可能会感觉目的性太强，与"度有缘人"的主张不相符。

再者，唐僧是十世修行的好人，也就是说，在这之前，他经过了九次转世，他为何要转世，为何又是好人呢？有人说他为了佛教，做出过重大牺牲。燃灯古佛作为老领导，肯定知道这些事，也肯定对唐僧赞赏有加。因此，在中途传给唐僧《多心经》指导他前行，完全有可能。

乌巢禅师为何只喜欢八戒而不待见孙悟空呢？这更好解释，作为佛教大佬，他比较喜欢出身正道的八戒，而不喜欢出身山野，并且被如来驯化了的猴子。

另外，他住的佛山、鸟巢都符合佛教退休老领导的生活习惯。

可能有人不认可，但在原著第九十八回，还有一个明证——

唐僧师徒因没有送上人事（回扣），被阿傩、伽叶摆了一道，用无字真经糊弄他们。可取经团队并不知情啊，他们高高兴兴地扛着假货就回家了。

隐居在宝阁之上的燃灯古佛完全清楚如来和二尊者的把戏，但又不好明说，只好叫白雄尊者赶上他们，从半空中伸出一只手来，撕烂了经包，揭露了真相，最后导致孙悟空到大殿直接向如来问责。

如来为了掩饰尴尬，讲了一大堆道理，并让二尊者重新拿经（不过经书缩水了一大半）。他的心里，肯定对燃灯是极度不爽的！

四

以上，实际是就小说来分析小说。但是，在蜗牛心里，却认为这乌巢禅师就是唐僧。不是小说里的唐僧，而是历史上真实的玄奘法师。

原著中所提的《多心经》，历史上是有的（一字不差），它的全名叫《摩诃般若波罗蜜多心经》，它是玄奘法师从天竺（古印度）取回来的众多经卷中的一部。

《多心经》在唐太宗去世前三天翻译完成，也是玄奘法师翻译的最后一卷经（难道是巧合？）。公元664年正月初九，玄奘在跨越屋后水渠时，不小心跌倒，从此再也没有起来。二月初五夜半，一代高僧玄奘去世。

当年玄奘法师取经，远没有《西游记》中那么浪漫，他是偷渡出国，几次被追捕，还差点儿被胡人石磐陀（有人说是孙悟空的原型）杀害。他在印度成为一代宗师，很多大国哭着喊着要给他绿卡，可他始终忘不了祖国，忘不了初心，又历尽千难万险回到大唐。

李世民原谅了他，专门给他修了禅院让他翻译经卷，并挑选最具才华的辩机和尚做他的助手，帮助他完成了《大唐西域记》的写作。可辩机和尚却因与高阳公主（李世民第十七个公主）有染，被李世民腰斩于市……

可见，《多心经》所讲的佛法哲理，有多少人能参透？

《西游记》在成书过程中，吴承恩不可能不知道这些事件，不可能没熟读《多心经》。因此，他将玄奘法师化身为乌巢禅师，来度小说中的玄奘法师，并非没有可能。

《西游记》中，唐僧团队取的是两部经，其实我们生活中往往取的也是两部经。

一部是为了解决饭碗问题而追求的东西，如学历、岗位、交往圈等。有时为了生存，我们不得不把脸抹下来塞进口袋里，做不想做的事，交不想交的人。

一部是自我修行之经，始终保持平常心，看透世间名利争夺，心中坚守那点善念……

但是，能同时取得两部真经的人又有多少？能同时参透两部经的人又有多少？很多时候，我们都在做两面人，一方面鄙视红尘中如鱼得水的人，一方面又在羡慕着并不知不觉成为这样的人。

网友说

西游取经史也是一段修行史。唐僧、悟空最后成佛与他们的修行、对《心经》的理解参悟不无关系。《西游记》同时也是唐僧团队的成长史，起点相同，但结局未必相同，这与他们的感悟力有关系。不同的人生追求，获得的结果肯定是完全不同的。

——随缘少年呀

西天排第一的不是如来?

一

如来是西天佛祖,灵山扛把子,在不少人心目中,他理应排在第一。但在原著中,却并非如此!

在第一百回,唐僧师徒取经成功之后,如来按功行赏,唐僧和孙悟空封佛,猪八戒当了净坛使者,沙僧是金身罗汉。然后,西天进行了一次排序。原著是这样写的——

> 大众合掌皈依,都念:南无燃灯上古佛。南无药
> 师琉璃光王佛。南无释迦牟尼佛。南无过去未来现在
> 佛。……南无旃檀功德佛。南无斗战胜佛。南无观世音
> 菩萨。……南无净坛使者菩萨。南无八宝金身罗汉菩
> 萨。南无八部天龙广力菩萨。

南无,是"致敬"的意思。

我们可以看到,佛位排在最后的分别是唐僧和孙悟空,但排

在最前面的，却不是如来，而是燃灯古佛和药师琉璃光王佛。也就是说，这两位佛比如来资格更老，更受人尊敬。

在佛教中，众生平等，并无排位前后、职务高低之分。但在原著中，西天佛祖却没排第一，这是为什么呢？

二

相对来说，燃灯古佛的知名度要高些，毕竟同时在《西游记》和《封神演义》中出过镜。

在原著第九十八回，因没给人事，二尊者只传了唐僧师徒无字真经。燃灯古佛正在隔壁办公，听到他们的对话，心里明白这老实和尚要吃亏。

作为老领导，他不忍唐僧白跑路，"东土众僧愚迷，不识无字之经，却不枉费了圣僧这场跋涉？"于是问："座边有谁在此？"只见白雄尊者闪出。古佛吩咐道："你可作起神威，飞星赶上唐僧，把那无字之经夺了，教他再求来取有字真经。"

大家试想一下，如果燃灯古佛不及时提醒，唐僧师徒把这无字真经取回，将是什么后果！——唐王砍不了唐僧的头，但东土群众肯定白高兴一场。那时，李世民必定再派取经团到西天二次取经。

可以这样说，不管如来出于什么目的纵容二尊者给唐僧无字经书，燃灯古佛都打乱了他的计划。

在《封神演义》里，燃灯古佛的名字叫燃灯道人，是元始天尊的弟子，曾经帮助姜子牙破了"十绝阵"，托搭天王李靖是他的弟子。

因哪吒闹海，李靖为息事宁人，逼哪吒自杀。哪吒死后，太乙真人以莲花帮他复生（《西游记》里是如来）。哪吒重生后找李靖报仇，李靖打不赢，幸遇燃灯古佛赠玲珑宝塔，将哪吒罩在塔内，哪吒被熊熊佛光烧怕了，只得跪下认父。

在真实历史上，燃灯是佛教中人而非道教中人，他是纵三世中的过去佛（如来是现在佛，弥勒是未来佛）。因其出生时身边一切光明如灯，故称为燃灯佛，又名"定光佛"或"锭光佛"。

传说他拜阿兰伽兰郁头兰佛为师，曾在过去世为释迦牟尼授记，预言他未来将成佛，是释迦牟尼佛授记之师。不仅释迦牟尼，佛经中的许多佛和菩萨都是他的弟子。

既然是如来佛的老师，所以，他排在如来前面，理所当然。可药师琉璃光王佛为何也排在如来前面呢？

三

很多对佛教知识不甚了解的人，并不知道药师琉璃光王佛究竟是干什么的。

但对佛教中人来讲，他的名头却是如雷贯耳。上文也说了，燃灯是纵三世之首佛（指排在最左边），药师琉璃光王佛则是横三世之首佛（其他两位是释迦牟尼佛、阿弥陀佛）。

在《西游记》中，唐僧师徒在遭遇一件事时，曾反复念过他的佛号。

在原著第七十八回，取经团队来到一个奇怪的城市，说它奇怪，是因为家家户户门外都摆放着鹅笼，鹅笼里没装鹅，装的居然是一个个小男孩。

这是在干什么？

驿丞悄悄告诉唐僧，这是国王的药引。

原来，三年前，城里来了一位老人，给国王献了一个美女，国王从此不上朝，没过多久就搞得像抽了鸦片似的。

这老人，也就是国丈，告诉国王，要想活命，必须用一千一百一十一个小孩的心肝作药引，方才能治病。这昏君为了保命，就照办了。

唐僧一听，忍不住腮边垂泪，失声叫道："昏君，昏君！为你贪欢爱美，弄出病来，怎么屈伤这许多小儿性命！苦哉，苦哉！痛杀我也！"

孙悟空想了一个办法，决定让土地和五方揭谛等神一起，使神通把小孩全部运出城外藏起来。唐僧非常高兴，说如果真能救得这么多小孩，你真是积了大德了。

孙悟空抖擞神威，即起身吩咐八戒、沙僧："同师父坐着，等我施为，你看但有阴风刮动，就是小儿出城了。"他三人一齐俱念：

"南无救生药师佛！南无救生药师佛！"

等孙悟空救了人回来，他们还在念"南无救生药师佛"。

他们为何不请如来保佑而念药师佛的佛号？

原来，药师佛在过去世行菩萨道时，共发了十二大愿（又称十二上愿），其中第七大愿是："除一切众生众病，令身心安乐，证得无上菩提。"由于有这个大愿，所以药师佛致力于为众生治病解难。

　　除了这个大愿，他还有救生愿、智慧愿、功德愿等，总之，是一个舍己救众生的佛。难怪唐僧师徒在看到一千多名小孩即将被害时，忍不住呼他的佛号，就是希望他保佑小孩平安。

　　可能正因为他的舍己为人，在民间威望很高，所以《西游记》作者才没有按纵三世、横三世的排法，直接打乱顺序把他排在了第二。

网友说

　　不管是什么神还是什么佛，真心帮助老百姓的，就能得到老百姓的拥戴；高高在上只知道享受香火的，老百姓对他敬而远之。这就是臧克家先生说的：有的人活着，他已经死了；有的人死了，他还活着。

　　　　　　　　　　　　　　　　——忘了时间的钟

主宰地府的幕后大佬

一

在中国民间，阎罗王一直享有很高的威望，"阎王叫你三更死，谁敢留人到五更"，不管你是金领白领鸡心领，时间到了，阎罗王抓起人就走，不给你商量的余地。大家不怕不行！

所以，在82版《西游记》电视剧中，导演杨洁别出心裁地把阎罗王弄成了一个恶人，一上来就恐吓孙悟空。孙猴子自认为已经跳出三界外，不在五行中，属于东胜神洲国籍，不归阎罗王管，所以抓起老头就是一顿暴捶，好多人看到此处觉得特别解气。

换你我，哪敢啊，敬还来不及呢，因此特别佩服孙悟空。

但是，只要认真读了原著，就会发现阎罗王在地府只是一个小小的部门领导，在他的上面，还有一位来自西天佛教的大佬。

二

　　在原著第三回，孙悟空与六大圣胡吃海喝一番，然后四仰八叉地躺在铁板桥上做起了黄粱美梦。这时，来了两个勾死人，手拿红头文件，用绳索往他脖子上一套，不给他解释，拉着就走。

　　孙悟空醉醺醺地跟着，猛一抬头，发现自己来到了幽冥界，阎王的地盘。他心想，这两个鬼拉我来干什么？又不是5A级风景区，我可不想看啥鸟风景。于是掏出铁棒来，直接把勾死人打成了吊死鬼。还不罢休，直接冲到地府办公楼问责。

　　十代冥王一听说有个毛脸小爷打进来了，赶紧出来查看。原著如下——

　　　　慌得那十代冥王急整衣来看，见他相貌凶恶，即排下班次，应声高叫道："上仙留名！上仙留名！"猴王道："你既认不得我，怎么差人来勾我？"十王道："不敢！不敢！想是差人差了。"猴王道："我本是花果山水帘洞天生圣人孙悟空。你等是什么官位？"十王躬身道："我等是阴间天子十代冥王。"悟空道："快报名来，免打！"十王道："我等是秦广王、楚江王、宋帝王、忤官王、阎罗王、平等王、泰山王、都市王、卞城王、转轮王。"

　　可见，这幽冥界根本不是阎罗王的天下，共有十个王管着不同的部门。也就是说，阎罗王不是老大，只是阎罗殿的领导。

　　作为三界主管生死的权威部门，平时都是吊打别人的份，哪有被别人吊打的理？况且还是一名刚毕业不久的海外留学生。于是，地府决定向天庭告状。

地府派出的告状代表是秦广王。东海龙王刚告完状，秦广王赶紧把告状信递给天庭秘书班成员葛仙翁。

葛仙翁天师启奏道："万岁，有冥司秦广王赍奉幽冥教主地藏王菩萨表文进上。"旁有传言玉女，接上表文，玉皇亦从头看过。

表曰：幽冥境界，乃地之阴司。……今有花果山水帘洞天产妖猴孙悟空，逞恶行凶，不服拘唤……贫僧具表，冒渎天威。伏乞调遣神兵，收降此妖，整理阴阳，永安地府。谨奏。

原来主宰地府的，竟是地藏王菩萨，也称幽冥教主。地府告状信就是以他的名义写的。

不仅如此，地藏王还是佛教的人，所以表文中自称"贫僧"。

三

地藏王菩萨在原著中还出现过一回。这一回，就更能看清他在地府中的地位。

真假美猴王风波中，两猴闹到了地府。以前一个孙悟空，地府工作人员都扛不住揍，现在来了两个，那还得了？

> 唬得那满山鬼战战兢兢，藏藏躲躲。有先跑的，撞入阴司门里，报上森罗宝殿道："大王，背阴山上，有两个齐天大圣打得来也！"
>
> 慌得那第一殿秦广王传报与二殿楚江王、三殿宋帝王、四殿卞城王、五殿阎罗王、六殿平等王、七殿泰山王、八殿都市王、九殿忤官王、十殿转轮王。一殿转一殿，霎时间，十王会齐，又着人飞报与地藏王。

最后，地藏王菩萨用他的坐骑谛听，听出了真相。但谛听告诉地藏王不要管闲事，只需把矛盾上交即可。于是地藏王告诉孙悟空：我这里设备落后，技术有限，没法进行 X 光扫描，也不能进行二维码鉴定，你还是去上级领导如来处，请他裁决吧。

这是地藏王菩萨第一次露面，也是第一次与孙悟空接触。孙悟空在十王面前动不动就要揍人，可奇怪的是，对这位菩萨却很尊敬。孙悟空听完，没有任何纠缠就走了。

从这段故事中，我们可进一步确认，十王只是部门领导，掌管全局的还是地藏王菩萨。

四

那么，作为道教和天庭管辖的地府，它的最高领导人为何来自佛教？

我们先来翻看地藏王菩萨的档案。

地藏王菩萨，因其"安忍不动，犹如大地，静虑深密，犹如秘藏"，所以得名。佛典载，地藏王菩萨在过去世中，曾几度救出自己在地狱受苦的母亲，并在久远劫以来就不断发愿要救度一切罪苦众生，尤其是地狱众生。

地藏王菩萨以"大孝"和"大愿"的德业被佛教广为弘传，也因此被尊称为"大愿地藏王菩萨"，成为汉传佛教的四大菩萨之一。

地藏王菩萨曾说过："地狱不空，誓不成佛！""我不入地狱，谁入地狱！"他一直坚守在地狱最深处，也就是十八层地狱。所以孙悟空第一次闹地府时，没有看到他。

从这名菩萨的修行和操守来看，都十分令人尊敬，难怪地府十王会屈身当他部下，天庭和道教能接受他。

因为他入地狱不是为了当官争权，而是为了拯救地狱众生。

这也说明，只要走得正、坐得端、行事公平，走到哪里都会赢得尊重，受到别人的肯定，而不会被当成谁谁的人，受到排挤。

时下，有的人喜欢抱大腿，认为只要有个过硬的靠山，干什么都不怕。结果靠山一倒，他就跟着倒霉。

蜗牛老领导曾说的，再凶残的地主都需要能干活的长工。所以，你没有关系没关系，你的能力和品性，就是最过硬的关系。

在学校时，老师常告诉我们，学好数理化，走遍天下都不怕。其实，当你走上了社会才发现，走遍天下都不怕的前提，是有一个好的品性。

只要吃得亏，朋友就成堆；只要吃得苦，什么都能学会。

地狱不空，誓不成佛。地藏王菩萨的宏愿是让世人免受轮回之苦。但是，如果坏人不能受到应得的惩罚，如果地狱不能起到惩恶扬善的作用，那么天堂就成了坏人的天堂，天堂就变成了真正的地狱。

——光明

如来佛的接班人

一

孙悟空刚从菩提学院毕业时，天不怕地不怕，连玉帝老儿都不放在眼里，对如来更不当一回事。

玉帝下诏，让佛祖过来降妖猴。两人一见面，孙悟空就很不客气地发难：你算老几？敢来止住刀兵问我？

如来把自己名片亮出来，准备发给他，可人家根本不看，毛手一扬：皇帝轮流做，明年到我家！强者为尊该让我，英雄只此敢争先！你该干啥干啥，就不要掺和这事了。

对猴子这种不知天高地厚的态度，连涵养很好的如来也火了，他冷笑道："你那厮乃是个猴子成精，焉敢欺心，要夺玉皇上帝尊位？……趁早皈依，切莫胡说！但恐遭了毒手，性命顷刻而休，可惜了你的本来面目！"

为了打掉孙悟空的嚣张气焰，如来坐了一次庄，跟他打了一个赌：翻得过我的手掌心，玉帝位置让你坐；翻不过，"下界为妖，再修几劫，却来争吵"。

　　结果孙悟空没有翻过如来的手掌心，如来也没让他"下界为妖，再修几劫"，而是一个巴掌把他压在五行山下关了五百年。

　　五百年刑满释放后，孙悟空再见如来，态度就变了很多。青牛精拦路抢劫，孙悟空打不赢，前去请如来帮忙，立在山门外等比丘尼通报，如来传旨同意后，才小心进去，磕头求助。

　　经过五百年的关押，孙悟空对如来已非常敬畏。特别是加入取经队伍后，对总指挥无论如何也是要尊敬的，不然别人要骂他不懂规矩了。

　　不过，当取经团队历经千辛万苦，终于到达灵山，却因没有送人事而取到无字经书时，孙悟空还是毛了，他当面问责如来——

　　　"我师徒们受了万蜇千魔，千辛万苦，自东土拜到
　　　此处，蒙如来吩咐传经，被阿傩、伽叶指财不遂，通同
　　　作弊，故意将无字的白纸本儿教我们拿去，我们拿他去
　　　何用！望如来敕治！"

　　所以，孙悟空对如来的怕，仅仅是对上司的一种敬畏。但是对另一位佛祖，可就不是敬畏了，而是一种骨子里的怕。

　　他是谁呢？

二

　　在原著第六十五回，取经团队来到一个地方，这里非常奇怪，看起来祥光瑞霭笼罩，但又一股凶气冲天；看起来状若仙境，但又像假花一样给人不真实感。

在这样的"仙境"之中，有一座寺庙，居然叫"雷音寺"，只不过前面加了一个"小"字！

大家都知道，大雷音寺是如来专属办公地，是绝对不允许模仿的，但人家不仅模仿了，还大张旗鼓地挂牌营业；不仅挂牌了，还变了个假如来骗唐僧进去跪拜。

没错，这人就是弥勒佛的大秘——黄眉老怪。

黄眉老怪带了弥勒佛的两件法宝，一件是金铙，一件是人种袋，前者把孙悟空关进去让他怎么也钻不出来，后者把请来的救兵一袋装了，搞得其他神仙都不敢来帮忙。

最后，还是弥勒佛出马，才把秘书降伏。弥勒佛出场的时候，与孙悟空的对话非常值得人琢磨——

弥勒佛挺着大肚，脸上带着笑，说话却是官腔十足："悟空，认得我么？"

如果在五百年之前，悟空同志一定会说，你是谁啊？凭啥要认得你？

但经过了取经路上种种斗争之后，他知道来人惹不起，连秘书都这么厉害，主人肯定更加了不得。于是，赶紧下拜道：

"东来佛祖那里去？弟子失回避了，万罪，万罪！"

回避罪，这是封建时代皇帝立下的规矩，皇帝或高级别官员出行，老百姓必须回避，不然就要治你的罪！

孙悟空下拜称东来佛祖，还自称万罪，可见，他对这肥头大耳的弥勒佛是非常怕的。

但是，弥勒佛在西天仅排第八！他前面还有这些尊佛——

南无燃灯上古佛。南无药师琉璃光王佛。南无释迦牟尼佛。南无过去未来现在佛。南无清净喜佛。南无毗卢尸佛。南无宝幢王佛。

孙悟空为何如此怕他呢？

三

我们先来看看，弥勒佛是何方神圣。

一说到弥勒佛，我们首先会想到他的大肚子和那副对联：

　　大肚能容，容天下难容之事
　　开口便笑，笑世间可笑之人

弥勒佛是佛教八大菩萨之一，大乘佛教经典中又常被称为阿逸多菩萨，被唯识学派奉为鼻祖，其庞大思想体系由无著、世亲菩萨阐释弘扬，深受中国佛教大师道安和玄奘的推崇。

据佛经记载，弥勒出身于古印度波罗奈国的一个婆罗门家庭，与释迦牟尼佛是同时代人。后来随释迦出家，成为佛弟子，他在释迦入灭之前先行入灭。先在兜率天内院与诸天演说佛法，直到释迦佛灭度后五十六亿六千万年时，从兜率天宫下生人间。

是不是看得有些晕头转向？简单点说，就是弥勒佛与释迦牟尼是同年代的人，但他比佛祖先入灭（圆寂的一种说法），佛祖入灭之后，他又转世到人间来接释迦牟尼的班。

弥勒佛传到中国时，本来是没有大肚子的。他的第一个形象出现在十六国时期，是一个两脚交在一起的菩萨。

第二个形象出现在北魏时期，演变为禅定式或倚坐式佛装。

第三个形象出现在五代时期，这个时候，他成了一个肥头大耳、咧嘴长笑、身荷布袋、袒胸露腹、盘腿而坐的胖和尚。

很多人可能在想，佛都是庄严的，胖和尚的造型不是有辱佛的形象？

其实，他的这个造型来源于五代时期的明州高僧契此。

契此，也叫布袋和尚。明州（宁波）奉化人，或谓长汀人。别的苦行僧都是瘦骨嶙峋，偏他有个大肚皮。

布袋和尚说话常让人摸不着头脑，而且喜欢哪里黑哪里歇，像我们熟知的济公一样放荡不羁。经常用一根棍子挑一布袋入市，见物就乞讨，别人供养的东西统统放进布袋，从没见他倒出来，但布袋又随时是空的。

假如有人向他请教佛法，他就把布袋放下。如果还不懂他的意思，继续再问，他就立刻提起布袋，头也不回地离去。人家还是不理会他的意思，他就捧腹大笑。

很多人传，他其实是弥勒菩萨的化身，是贴近群众、走进基层的佛派新代表。

四

蜗牛多次说过，《西游记》原著里的佛、菩萨形象借喻了佛教的一些说法，但又不可混淆一谈。

在佛教经典中，弥勒佛以慈悲著称。在民间传说中，布袋和尚也有较高的声誉。但在原著中，他的很多做法却让人很费解。

首先，他让黄眉老怪在封地小西天拦住取经团队，却不是为了吃唐僧肉。黄眉怪这样告诉孙悟空——

> "此处唤做小西天，因我修行，得了正果，天赐与我的宝阁珍楼。我名乃是黄眉老佛，这里人不知，但称我为黄眉大王、黄眉爷爷。一向久知你往西去，有些手段，故此设象显能，诱你师父进来，要和你打个赌赛。如若斗得过我，饶你师徒，让汝等成个正果；如若不能，将汝等打死，等我去见如来取经，果正中华也。"

从这段话可看出，黄眉老怪是得了正果的佛教弟子，可还要与孙悟空抢取经的活，可能吗？答案只有一个：试探孙悟空的深浅！如果孙悟空打赢了，那才可能取不了经！

其次，弥勒佛把人种袋（原型是布袋和尚的袋子）、金铙（原型是布袋和尚讨饭的家伙）都给了黄眉老怪，看看老怪装了什么人：二十八星宿，五方揭谛，真武大帝的两位秘书，国师王菩萨的小张太子……

都不是简单的神啊，难道是立威？

最后，最关键的是，弥勒佛来收黄眉老怪时，却不直接降伏，而是在孙悟空手心里写个"禁"字，引诱黄眉老怪到瓜田，还让孙悟空钻进他肚子里，弥勒佛这才把他收服。

为什么搞得这么复杂？弥勒佛解释宝贝在妖怪手里。这个理由更牵强，难怪黄眉老怪还敢用宝贝打领导？或者说宝贝还不听弥勒佛的使唤？

孙悟空怀疑自己变西瓜，弥勒佛就认不出来了。弥勒佛呵呵笑道："我为治世之尊，慧眼高明，岂不认得你？"

这句话说得更直白，这段戏可不是演给你看的，而是给其他人看的。

这个"其他人"，就是如来。

所以，在西游世界里，弥勒佛表面上是如来的亲密战友，但从小西天风波中，我们明显感到，他们之间还是有裂缝的。

灵山的世界，也不一定就是太平的世界。

没有永远的朋友，只有永远的利益。正职和副职之间哪怕是师徒关系，也会因种种原因产生矛盾。正职认为养虎为患，副职认为倚老卖老，两人间斗得你死我活。其实，只要心态放平一点，欲望降低一点，没有什么不能相处的。等到都归土那一天，发现一切都是浮云。

——忘了时间的钟

西游最惨的龙

一

龙，在中国如图腾神灵般的存在，但在《西游记》中，它们的地位却并不高。

这是为什么呢？

季羡林在《〈西游记〉里面的印度成分》中说：

> 《西游记》里也讲到东海龙王。同孙悟空只是文斗，没有武斗。龙王这东西本身就不是国货。叶公好龙的龙，同以后神话传说中的龙、龙女或龙王，完全是两码事。后者来源于印度，梵文 Naga，意思就是蛇，所说龙王者实际就是蛇王。

既然不是神物，只是一条蛇，所以，《西游记》中的龙王们往往过得很悲惨。

最悲摧的应算泾河龙王了。如来要传经，就得拉李世民下水。但李世民作为大唐皇帝，怎么能信你外来的和尚？

好吧，那就设一个局。

泾河龙王很幸运地被选中当诱饵，成功地拉着李世民到地府"惊魂三日游"，最后还是落了个不听上级招呼的砍头之罪。

比起泾河龙王，东海龙王要高级得多，相当于独守一方的海军司令。但是，就这样的角色，其儿子依然被哪吒小屁孩毒打抽筋。

当年孙悟空学成归来，准备壮大花果山势力，听说东海龙王那里有好东西，立刻上门来要。换作其他人，早关门放狗了。但他却整理衣着赶紧出门迎接，还"上仙上仙"地叫个不停。

西海龙王的三太子，好不容易挤进取经队伍，却只能当畜生，天天给如来二徒弟唐僧骑。即使取经成功，到了西天，最后的职务也是一个"看门龙"。

……

以上都是公龙，那么母龙的境遇如何呢？更惨！

二

在原著第六十二回，取经团队来到祭赛国，正遇上一场大屠杀：国王磨刀霍霍，要屠杀金光寺的大小和尚。

原来，三年前一场血雨之后，寺里的佛宝舍利子（也不知是哪位高僧的）突然不见了。按理说，作为一个国家，宝贝多的是，一个不知名的佛宝，丢就丢了吧。

但问题是，周边几个国家就认这佛宝，听说丢了，就不来进贡了，这让国王非常生气，一生气，就要杀全寺和尚。

作为佛门同行，唐僧和孙悟空当然不能坐视不管，于是去扫塔查案情，却遇到两个小妖：奔波儿灞、灞波儿奔。从他们口中，才得知这宝贝是万圣龙王和女婿九头虫偷的，万圣公主还上天庭偷了王母的灵芝草进行日常养护。

你说他们偷去干啥？养在那潭底下，金光霞彩，昼夜光明。原来，潭底太暗了，偷这珠宝回去当电灯泡。

孙悟空和猪八戒当即赶到碧波潭，由此拉开了一场血战。

最后，在二郎神的帮助下，老龙王被孙悟空一棒打得脑浆迸裂；龙王太子被猪八戒夹脑连头，一钯筑了九个血窟窿；万圣公主也被猪八戒背后一钯，当场筑死。而九头虫则被哮天犬咬掉一个头，血淋淋跑了不知所终……这龙族为了一个电灯泡，基本算是家破人亡了。

不过，孙悟空手下留情，给龙族留下一个根，谁？老龙婆！也就是万圣公主的母亲。

她见全家都被打死，哭着向悟空求饶道：

"我夫死子绝，婿丧女亡，千万饶了我的命罢！"

八戒道："正不饶你哩！"孙悟空道："家无全犯，我便饶你，只便要你长远替我看塔。"龙婆道："好死不如恶活。但留我命，凭你教做什么。"

老龙婆说得很无奈，只要能活着，干什么都行。

于是，孙悟空叫取来铁索，把龙婆的琵琶骨穿了，把她锁在宝光寺塔心柱上，吩咐本国土地、城隍与本寺伽蓝，每三日给龙婆送饮食一餐，让她糊口。

三

纵观整个案情，与老龙婆真的一点儿关系也没有。

偷佛宝的主意是九头虫出的，实施行动的是老头和女婿，偷灵芝的是万圣公主，就连她儿子，也多少参与了与孙悟空的战斗。

但是，老龙婆的结局却十分悲惨，不仅被带离了水府，锁在高高的塔顶上，连腰都不能直，而且三天只能吃一顿饭，半饥半饱，苟延残喘，比死都难受。

与她一样惨的，还有泾河龙王的老婆。

在原著第四十三回，因小鼍龙在黑水河掠了唐僧，不仅自己吃肉，还要以此给母舅西海龙王祝寿，被孙悟空抓住把柄，前往西海寻师问罪。

西海龙王一看，这不是坑舅吗？赶紧给孙悟空服软——

"大圣恕罪！那厮是舍妹第九个儿子。因妹夫错行了风雨，刻减了雨数，被天曹降旨，着人曹官魏征丞相梦里斩了。舍妹无处安身，是小龙带他到此，恩养成人。前年不幸，舍妹疾故，惟他无方居住，我着他在黑水河养性修真，不期他作此恶孽，小龙即差人去擒他来也。"

从这段话中可以看出，泾河龙王不仅被砍了头，还被抄了家，他的老婆连住的地方都没有，只得来投奔哥哥西海龙王。

背负着罪臣之妻的恶名，肯定日子也好不到哪儿去，患上抑郁症是必然的，因此不久就去世了。

四

《西游记》讲的都是超级英雄和草莽英雄的故事，无论是孙悟空、牛魔王、如来、玉帝、太上老君、女妖精……还是各地龙王，都有这样那样的神通，即使结局很惨，但命运都曾掌握在自己手里。

而这两位龙族遗孀，她们因夫而贵，因夫而沦。丈夫的惨死，都让她们抬不起头来。

为何吴承恩在"踩龙"的同时，偏偏把宝贵的笔墨留了一点儿给她们？

其实只要看看明朝历史就明白了，被推翻、杀掉的皇帝，哪一个的皇后、嫔妃有好下场？

我们每个人在做每件事时，都要想想自己的家人。

有的恋爱不成，就上吊自杀了，可曾想过白发苍苍的父母，把你养大容易吗？你的失恋对象比他们还重要？

有的为了所谓哥们义气，铤而走险，最后杀人偿命，可曾想过你的孩子，谁来养他们？谁来教育他们？

有的人生不如意，开始破罐子破摔，偷鸡摸狗，什么都干，让家人至今蒙羞，亲朋聚会，都不好意思提他。

蜗牛相信，如果万圣龙王在九幽之处获知龙婆还在塔顶受罪，肯定为当年的行为后悔得要命，几世都难心安。

泾河龙王死得一点儿也不冤！他和老袁打赌，出于私欲克扣点数，没有考虑这么做是否合规，只是考虑能不能取胜。这种惯性思维，看出老龙没有一点儿对天条的敬畏，类似的事情肯定没少干。只是，苦了他的老婆。为自己的任性牺牲掉家人幸福，的确不应该。

——Cloud J SUN

泾河龙王之子

一

泾河龙王，是西游中最悲惨的人物之一。但是，他是咎由自取，还是被设计入套，读者们争议很大。

在上一篇，我们介绍了泾河龙王被杀后龙婆的境遇，这一篇，我们来看看他的九个儿子命运如何。从而分析在取经大业中，他这枚棋子处在什么位置，被谁捏在手中。

二

原著第四十三回，取经团队经历红孩儿风波之后，来到了黑水河。

黑水河宽十来里，如果是几名徒弟，分分钟可腾云过去，然而唐僧是凡体，在空中重如泰山，几名徒弟相互推脱，不肯驮他过河。

正争吵间，远处一条船过来，沙僧立刻高喊："棹船的，来渡人！来渡人！"船过来了，却只能坐两人。八戒争先，说我先陪师父过去。

没想到船到河心，却出事了！船工连船带人沉入了水底。原来，这船工并非普通人，而是西海龙王外甥——小鼍龙。他旧年五月间，来此占了衡阳峪黑水河神府，专等吃唐僧肉。

抓到唐僧后，他连忙写信邀请西海龙王前来赴宴吃肉，顺便给他祝寿。没想到这封信却被孙悟空半道截住，他打死信使黑鱼精，拿着信前去找西海龙王"讨个说法"。

西海龙王大惊，赶紧解释此事自己并不知情：小鼍龙是舍妹的第九个儿子。因妹夫错行了风雨，刻减了雨数，被曹官魏征丞相梦里斩了。舍妹无处安身，把他带到这里来辛苦养大。但在前年，舍妹也病故了，我看他无方居住，就让他去黑水河养性修真，没想到他干出这等事。

从西海龙王口中，我们知道小鼍龙是泾河龙王的儿子。

为了撇清自己，西海龙王答应派儿子摩昂领兵去收服小鼍龙。一场恶战，摩昂收服了鼍龙，为了活命，鼍龙也向悟空服了软，道了歉。

三

这件事看起来很简单，其实有好几个疑点。

第一，鼍龙为何几年前就到黑水河专等吃唐僧？

据黑水河河神介绍，鼍龙一来到这里，就霸占了他的神府，还伤了他很多水族。他径往海内（相当于海洋管理局）告他，可西海龙王是他母舅，所以不准他的状子，教他与这鼍龙同住。他欲启奏上天，奈何神微职小，不能见玉帝。

但在西海龙王嘴里，鼍龙的行为却成了下基层锻炼，"待成名，别迁调用"。

这说明，鼍龙是西海龙王故意安排到黑水河的，他似乎知道唐僧要从这里经过，所以让他先去等着。

西海龙王为何这么做？

第二，鼍龙真的需要吃唐僧肉吗？

鼍龙是龙族，龙族的寿命一般都很长，但在西游世界里，他们并不像传说中的龙图腾一样地位那么高，而且说斩就斩，比如唐僧司机小白龙，比如泾河龙王。

所以，鼍龙更需要的是取得正果，而非吃唐僧肉。吃了唐僧肉，只能说寿命增加一些，但地位并没有改变。

因此，鼍龙到黑水河，绝不是为了吃唐僧肉那么简单。

第三，鼍龙敢吃唐僧肉吗？

鼍龙不可能不知道父亲为何而死、为谁而死。西海龙王更清楚其中内幕。给鼍龙天大的胆子，他也不敢吃唐僧！不然小心灭族！

为何？父亲已为取经大业献身了，他再去捣乱，难道嫌活得太长了？不仅得不到长生，还会提前出局，甚至加重父亲罪孽，影响父亲转世。天下可没这么傻的人。

这一切都说明，他敢抓唐僧，肯定是得到某人授意。当然，不是真吃，而是配合取经团队玩升级游戏，从而沾点儿光，捋点儿食。

所以才有了鼍龙抓到唐僧后急急派人去给西海龙王报信；所以才有了西海龙王看到悟空来急急让儿子去把鼍龙抓回；所以才

有了鼍龙霸占黑水河，河神到处告状无人理；所以才有了西海龙王提前给外甥说"待成名，别迁调用"。

待成名？霸占人家黑水河能成什么名？当然是替取经团队打工赚工分。

四

这个授意的人是谁？自然是观音。

泾河龙王被斩，观音是清楚内幕的。他虽罪不至死，但又不得不死。但是，事事不可做绝，为了安抚龙族，免得他们心生怨意，于是由观音出面，给他的八个儿子都安排了工作。

西海龙王是这样向孙悟空介绍泾河龙王八个儿子归属的——

> 第一个小黄龙，见居淮渎；第二个小骊龙，见住济渎；第三个青背龙，占了江渎；第四个赤髯龙，镇守河渎；第五个徒劳龙，与佛祖司钟；第六个稳兽龙，与神宫镇脊；第七个敬仲龙，与玉帝守擎天华表；第八个蜃龙，在大家兄处砥据太岳。

老大、老二、老三、老四成为淮水、济水、长江、黄河的水神；老五进入了佛派；老六、老七在天庭工作；老八当了大舅东海龙王辖区的太岳山神。可以说，这八个儿子的工作都相当不错。

九儿子小鼍龙年龄尚小，又寸功未立，暂时不好安排工作，于是观音决定让他为取经工程效力，"排队吃唐僧肉"。

你没看错，的确是吃唐僧肉。不过，如何吃，这里面就有玄机了。

比如，金角大王、银角大王是观音向太上老君借了三次才下界给唐僧增加一难的；观音的坐骑金毛犼、太上老君坐骑青牛精都曾出公差下界为妖；最后，唐僧还差一难，都是人为凑满了的。

观音让鼍龙参与取经工程，间接为取经出力，就有了提拔的资本。可以想象，当取经成功之后，按功行赏时，他肯定会外放某条河当一把手。

这样，他父亲也算死得有价值了。

其实，西游世界就这么奇妙，很多人看似死有余辜，其实非常冤枉；很多人看起来运气好，提升快，其实人家背后付出了血的代价。

还是一句话，天上绝不会掉馅饼。即使有，也是你自己扔上去的。

砍头龙其实是被龙族暗中选出来牺牲的。所以说，做人不能意气用事，凡事要留后路。如果遇到一点儿挫折就意气用事，必然屋漏偏逢连夜雨，船迟又遇打头风，倒霉的事都找到你。如果哪里跌倒哪里站起来，曾经的苦难就成了助你成功的财富。

——AP

比美猴王还厉害的猴王

一

很多人认为，花果山只出了孙悟空一个英雄，其他的都是配角，如果没有孙悟空，他们最终的命运是成为笼子里的表演队。

影视作品中，孙悟空一回花果山，往往高喊："孩儿们，俺老孙回来了！"

难道花果山的猴子都比他小，都是他的孩儿？当然不是。

在孙悟空出生之前，花果山就有四万八千多只猴子，从年龄来讲，有不少是他爷爷、祖宗辈。俗话说，山中无老虎，猴子称大王。花果山那么多猴子，居然做事讲规矩，从没出现打架斗殴、拉帮结派等事，而且还没有一个妖怪敢来进犯，这说明，在孙悟空出生之前，就有一个相当厉害的老猴当猴王。

这个猴王是谁？孙悟空出生之后，他去了哪里？

其实，原著多个地方，讲述了他的存在。

二

原著第一回，孙悟空刚从石头里蹦出，就和众猴打成一片。

一天，一名猴子突然提议：咱别玩了，组团去寻找溪水源头吧。

一群吃松果的猴子，毫无利己动机，不远千里去寻找源头，这是一种什么样的精神？这是一种吃饱了找抽的精神，居然得到众猴强烈支持。

其支持力度有多大？"拖男挈女，唤弟呼兄，一齐跑来，顺涧爬山，直至源流之处……"翻译成白话文就是，推着老的抱着小的，拉着哥牵着妹，这哪是找源头，分明是大迁徙啊！

要说是没有组织的活动，鬼都不相信。

他们来到源流之处，却看到一个瀑布。这时候，大家突然又不去找源头了，这个猴子高喊道：

> "那一个有本事的，钻进去寻个源头出来，不伤身体者，我等即拜他为王。"

并且还连呼了三声！孙悟空等他把气势造足了，才从草丛中跳出来，应声高叫道：我进去，我进去！

大家注意看，谁有这么大的口气，或者谁有这么大的号召力，可以答应钻进瀑布不伤身体者，出来拜他为王？至少也得是个领导吧？

因此，提议找源头、钻瀑布的猴，一定是个德高望重的猴。

三

孙悟空钻过瀑布之后，发现了什么呢？居然是一屋子定制家具。

蜗牛在前文分析过，这水帘洞原来是有主人的。孙悟空进洞之前，主人刚走不久，灶膛里还有柴灰，锅灶上还有剩菜。

这说明，号召大家大迁徙寻找源头，突然又帮助孙悟空钻瀑布的老猴，是完全清楚内情的。他的目的，就是帮助孙悟空树立威望，从而成功登上猴王之位。

孙悟空等一帮老小在洞中疯够了，才站在中间道——

> "列位呵，人而无信，不知其可。你们才说有本事进得来，出得去，不伤身体者，就拜他为王。我如今进来又出去，出去又进来，寻了这一个洞天与列位安眠稳睡，各享成家之福，何不拜我为王？"

大家看，如果没有前面老猴的话作铺垫，孙悟空这番话就没根据。孙悟空这番话说完后，老猴就带领众猴序齿排班，朝上礼拜，都称"千岁大王"。

自此，孙悟空封王之路，成功实现。

作者似乎为了点醒大家，还配了八句诗，最后四句是：

> 内观不识因无相，外合明知作有形。历代人人皆属此，称王称圣任纵横。

　　大家只要回想一下陈桥兵变，赵匡胤黄袍加身是如何来的，就明白孙悟空当上美猴王，绝对不是运气爆棚，而是精心策划的结果。

四

　　孙悟空当上美猴王之后，老猴王是否就撒手不管了呢？当然不是。

　　有一天，孙悟空在大吃大喝、把酒言欢之后，突然掉下泪来。众猴都不解，说咱乡下有吃有喝，自由自在，这样的生活多好啊，大王你为何伤心？

　　孙悟空道：

> "今日虽不归人王法律，不惧禽兽威服，将来年老血衰，暗中有阎王老子管着，一旦身亡，可不枉生世界之中，不得久注天人之内？"

　　原来，孙悟空想的是现在年轻虽有大把青春可挥霍，可一旦老了，还是要归阎王老子管，这也极度不爽啊！

　　这个时候，只见那班部中，忽跳出一个通背猿猴，厉声高叫道：

> "大王若是这般远虑，真所谓道心开发也！如今五虫之内，惟有三等名色，不伏阎王老子所管。"

猴王道："你知哪三等人？"

猿猴道："乃是佛与仙与神圣三者，躲过轮回，不生不灭，与天地山川齐寿。"猴王道："此三者居于何所？"猿猴道："他只在阎浮世界之中，古洞仙山之内。"猴王闻之，满心欢喜道："我明日就辞汝等下山，云游海角，远涉天涯，务必访此三者，学一个不老长生，常躲过阎君之难。"

大家注意看，这通背猿猴居然知道三等人不归阎王老子管，而且知道他们住在哪里。

很显然，这不是一个简单的猴。

五

孙悟空学艺归来，感觉没有称手的兵器，四个老猴（包括这个通背猿猴）问他：不知大王水里可能去得？

孙悟空说没问题。于是他们便说，水帘洞铁板桥下有一个暗道直通东海龙宫，那里有的是兵器。

奇怪了，通背猿等老猴为何知道有这个暗道？就算知道，又怎知直通东海龙宫？怎知龙宫里有兵器？难道他们去过？

可见，老猴王从头至尾帮着孙悟空寻洞、封王、学艺、寻找金箍棒……是一个完美的策划者和推动者。

通背老猿是什么身份？为何有这么大的能耐？

在真假美猴王中，如来是这样告诉大家的——

"有四猴混世，不入十类之种……第一是灵明石猴，通变化，识天时，知地利，移星换斗。第二是赤尻马猴，晓阴阳，会人事，善出入，避死延生。第三是通臂猿猴，拿日月，缩千山，辨休咎，乾坤摩弄。第四是六耳猕猴，善聆音，能察理，知前后，万物皆明。"

灵明石猴，显然就是孙悟空。六耳猕猴，在蜗牛文章中已经解读过。而赤尻马猴与通臂猿猴其本事并不低于孙悟空，尤其是通臂猿，乾坤都能挪转，日月都能拿住，其能耐是四猴中最大的。

并非只有蜗牛这么猜测，在明代无名氏续写的《西游后传》中，孙悟空的接班人孙小圣就是由花果山通臂猿辅佐，再次找到金箍棒，第二次踏上取经之路。

六

通臂猿这么厉害，为何要辅佐孙悟空当猴王，并走上叱咤江湖之路？他为何甘心当孙悟空手下一老将？

其实是追求不同。

在金庸小说中，最厉害的高手，往往隐藏在阁楼山野间，他们或许是扫地僧，或许是钓鱼翁，平时看起来是吃苦的下人，但谁要是真敢找他们的麻烦，他们就会突然奋起，给你致命一击。

这就是蜗牛常说的，低调的前提，是随时能高调。如果已经是很可怜的底层人，他们往往越低调越受人欺负，有时不得不装着高调。

像通臂猿、菩提祖师这样的高人，他们往往是经历了江湖上的血雨腥风，最后选择回归平静。

就像有人说的，小时候拼的是父母，读书时拼的是学校，谈恋爱时拼的是对象，工作时拼的是职位，人到中年拼的是孩子，到了老年才发现，谁活得长才是王道。

没有对比，就没有伤害。

像通臂猿、菩提祖师这样的高人，他们经过一番比拼之后，才发现叱咤江湖又如何，三界第一又怎样？人活在世上，最终不过一床一碗一安眠地而已。所以，寻找内心的安宁，帮助需要帮助的人，才是最大的快乐。

年轻的时候，自己成功是最大的快乐；年老的时候，帮助别人成功是最大的快乐。他们的助力，并非是想得到什么回报，只是一种乐趣而已。

你曾经帮助过别人，那必须得忘掉，因为你记得而别人忘了，那就一直耿耿于怀，最终徒增烦恼。人生就是一场修行，有的人修行是够了，却离死不远了。是幸，还是不幸？

——梦断残阳

凡人众生相

灵台无物，何染尘埃

唯一让妖怪恐惧的凡人

一

在《西游记》中，让妖怪恐惧的只有两类——

一类是神仙，因为掌握着他们的生杀大权，让他们三更死，他们绝对活不到五更。比如玉帝、如来、阎王等。神仙还手握成仙通行证，如王母、太上老君、镇元子之辈，给一粒金丹、一颗蟠桃、一个人参果，他们就可以长生不老，就可以位列仙班。

一类是更凶猛的妖怪。西游的江湖，本来就是弱肉强食的江湖。法力大的，常常欺负法力小的；功力深的，常常欺负功力浅的；有背景的，常常欺负无背景的。

而凡人，基本是他们欺负的对象。饿了要吃人，修道要吃人，成仙还要吃人。连孙悟空、猪八戒、沙僧等众，也吃了不少人。

所以，在西游江湖里，基本是这样的生物链：神仙欺负妖怪，妖怪欺负凡人。凡人要生存，只得供养神仙，依靠他们消灭妖怪。

但是，偏有一凡人让妖怪十分恐惧。他是谁？

二

在原著第十三回，唐僧带着唐王李世民派送的两名从者，前往西天取经。可是刚到双叉岭，就遇上了老虎精（请记住这名妖怪的名字）、熊罴精、野牛精，三名妖怪把他们绑起来，直接将两名从者连肉带骨吃得干干净净。

唐僧第一次遇到这样的情况，吓得不轻。不过，据后来救他的太白金星告知，他本性元明，妖怪吃他不得。的确。他是如来和观音钦定的取经人，即使没有孙悟空猪八戒或沙僧，天空中也有旗舰队随时保护着，哪个妖怪敢食胆包天，把唐僧吃了？

三名妖怪把唐僧绑在木桩上，就去睡觉了（真的一点儿不敬业）。天亮的时候，太白金星赶来，手一指，绳索自动断开，让他往前方小路行走，说罢升天走人了。留下唐僧一人孤苦伶仃独行在荒山野岭中。

走了半日，肚中饥饿。突然，两只老虎咆哮而至，后边有几条长蛇盘绕。唐僧经不起惊吓，正准备两眼一闭，听天由命时，突见"毒虫奔走，妖兽飞逃；猛虎潜踪，长蛇隐迹"，看到这里，蜗牛还以为是哪位神仙要闪亮登场，结果居然是一名猎户，而且是凡人！

唐僧是什么表现？跪在路旁，合掌高叫道："大王救命，大王救命！"

那名猎户走到跟前，放下钢叉，用手搀起他说：

　　"长老休怕。我不是歹人，我是这山中的猎户，姓
刘名伯钦，绰号镇山太保。我才自来，要寻两只山虫食
用，不期遇着你，多有冲撞。"

　　看到没有？一般人是谈虎色变，但这刘伯钦却专打老虎来
吃，其心情就像我们今天上山打野兔一样轻松。
　　不仅如此，他还告诉唐僧：

　　"我在这里住人，专倚打些狼虎为生，捉些蛇虫过
活，故此众兽怕我走了。"

　　大家应该知道，这双叉岭妖怪成堆、虎狼成群，普通凡人如
何能生存？刘伯钦居然还专打狼虎为生，专捉蛇虫过活！刚才蜗
牛已经提醒大家了，唐僧的两位徒弟就是被老虎精吃掉的，老虎
精为何不找刘伯钦算账？
　　所以，这猎户的来历是个谜。

三

　　我们先听听他自己怎么说？
　　刘伯钦告诉唐僧：

　　"你既是唐朝来的，与我都是乡里。此间还是大唐
的地界，我也是唐朝的百姓，我和你同食皇王的水土，
诚然是一国之人。"

紧接着，在刘伯钦的引领下，唐僧牵马到了他家。他的老娘、媳妇给唐僧弄了一顿素斋。

饭后，唐僧参观他家，只见那四壁上挂几张强弓硬弩，插几壶箭，过梁上搭两块血腥的虎皮，墙根头插着许多枪刀叉棒，正中间设两张坐器。伯钦请唐僧坐坐。唐僧见这般凶险腌脏，不敢久坐，遂出了草亭。

也许是吃了人家的东西，受了人家的招待，唐僧很不好意思。于是第二天早上，给他家念了六卷经、做了一场佛事。

当天晚上，一家老小便收到刘伯钦父亲的托梦，他父亲是这样说的：

> "我在阴司里苦难难脱，日久不得超生。今幸得圣僧，念了经卷，消了我的罪业，阎王差人送我上中华富地长者人家托生去了。你们可好生谢送长老，不要怠慢，不要怠慢。"

问题来了，刘伯钦这么厉害，那他父亲肯定也不差，可为何到阴司里遭受苦难呢？为何日久不得超生？

更重要的是，为什么唐僧念了几卷经，阎王就送他到中华富地托生去了？观音不是说唐僧念的小乘教法不能度亡者超生，必须到西天取大乘佛法三藏真经吗？（请见原著第十二回。）

究竟是谁忽悠了谁？

四

因此，我们完全有理由相信，这刘伯钦不是普通的凡人。他的出现，绝非偶然。

我们知道，观音受如来暗示，到西天寻找取经人，实际上就是寻找如来的二徒弟，给他一个镀金的机会。西天那么多人，谁不想得到这个机会？所以要服众，必须要让他渡过八十一难，最后差一难，都是补上了的。

但是，那些妖怪也不是笨蛋，谁不知道如来厉害，谁愿意来蹚这浑水？况且天上有飞行队罩着（五方揭谛、四值功曹、六丁六甲等），地上有铁棒、钉钯候着（孙悟空、猪八戒等众），给唐僧找碴，不是自寻死路吗？万一他们翻脸不认人咋办？所以，这活是没人愿意干的。

真正的妖怪不愿意来，可戏还得演下去，怎么办？只得找群众演员，并且还得给点儿彩头。比如，平顶山的金角大王、银角大王，就是观音找老君要了三次，才找来配合演戏的，可他们中途却起了歪心。

这刘伯钦，极有可能就是群众演员之一。他父亲脱离苦海到福地托生，绝不是唐僧念了几卷经的缘故，而是观音给刘伯钦的出场费，阎王是具体落实者。因此，他父亲才再三叮嘱刘伯钦："（对唐僧）不要怠慢，不要怠慢！"

为吓唐僧，就吃掉了两随从！这随从的命运也太惨了！在西游世界里，普通人的性命就如草芥，被随意丢弃。一将功成万骨枯，人们只记得名将的风光，谁记得万骨的凄凉呢？因此，要活得更长，必须将自己变得强大，不然就只能当万骨。

——信阳建业城陈山林

唯一通三界的凡人

西游系列人物，要么在神界任职，有着超强法力，如太白金星、太上老君之流；要么在冥界任职，掌管凡、妖界的生死轮回，如十代冥王、崔判官等；要么在凡间任职，当皇帝或者大官，如李世民、袁天罡等。

仅有一人，既在天界任职，也在凡间任职，还与冥界息息相通，可以说，他才是最牛外交家。

这人是谁？

一

在原著第九回，泾河龙王因与算命先生袁守诚打赌，违反了天条，要被斩首。危急时刻，他也顾不得脸面了，祈求算命先生救他。

算命先生说：

"我救你不得，只是指条生路与你投生便了。你明日午时三刻，该赴人曹官魏征处听斩。你果要性命，须

当急急去告当今唐太宗皇帝方好。那魏征是唐王驾下的
丞相，若是讨他个人情，方保无事。"

泾河龙王像抓了一根救命稻草，立刻去找李世民。

李世民并不清楚其中利害关系，一听说是丞相魏征要斩他，
立刻拍胸口打包票：放心，一切包在我身上。

泾河龙王高高兴兴地回家了。

应该说，唐王还是很负责的。第二天早上醒来，他记牢了梦
中之事。早上开交班会的时候，他往下面站立的大臣一扫，魏征
这老头居然没来。

他立刻召徐世勣上殿告之实情，并说：昨晚梦里我已答应了
泾河龙王的请求，可现在魏征却不在，怎么办？

这徐世勣就是大名鼎鼎的徐懋功，跟着李渊打天下的开国
功臣，他与人合编了世界上最早的药典《新修本草》，也叫
《唐本草》。

他告诉唐王：只需传旨让魏征进宫，盯着不让他出门，今天
一过，就可把龙王救下。

唐王大喜，立即让人去宣魏征。

魏征为何开交班会的时候敢缺席？原来昨晚玉帝金旨到，让
他午时三刻斩老龙，他正在家试慧剑、运元神。现在唐王的圣旨
到了，他暗暗叫苦。

作为一名资深官员，他不可能犯泾河龙王的错，有了金旨就
敢不听圣旨。

他赶紧穿上朝服，前往皇帝的办公室见李世民。

李世民见他后，也不责怪，只是让其他大臣回去办公，独留

下魏征陪他下棋。魏征心里那个急啊，但又不敢走，只好心不在焉地挪着棋子敷衍皇帝。

李世民把一切看在眼里，却不作声，反正自己的目的就是缠住老头不让他走。

到了午时三刻，一盘棋还没下完，魏征突然伏在案边，呼呼大睡，还响起了鼾声。李世民心想，只要你没出宫门，就斩不了龙王。

魏征也没睡多久，醒来后向唐王道歉，二人继续下棋。但一会儿，就见秦叔宝、徐世勣提着一个血淋淋的龙头进来嚷嚷：真是奇哉怪哉，青天白日的，半空中掉下一个龙头来。

魏征赶紧跪下磕头：是臣梦中斩了老龙。

李世民一拍大腿，糟了！不过，他却悲喜交加。喜的是，想

不到我朝中居然有此人物，何愁江山不稳；悲的是，答应救老龙，没想到食言了。

正因为李世民没能救下泾河龙王，导致了龙王告状、唐太宗还魂、冤魂拦路、召开水陆大会、唐僧取经等一系列事情的发生。这究竟是巧合，还是圈套？算命先生又是个什么角色，为何要把祸事往李世民身边引？蜗牛已经在第一本书《蜗牛看西游：揭秘取经背后的五十个谜团》中进行了详细解答。感兴趣的朋友，可找来翻阅。

本篇探讨的是，魏征究竟是何许人物，为啥既在李世民手下任丞相，又在天庭任剐龙手？

二

其实，魏征的神通，远不只凡界和仙界，冥界也有很深的关系。

唐王因被泾河龙王投诉举报，地府十王派出勾死人，来勾他的魂。眼见李世民不久于人世，魏征告之说：陛下放心，我有书一封，你带在路上，交给冥府判官崔珏，就万事大吉了。

李世民问，这崔珏是谁？

魏征道：

> "崔珏乃是太上先皇帝驾前之臣，先受磁州令，后
> 升礼部侍郎。在日与臣八拜为交，相知甚厚。他如今已
> 死，现在阴司做掌生死文簿的酆都判官，梦中常与臣相
> 会。此去若将此书付与他，他念微臣薄分，必然放陛下

回来，管教魂魄还阳世，定取龙颜转帝都。"

李世民将信将疑，还是把这封信揣在袖中，然后闭目而亡。

太宗魂魄出了五凤楼，只见那御林军马，请大驾出朝采猎。太宗欣然从之，缥缈而去。

但是没走多远，人马突然不见了。他独自散落于荒郊草野之间，正惊惶难寻道路时，忽听一人高声大叫道："大唐皇帝，往这里来，往这里来！"原来，他就是崔珏。

唐太宗拿出袖中书信给崔珏看。崔珏读完后，说：

"魏人曹前日梦斩老龙一事，臣已早知，甚是夸奖不尽。又蒙他早晚看顾臣的子孙，今日既有书来，陛下宽心，微臣管送陛下还阳，重登玉阙。"

从以上可以看出，魏征在冥界也是有兄弟伙的，而且在重要部门任职。他经常照顾着兄弟伙的子孙，保持着友好关系。这是为以后留一手。

三

那么，魏征是何许人也，为何这样厉害？

在历史上，魏征是唐朝第一超级猛人，只要皇帝做得不对，马上就要指正，弄得唐太宗都有些怕他。

有两件事可以证明——

一次，魏征请假回家上坟，回来后对李世民说："听别人讲，皇上打算去南山游玩，一切已经安排妥当、整装待发。但现在居然又不去了，什么原因呢？"李世民笑答："起初确实有这样的打算，但是担心爱卿你责怪，所以就半路停下了。"

还有一次，李世民得到一只很好的鹞鹰，放在手臂上把玩，看见魏征前来上奏，藏到怀中。魏征故意久久不停，鹞鹰最后死在皇上怀中。

遇上这样"一根筋"的大臣，皇帝再有涵养，也是不舒服的。有一次，唐太宗怒气冲冲地回到后宫对皇后长孙氏说，总有一天，我要杀掉这个"乡巴佬"。长孙皇后忙问杀谁，太宗说，魏征常常在朝堂上当众刁难，使自己下不了台。皇后听了，连忙向太宗道喜说，魏征之所以敢当面直言，是因为陛下乃贤明之君啊！明君有贤臣，欢喜还来不及，怎能妄开杀戒呢？太宗恍然大悟，此后更是励精政道，虚心纳谏，对魏征也倍加敬重。

看了以上的故事，不知大家有何感慨？反正蜗牛的感受是魏征不容易，李世民更不容易！

想想自己，你敢赌上前程向老板直言吗？好多人提的批评意见都是："老板，你太不爱惜自己的身体了，大家对此有强烈意见！"

作为领导，下级对你的做法提出严厉批评，你脸上还能不能挂住？别说批评，就是自己的指示（哪怕是错误的）落实不彻底，心里也是不舒服的。

正因为唐太宗有此胸怀，魏征有此胆识，所以才有了"贞观之治"。

魏征死后，唐太宗恸哭长叹，亲自书写碑文，并说出了那句千古名言：

"以铜为镜，可以正衣冠；以古为镜，可以知兴替；以人为镜，可以明得失……魏征殂逝，遂亡一镜矣。"

四

继续回到《西游记》。蜗牛发现，只要在书中出现的历史人物，都是一等一的厉害角色。比如算命先生袁守诚的侄儿袁天罡，就曾与李淳风一起撰写了震惊古今的《推背图》。再比如太上老君李耳，道教创始人，一本《道德经》风靡全世界。

虽然他们在《西游记》中都被进行了神话处理，但很多历史事实还是提了一两笔。如太上老君，就提了老子当年过函谷关的事。

吴承恩把魏征写成神、冥、凡界三通的外交家，是有意为之，也许是小说需要？不得而知。但蜗牛相信他一定了解魏征死后之事，而这件事，可能今天的好多人未必清楚。

据相关史料记载，魏征虽然生前与李世民关系很铁，但在他死之后，李世民却亲自砸掉了给魏征写的墓碑！这又是为何呢？

导火索在于魏征荐人失当！

魏征在死之前，曾向唐太宗秘密推荐过中书侍郎杜正伦和吏部尚书侯君集，说他们有当宰相的才能。对魏征的推荐，李世民还是很重视的，于是杜正伦被提拔为兵部员外郎，后又改任为太子左庶子；侯君集也官至检校吏部尚书。但在魏征死后，他俩都因牵连到太子李承乾谋反事件，一个被流放，一个被斩首。

这时候，李世民开始怀疑魏征这个老实人也有结党营私的嫌疑。后来，唐太宗又得知消息：魏征曾把自己给皇帝提建议的书稿给当时记录历史的官员褚遂良观看，他更怀疑魏征故意博取清正的名声，于是心里恼火，不仅下旨解除了衡山公主和魏征长子魏叔玉的婚约，还亲自砸掉了魏征的墓碑。

　　但是两年之后，唐太宗率军亲征高丽，战事不顺利，被迫撤回。这时，他又想起魏征，如果魏征在世，定能劝止自己鲁莽的决策。于是，唐太宗倍加怀念魏征的经世治国之才，犯颜直谏之胆。为了鼓励群臣们像魏征一样进谏，他重新竖起魏征的墓碑，恢复了其声誉和待遇。

　　但是，魏征之后再无魏征！

　　碑砸了，又复立碑。自魏征以后再无魏征，世民之后也再无世民。自古以来，这种君臣之交的感人故事光有贤臣远远不够，还得有一个圣明无比的贤君。

———筱竹听雨

唯一敢掀玉帝供桌的凡人

一

在中国老百姓心目中，玉皇大帝有着至高无上的地位，你可以不敬神，不信鬼，甚至连自己的父母都可不放在眼里，但万万不能得罪玉帝，生怕他什么时候就降罪于你。

在《西游记》中，他也不是随便就能被孙悟空打在桌底下，而是一名手段老辣、法力深不可测的狠角色。

连如来提起他，都深感敬畏。如来还这样教训猴子——

"他自幼修持，苦历过一千七百五十劫。每劫该十二万九千六百年。你算，他该多少年数，方能享受此无极大道？"

如来不仅是这样说的，也是这样做的。把孙悟空压在五行山下后，他正准备返回灵山，玉帝让猪八戒通知他吃了午饭才走，他就"不敢违悖"，坐下听令。

如来还把玉帝称为大天尊，把自己称为老僧，至少表面上，他对玉帝是相当尊敬的。

太上老君是道教之祖，天庭老干部的代表，拥有八卦炉、炼丹房等高科技武器生产车间和生物化学研究中心，还有金钢琢等超级武器，但是，他在玉帝面前，依然忠诚得像个老黄牛，表面工作做得很到位。

玉帝的手段，孙悟空也是领教过的，从故意安排他守蟠桃园，到引进如来牵制老君，还采取非常手段把猪八戒、沙僧弄下凡，安插进取经队伍，可谓老谋深算。孙悟空对他的称呼，也从"玉帝老儿"到"陛下"，甚至在收服青牛精那回，还写了一首诗来赞美玉帝治理三界有方：

风清云霁乐升平，
神静星明显瑞祯。
河汉安宁天地泰，
五方八极偃戈旌。

像这样厉害的角色，一名小小的郡侯，为何敢推翻他的供桌、砸坏他的饭碗，甚至把他的供品拿去喂狗呢？

很让人不可思议。

二

郡侯这个官职，放在今天，顶多是一名市长。

在普通群众眼里，这官已经很大很大了；但在玉帝眼里，这官很小很小，小得简直不值一提。

取经团队经过他的地盘——凤仙郡的时候，这名市长不是在威风八面地做指示，而是到处招贤求雨。

原来，全市已经三年没有下过一场雨了。

想当年蜗牛在重庆工作，有一年全市八个月没下雨，农田里的庄稼全部枯萎了，老百姓连吃水都困难。国家把重庆、贵州灾情定为重大旱灾，号召全国人民火速支援灾区。

凤仙郡整整三年不下雨，那将是怎样一副人间惨象？

> 富室聊以全生，穷民难以活命。斗粟百金之价，束薪五两之资。十岁女易米三升，五岁男随人带去。城中惧法，典衣当物以存身；乡下欺公，打劫吃人而顾命。

通俗讲，就是老百姓卖儿卖女过日子，乡下人抢劫吃人肉。

全市群众过的是这种苦难的生活，市长的日子肯定也不好过，他不知挨了上级多少骂。所以，郡侯急得嘴角起泡，到处急寻求雨人才。

孙悟空一听，这可是老孙的买卖啊！求雨有什么困难？只要给龙王发个信息，随便喷点儿水，问题就解决了。

然而，当他轻松找到龙王时，龙王却很为难地对他说：平时下个私雨什么的，我都能答应你，但这个地方要想下雨，绝对不行，玉帝早就发过话了！你想求雨，还是去找玉帝吧。

龙王不给面子，孙悟空有些不爽。但是，他还是按住性子，火急火燎赶到了天宫。

谁知，孙悟空向玉帝表明来意后，玉帝不仅不给下雨，还讲了一个故事——

> "那厮三年前十二月二十五日，朕出行监观万天，
> 浮游三界，驾至他方，见那上官正不仁，将斋天素供，
> 推倒喂狗，口出秽言，造有冒犯之罪，朕即立以三事，
> 在于披香殿内。（转头告诉身边人）汝等引孙悟空去看。
> 若三事倒断，即降旨与他；如不倒断，且休管闲事。"

玉帝说的是哪三件事呢？小鸡把米山啄完，哈巴狗把面山吃完，灯把铁链烧断。天上一日，地上一年，等这三件事都做到，凤仙郡的群众早干成灰了。

但这怪哪个呢？玉帝把手一摊，怪我咯？要怪就怪这厮不懂事，当面踢了我的饭碗，还把给我的供品喂狗，对我不敬，不惩罚他惩罚谁？

三

让人想不明白的是，你要惩罚这市长，手段有很多种，比如可以让他拿豆腐撞死、跳进澡盆淹死……这些手段玉帝都不用，偏偏用不下雨来惩罚他，做法是不是太低级了？

天不下雨，郡侯官照样当，可老百姓就惨了，被逼得活不下去。玉帝，您的报复方向是不是搞错了？

但是，孙悟空却没有深想这个问题，而是猴脸霎时变得和屁股一样红，一边大叫着骗子，一边下界找郡侯算账。不料，郡侯却又说出另一番话来——

　　"三年前十二月二十五日，献供斋天，在于本衙之内，因妻不贤，恶言相斗，一时怒发无知，推倒供桌，泼了素馔，果是唤狗来吃了。这两年忆念在心，神思恍惚，无处可以解释。不知上天见罪，遗害黎民。"

　　原来，不是郡侯要踢翻玉帝饭碗，而是他老婆找他吵架造成的恶果。问题出在女人身上！

　　但我们疑惑的是，两口子吵架，关人家玉帝什么事，你把人家饭碗打倒干啥？

　　这就是历史上的一个老把戏，所有的出错都是有原因的，所有原因的背后都有一个女人。商朝是被妲己弄亡的，周朝是被褒姒笑没的，吴国是被西施搞垮的……郡侯不是不尊敬玉帝，关键是婆娘要搞怪！

　　真的罪在郡侯老婆吗？玉帝连这样的事也没搞清楚就开始施罚？

四

　　要找到答案，先得看看凤仙郡在什么地方。

　　按原著里的说法，凤仙郡隶属天竺国，天竺即是原来的古印度，佛教诞生的地方。在《西游记》中，它属于西牛贺洲的地盘，在灵山脚下。

　　这个地方的臣民，大家用脚脖子都能想到，肯定尊佛贬道。

　　所以，完全可以想象，这郡侯是不怎么把道教以及道教的领导玉帝放在眼里的，他推倒供桌，把供品拿去喂狗，绝不是因为与老婆吵架，而是对道教的一种蔑视。不仅是他，整个凤仙郡群众都是这个态度：不敬道！

在其他文章中，蜗牛就告诉过大家，玉帝虽然是道教神仙，但人家是三界之主，连如来都得听他的，所以，这郡侯完全表错了情！

既然你们不敬我，那我就要给你点儿厉害看看。于是，玉帝给手下的司雨官员下旨：不给他凤仙郡下雨，看他们能挺到什么时候！而且还故意设了一个米山面山铁锁来忽悠孙悟空（其实也是在警告如来，你就不要出面了，出面我也不会给你面子）。

如果不信，我们来看原著中最后的解决方案。

先是四大天师悄悄告诉孙悟空——

"大圣不必烦恼，这事只宜作善可解。若有一念善慈，惊动上天，那米、面山即时就倒，锁梃即时就断。你去劝他归善，福自来矣。"

在这场求雨过程中，四天师异常活跃，孙悟空刚上天，他们就迎上前去说那个地方不该下雨，等孙悟空看完了米山面山铁锁，又悄悄给孙悟空出主意。他们的话，其实就是玉帝不方便说出来的话。

可能很多读者还不了解这四天师是谁，他们分别是张道陵（是历史上真实的道教创始人）、葛玄、邱弘济（查无此人，最接近的当是中国第一位女道姑，创立上清道的南岳夫人魏华存）、许旌阳。所谓天师，其实就是教主，不同时期道教的实际领导人。

四天师为何如此活跃？关键是凤仙郡群众侵犯了道教的利益，他们不愤怒才怪！

孙悟空下界把意思一说，这郡侯马上明白了，"磕头礼拜，誓愿皈依"。扛不过人家，那就投降吧。

要知道，佛家掌握着来世，道家可掌握着今生。打雷下雨、刮风闪电，这都在玉帝手里攥着呢，你看哪个和尚能把雨求下来？当然，像孙悟空这种用暴力的除外。

投降之后，郡侯马上召请本处僧道，启建道场，各各写发文书，申奏三天。郡侯领众拈香瞻拜，答天谢地，引罪自责。

这里面有两处值得关注。第一，召请僧道，启建道场。说明郡侯也不敢得罪僧家，同时证明原来道场是没有的，现在才新建。第二，领众引罪自责。郡侯犯事与群众有什么关系呢？这说明群众以前也不尊道。

郡侯及群众皈依后，天上是什么态度？孙悟空上天报信，见直符使者捧定了道家文书、僧家关牒，到天门外传递。

直符使者，就是专门替民间祷告传信的门卫。这说明，凤仙郡群众烧上来的文书天庭收到了。但奇怪的是，居然不是一家，而是道家文书、僧家关牒，相当于僧道两家联合上书，这就耐人寻味了。

关键原因嘛，这郡侯是个聪明人，这样做既不得罪玉帝，也不得罪如来。得罪了玉帝，三年不下雨就让人受不了；得罪了如来，说不定也会受到严厉惩罚，两边不得罪，是最好的生存办法。

网友说

　　郡侯经过这件事学聪明了：县官不如现管，但县官也不能得罪，每炷香都得烧到，不然有你好受的。这也说明，处理好关系的重要性，千万不要有奶就是娘，没奶的，也有可能是爹，一样不能得罪。

——二道杠儿

唯一敢在天庭生子的凡人

一

中国男人一般都很羡慕牛郎：三无人员（无钱、无房、无车）却娶了一个具有天庭户口的白富美。小的时候，别说走过大池塘，就是走过自家门前的小鱼塘，都会忍不住往里看看，有没有七仙女在洗澡。

中国人对神仙生活一直非常向往，哪怕从天上下来一个烧火的，都感觉自带光环；神仙踏过一脚的地方，都会圈起来卖票，还天天游客爆棚。

人们为何羡慕神仙？

答案是：因为神仙能长生不老，老乌龟的年龄小鲜肉的心脏；可以不为一日三餐发愁，想吃什么，招之即来，点石就能成金，完全不用扫支付二维码，真的可以视金钱如粪土。

然而，真正当上神仙才知道，天庭也不是那么好混的。

《红楼梦》中，有位退休老神仙就写了一首打油诗《好了歌》：

世人都晓神仙好，惟有功名忘不了！

古今将相在何方？荒冢一堆草没了。

世人都晓神仙好，只有金银忘不了！

终朝只恨聚无多，及到多时眼闭了。

世人都晓神仙好，只有娇妻忘不了！

君生日日说恩情，君死又随人去了。

世人都晓神仙好，只有儿孙忘不了！

痴心父母古来多，孝顺儿孙谁见了？

俗话说，地有地律，天有天规。神仙们也必须守规矩，犯了错，一样接受惩罚。比如《太上老君金口科玉条正律》里面，就有"金科三百六十科，玉律三十卷一万五千条"。这"金科""玉律"，就是我们常说的"天条"。

违反了不同的天条，会受到不同的处罚：比如砍头，泾河龙王就是受此罚；转世，唐僧因此投胎大唐；流放，沙僧被丢流沙河再也回不去；打屁股，天蓬元帅成猪精前就挨了两千大板……

最奇葩的是，在天庭工作生活期间不许谈恋爱，更不许结婚生子！织女、七仙女，还有玉帝妹子、奎木狼等，就是违反此项规定，受到了严厉的处罚。

很多人对这条规定想不通，当神仙又不是当太监，看到喜欢的异性抛个飞眼，就要砍头打屁股，这神仙还有什么当头？

其实，天庭这样规定，也是为了神仙们的长远幸福着想。

大家想一下，天庭地盘寸土寸金，比今天一线城市的楼盘还值钱，而房子不可能无限开发下去。

神仙们都活得特别长，动不动就与天地同寿，如果死的不死，生的还生，早晚得仙满为患，新考上的神仙别说当弼马温，就是当个烧火工都难。

所以，严禁结婚生子，是保证天庭安全，也是为了纯洁神仙队伍的必要措施。

不过，虽然规定很严，但还是有神仙撞红线，甚至领导身边人带头违反。

玉帝妹子私自下凡与杨君结婚，最后被关在桃山监狱；王母的女儿七仙女、孙女织女，跑到下界洗澡还找了穷小子，让王母大发雷霆；奎木狼与披香殿的侍女偷情，私奔到下界结为夫妻，结果奎木狼被罚为烧火工……

可是，三界中有且只有一位神仙例外！他的女儿或许就生在天庭，并成为年龄最小的神仙，本人也没受到任何惩罚。

他是谁呢？

二

在原著第八十三回，取经团队来到陷空山无底洞，唐僧被老鼠精强行掳去当老公。孙悟空几经战斗，奈何人家跑得快，最终一无所获。在追捕过程中，孙悟空无意间看到一个牌子，如获至宝，马上到天庭告状。

原来，这块牌子透露了一个天大信息，天上托塔的那位李靖天王竟然是她干爹。

玉帝亲自升堂处理此事，让太白金星和孙悟空带着牌子与李天王当面对质。没想到李天王一听，大怒道——

"我止有三个儿子，一个女儿。大小儿名金吒，侍奉如来，做前部护法。二小儿名木叉，在南海随观世音做徒弟。三小儿得名哪吒，在我身边，早晚随朝护驾。一女年方七岁，名贞英，人事尚未省得，如何会做妖精！不信，抱出来你看。"

从这段信息中，我们看到，李天王不仅有三个亲儿子，还有一个女儿。前三个儿子，可以算他成仙之前生的，但这个最小的女儿，居然才七岁！

要知道，托塔天王原型李靖虽然是隋唐时期的人，但在神话世界中，他可是天庭元老级别的（这个一点儿不奇怪，太上老君出生在春秋战国时期，但在道教中天地初开时他就存在了，在人世间工作的时间其实是他们转世体验生活）。换句话说，李天王是天庭的老干部，很早以前就在天庭工作了，不然也不会担任如此重要的职务（不要和《封神演义》作对比，两本书不是一个神仙体系）。

可是，这么一个老干部，小女儿才七岁，连人事尚未省得，那就说明，她极有可能是出生在天庭，李靖不仅把三个儿子带到仙界，还把老婆带到天庭，夫妻生活也没有耽误。

别人连谈个恋爱都要被打屁股砍脑袋，为何李靖敢在天庭公然违反规定，还把女儿生下来了？

其实，只要看了他的家庭成员背景，就知道是怎么回事了。

三

从李靖被孙悟空惹怒，无意间透露的信息中，我们可以看出，他的三个儿子，都占据着重要的位置：大儿子金吒是如来秘书，二儿子木叉是观音秘书，三儿子哪吒是玉帝宠爱的军事干部，佛道最高领导身边都有自己的人。

更关键的是，李靖还是太上老君的得力助手，孙悟空大闹天宫时，他看出老君并不想杀猴子，于是跟着放水，让十万天兵配合演了一出好戏。

可以说，李靖算是三界中人际资源最广的人了。常言说得好，不看僧面看佛面，李靖即使做点儿出格的事，领导碍于情面，也会睁只眼闭只眼。

不过，李靖是一个很内敛的神仙，虽有以上资源，也不可能挑战天庭权威、干出违法违规的事。因此，有人怀疑，生最小女儿的事，可能是他老婆的主意。

他老婆可不是织女，犯点儿小错就被王母揪着耳朵回去了，而是三界闻名的一个女汉子，连男人都轻易不敢惹她。

李靖老婆姓张，也叫红拂女。为何叫红拂女，有两种说法，一是说她爱穿红色衣服，手执白丝拂尘；一是说她手上始终拿着红色拂尘，因此大家就叫她红拂女。

在正史，她的名字很少被提及，但是，在野史中，红拂女的名头甚至超过了李靖。正史为何不提她的名字呢？因为她在隋朝当权者杨素身边当过歌妓。

据唐末五代两部传奇小说记载，李靖年轻的时候，想干一番大事业，费尽千辛万苦赶去投奔杨素。但杨素门人众多，并且只想过小日子，不想再折腾。李靖见杨老板心不在此，待不久就走了。

红拂女看出了李靖的志向，觉得这是一只潜力股。于是，在一个月黑风高的夜晚，敲响了李靖的门，对他说，这个地方没啥意思，我们一起去找李渊父子吧。

李靖同意了。在途中，他们又遇到了一个毛胡子，三人结拜为兄妹，干了很多侠义的事，被称为"风尘三侠"。可见，红拂女就是一个女汉子。

到了李世民处，毛胡子看出李世民有帝王相，就对李靖说，你们在这里好好干，有前途！但我得走了，因为我还有更高的志向。后来他到海外打下了一片天下，并自立为帝。

李靖留下来之后，在红拂女的帮助下，为李渊父子打江山立下了汗马功劳，被封为卫国公。两人也从干兄妹变成夫妻。

虽然红拂女有不便提及的过去，但是她的威望可不是盖的，她中年病逝后，唐太宗命魏征撰写墓志铭，并亲手题下"大唐特进兵部尚书中书门下省开府仪同三司卫国公李夫人张氏之碑"的碑名。

在神话传说中，李靖被封神之后，他的老婆也到了天上（大家不要纠结于年代，其实中国神话中的人物原型都是凡人）。像她这样非常有主见的女汉子，自然是不会理会天庭那些灭绝人性的规定的，该咋生活还咋生活，生个女儿出来，一点儿也不奇怪。

相比弱不禁风的织女，红拂女可不是说动就能动的，王母即使有一万个不高兴，也得给几分面子，毕竟有些猴纵你杀多少鸡，他们也是不怕的，弄不好，还让自己下不了台。

这也说明，牛郎不好好工作，仅靠一头老牛是接不回织女的；织女仅凭一腔同情心，也守不住真正的爱情，更阻止不了家里老人的阻拦。

难怪牛郎织女的故事还有一个版本：织女嫁给牛郎后，牛郎不思进取，天天喝了酒就打老婆，织女一怒之下要回娘家。牛郎披上老牛的皮紧紧跟随，眼看就要追上了，织女从头上取下发簪，往下一划，一道天河就出现在两人身边。

这道天河，其实就是两人之间价值观的差距。

好像没有几个像李靖这样全家去当神仙的，都是先单身后成的神，哪有孩子？既然成了神仙，也长生不老了，就不需要后代来继承财产，所以结不结婚，有没有小孩无所谓。这也说明，好事不可能让一个人占完。像李靖这样的，不也闹得父子不和、互为仇敌？还不如单身轻松。

——张大勇

西游最狠毒的人

一

一说到西游中最狠毒的人，很多人就会想到妖；一说到妖，很多人就会想起大鹏。

的确，大鹏养了四万多只妖兵，吃掉了一座城的居民，门口扔掉的骨头堆积如山。如来前去收他，他还当着佛爷的面砍孙悟空，根本不把如来放在眼里。

但他却不是最狠的。蝎子精屁股上的肉刺，连齐天大圣的铁头都挡不住，如来伸手推她，居然被蜇了中指，疼得龇牙咧嘴。

可蝎子精不承认自己是最狠的，生而为妖，就要吃人。与人类要吃肉一样，天经地义，你不可能站在动物的角度，说人类太残忍了。

真正最狠的，却是一名凡人，对自己的同类，比对妖还狠！

下面，就请观音禅院的住持——金池老先生闪亮登场。

二

先来看金池老先生的背景：观音禅院一把手、深受菩萨器重的人。

观音禅院是什么？在西游世界里，是唯一以神仙名字命名的行宫。大家见过如来禅院、玉帝行宫吗？都没有。这是与观音七佛之师的身份相匹配的。

在这么重要的地方任一把手，走路鼻孔完全可以朝着天。生活当然也是"低调的奢华"，随便从他家的垃圾堆里捡一个东西出来，都是我们没见过的限量版。

金池长老穿的戴的用的，连唐王李世民的干弟弟唐僧都连说"好物件"！

原著是这样描述他的——

> 头上戴一顶毗卢方帽，猫睛石的宝顶光辉；身上穿
> 一领锦绒褊衫，翡翠毛的金边晃亮。一对僧鞋攒八宝，
> 一根拄杖嵌云星。

他全身上下都是名牌：帽子上有猫眼绿，褊衫上有翡翠毛，僧鞋上有八宝石，连拐杖都嵌有上等宝物。

这还不算。再看人家用的——

> 有一个小幸童，拿出一个羊脂玉的盘儿，有三个法
> 蓝镶金的茶钟。又一童，提一把白铜壶儿，斟了三杯香

茶。真个是色欺榴蕊艳，味胜桂花香。三藏见了，夸爱不尽道："好物件，好物件！真是美食美器！"

看看，连唐僧都沉不住气了。
什么叫高端大气上档次，什么叫有品位的生活，这才是。

三

我们再来看金池长老的爱好——收藏袈裟。
袈裟是什么？是僧尼们的法衣，只有在重大场合才穿。袈裟被视为贤圣之帜，自古为佛教教团所尊重，相当于今天最珍贵的礼服。
唐僧每次进庙磕头前，都会吩咐徒弟：快，把我的袈裟拿来！而平时，都是小心放在包里。
金池长老收藏了多少件高级礼服？原著有记载——

　　院主道："老爷才说袈裟是件宝贝，言实可笑。若说袈裟，似我等辈者，不止二三十件；若论我师祖，在此处做了二百五六十年和尚，足有七八百件！"

七八百件袈裟，差不多每件都是限量版，价格自然不菲，作为一名六根清净的佛门弟子，哪有这么多钱购买袈裟？
他获取袈裟的途径除了贪，还有两个：一是骗，二是抢。
我们来看他是如何把唐僧的袈裟搞到手的。
他假意对唐僧说——

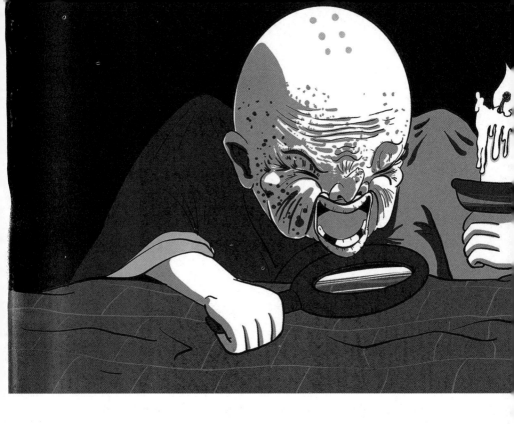

　　"老爷这件宝贝，方才展开，天色晚了，奈何眼目
昏花，不能看得明白，岂不是无缘！"

　　他以看不清为由，要把袈裟拿到家里细看，这是骗。
　　拿到后禅房，金池长老越看越喜欢，于是找来部下商量，如
何才能霸占这件袈裟。广智说，不如把这些和尚砍了。他居然满
心欢喜道："好，好，好！此计绝妙！"
　　广谋提出，那猴子不好对付，不如直接将他们烧死在禅房
内。如此恶毒之计，老和尚居然还夸奖："强，强，强！此计更
妙，更妙！"

这哪是佛门高僧？比强盗，不，比大鹏等妖怪还狠毒！可见，这观音的行宫，其实是个藏污纳垢之所。

四

最后，我们再来看看金池老先生的"朋友圈"。

按理说，作为佛教大佬观音行宫的负责人，肯定要维护佛教及领导声誉，与黑恶势力誓不两立。可是，金池长老不仅不打黑，还与黑团伙称兄道弟。

他的门生里就有一名妖怪——黑熊精。黑熊精偷了他的袈裟，还厚着脸皮请他参加佛衣会，请帖是这样写的：

侍生熊罴顿首拜，启上大阐金池老上人丹房。

黑熊精根本不把他放在眼里，信上却自称为他的学生。

黑熊精还有两个黑小弟，一个叫凌虚子，其实是苍狼怪；一个称白衣秀士，其实是白花蛇。这两种都是极毒之物。金池长老有空了就与他们鬼混搞野炊吃烧烤，完全不符合佛门的规定。

此外，他不好好修炼佛门正宗功法，却跟着黑熊精学偏门之道，所以，他虽然活了二百七十多岁，但"满面皱痕，好似骊山老母；一双昏眼，却如东海龙君。口不关风因齿落，腰驼背屈为筋挛"。

这是学习妖法的后遗症。

在他遇到事之后，这些狐朋狗友，也就是黑道上的铁兄弟，是如何对他的呢？黑熊精直接把袈裟偷走了，三位小弟一起商量开"佛衣会"，最终把他逼上了死路。

可见，他的这些朋友，比孙悟空的结义大哥还靠不住。

五

正如蜗牛所说，西游没有哪个故事是多余的。那么，作者塑造金池长老这个角色，是想告诉我们什么道理？

耍小聪明的，终会害死自己。金池长老的两个得力干将，一个叫广智，一个叫广谋，合起来就是智谋。可是，他们给他出的什么馊主意？居然谋害观音钦点的取经工程负责人！

眼界有多高，成就有多大。他们这算什么谋士？完全就是小聪明，害人之前甚至连别人的信息都没搞准就下手，差点儿把唐僧一行给打了！真是要钱不要命。

看看双叉岭猎户刘伯钦，"危难之时"救下唐僧，领回家像祖宗一样供着。唐僧过意不去，只好给他念了几卷经，刘伯钦的父亲就拿到大唐富贵人家的转世指标。

金池长老真想长生，真想得到好袈裟，完全可以像木叉一样，跟着观音修行，不愁得不到正果。结果是他死了，黑熊精却成了正果，不知他在九泉之下会不会气活过来。

跟什么样的人成朋友，你就会成为什么样的人。职业无贵贱之分，但道德一定有高下之判。如果你像金池长老一样，身边全是小人，肯定平时讨论的都是如何忽悠别人。如果身边都是坚持原则的人，谁干坏事，立刻会被踢出朋友圈。

有的人热衷麻将外交，试想，一名老赌棍说话办事真的靠谱吗？正如一篇文章《北京有一百万人假装在谈合作》一样，很多时候，无效社交在浪费着我们的生命，但最痛苦的是，有时明知别人不靠谱，还得去碰碰运气，直到碰得头破血流为止。

但是，仅仅搭上关系，喝了几顿酒，交换了微信，是没有任何用处的。得向他们学习，让自己也优秀起来。

如果你不优秀，只能仰面看优秀的人，早晚还会被他们踢出朋友圈。

黑熊精为何能得到观音器重？还是因为有本事，金池长老最终成了他向上攀爬的垫脚石。这也说明，虽然你占了先机，如果不努力，后来的新秀一样吃掉你。

最后，在本故事里，作者借唐僧说了一句话，那是给每个人的提醒——

"你不曾理会得，古人有云，珍奇玩好之物，不可使见贪婪奸伪之人。倘若一经入目，必动其心；既动其心，必生其计。汝是个畏祸的，索之而必应其求，可也。不然，则殒身灭命，皆起于此，事不小矣。"

综合起来是一句话，千万不要炫富炫财，哪怕在最好的朋友面前也不要这样做！

金池长老能混到今天的位子，说明他也曾努力过，不然也入不了观音的法眼，担任不了禅院住持。但是，他坐上这个位置后，变得贪得无厌，固然有他的原因，也与观音后期缺乏管教有关系。不仅金池长老出问题，金鱼精、金毛犼都出了问题，这说明领导管好身边人的重要性。

——诺

大禹扔掉金箍棒后去了哪里

一

众所周知，金箍棒的制造者是太上老君，是他亮膀子在八卦炉旁挥锤敲打了好几天，才鼓捣出来的一款兵器。

金箍棒的第一个主人并不是孙悟空，它有一个前任，叫大禹。但大禹似乎对它并不感冒，只是用来测量江海深浅，用完之后，随手扔进东海，不管不问。

孙悟空在菩提那里肄业后，差点儿被隔壁混世魔王夺走了老巢，这让他意识到功夫再高，也怕菜刀。于是，痛下决心到处找兵器。

老猴子告诉他，水帘洞有条暗道直通东海，老龙王兵器库里有的是宝贝，不如去"借"。孙悟空喜出望外，直奔东海而去。

东海龙王一看孙悟空来了，立刻莫名地紧张，知道不给点儿东西，是打发不走的。

于是，他让部下拿出一些平时不用、搁得生锈的东西对付一下。哪知孙悟空一点儿不含糊，全部给扳弯了。

正在东海龙王不知道该怎么办的时候，龙女龙婆把他拉到后屋，出了一个馊主意，说这几天大禹治水时留下的定海神针在闪闪发光，不如让这猴子去试一下。龙王说，那么重，他怎么拿得动？龙婆说，拿不动就不关我们的事喽。

老龙王依计而行，让孙悟空前去观看。没想到金箍棒一见到他，就像宠物见了主人一样，马上变细变小躺在他脚下。从此，孙悟空拥有了自己的专属兵器。

问题来了，太上老君打造金箍棒的时候，是否就想着留给孙悟空呢？如果是，为何要拉大禹当二传手？大禹真的只是一个配角？

二

大禹在中国历史上赫赫有名，是著名的水利工程专家，其先进事迹是"三过家门而不入"。

当年，洪水肆虐，尧帝安排鲧去治水，鲧采取筑河堤的办法治理，可九年过去了，河堤越筑越高，洪水却越来越大。最后，舜帝将他处死，让大禹子承父业。

这是一个残酷的使命，可想而知，大禹背负着多大的压力。他不进家门，既是为了保护妻儿，也是为了全家的命运在拼搏，体现了一个男人应有的担当。

后来大禹采取疏的办法，终于将洪水治住了，也赢得了舜的支持和群众爱戴。舜在位第三十三年时，正式把天子位禅让给禹。十七年后，舜在南巡中逝世。

可让人没想到的是，三年治丧结束，禹却避居夏地的一个小邑阳城，主动将帝位让给舜的儿子商均。然而，天下诸侯都认大禹而不认商均。为了国家稳定，在诸侯的拥戴下，禹正式即王位，国号为夏。大禹也成为夏朝开国君王。

从上面可看出，大禹的最大功绩不在治水，而在于他的远见卓识。如果他因为舜处死父亲而报复领导的话，他的家族可能就不存在了。他用实力扭转了领导的看法，成为人生最大的赢家。

大禹在治水过程中，由于常年在外奔波，因此对各地地形、习俗、物产等了如指掌。登上王位后，他将天下规划为九个州，并铸造九个大鼎（即冀州鼎、兖州鼎、青州鼎、徐州鼎、扬州鼎、荆州鼎、豫州鼎、梁州鼎、雍州鼎），鼎上铸着各州的山川名物、奇禽异兽。九鼎象征着九州，借以显示夏王大禹成了九州之主，天下从此一统。

华夏九州、一言九鼎，就是这样来的。

三

那么，将大禹写进《西游记》，就因为他是一个伟大的治水工程师和伟大的帝王吗？当然不是，大禹与石头有着很深的渊源。

据传，大禹的母亲非常喜欢在溪水边玩。一天，她在小溪中看到一块非常漂亮的小石子，于是忍不住把它捡来吞下了肚，不久，便怀上了大禹。这说明，大禹是石头孕化的。

不仅大禹与石头有关系，他儿子更是从石头里蹦出来的。据《淮南子》记载，大禹三过家门而不入，他媳妇涂山氏忍不住了，有一天去探亲，结果看到一只大熊在治水，这只大熊其实是大禹。大禹看到老婆来了，忘了变回原形就跑去迎接她，已怀孕的涂山氏吓得转身就跑，跑着跑着就变成了一块石头。大禹抚摸着石头悲伤流泪，痛苦得大喊大叫。突然，石头崩开，启就出生了。

这场景是不是同孙悟空的诞生方式非常像？恭喜你，答对了，据说这就是《西游记》开篇故事的原型。启的父亲是大禹，孙悟空也正好从大禹手里继承了金箍棒。

那么，为何启和孙悟空都从石头里蹦出来，而不是从水里或其他地方冒出来呢？这同中国古代的石崇拜有关，比如贾宝玉是石头变的，水浒英雄是从石板下被放出来的……原始人第一次使用的工具也是石器，孙悟空刚进水帘洞，里面最显眼的家具，就是石凳石桌石椅。

那么，大禹仅仅是在《西游记》中串个场就不见了吗？当然不是，他还出现过一次，只是很多人没注意罢了。

四

在原著第六十五回，取经团队来到小西天，遭遇了史上最强妖怪——黄眉老怪。

这黄眉怪不仅本事超群，背景更是吓人，是弥勒佛跟前秘书，孙悟空哪惹得起！

因此，孙悟空刚与之交战，就被金铙关在里面。之后，他到处请神仙，可人家手里还有人种袋，往空中一扔，管你大神小神，统统吸进袋子里。

这个时候，日值功曹给孙悟空出主意，不如去请国师王菩萨。

　　蜗牛翻了一些佛教典藏，没有查到这名菩萨的事迹。此外，"国师王"这个名字也让人觉得奇怪，要么是国王，要么是国师，怎么会有国师王呢？而且，他的徒弟还叫小张太子！难道他与皇帝有什么关系？

　　在原著中，孙悟空讲明来意后，这位国师王菩萨说了一番话——

　　　　"你今日之事，诚我佛教之兴隆，理当亲去，奈时值初夏，正淮水泛涨之时，新收了水猿大圣，那厮遇水即兴，恐我去后，他乘空生顽，无神可治。今着小徒领四将和你去助力，炼魔收伏罢。"

　　原来，他就是收服水猿大圣的主。

　　水猿大圣是谁？即被鲁迅先生认为是孙悟空原型的无支祁。

　　无支祁，上古神兽，四大灵猴之一，善于变化，力敌九龙，且善于控水，就连水神共工也不敢在他面前吹牛皮。

　　他的形状像猿猴，还有火眼金睛。头颈长达百尺，力气超过九头大象，常在淮水兴风作浪，危害百姓。

　　据《上古神话演义》记载，大禹治淮水的时候，无支祁兴风作怪，阻挠治水工程。大禹很恼怒，于是召集群神制定抓捕方案，最后借助神兽夔龙擒获了无支祁。无支祁虽然被抓，但还是击搏跳腾，谁也管束不住。于是大禹用大铁索锁住了他的颈脖，拿金铃穿在他的鼻子上，把他镇压在淮阴龟山脚下，从此淮水才平静地流入东海。

　　因此，这国师王菩萨，极有可能就是大禹的化身。

可见，大禹不仅从太上老君手中接过金箍棒，将它传递给了孙悟空，还像菩提祖师一样，一直关注着他的成长。

就像我们每个人一样，很多时候都以为自己是在孤独前行，其实许多人一直在背后默默关注着我们，只是我们不知道罢了。

有一种爱，真的是不需要回报的。

贵人有很多种，有的是雪中送炭帮助你成长，有的是锦上添花扶着你成长，而有的是处处与你对着干，逼着你成长。要用心对待每一个给过你帮助的人，要珍惜别人给你的信任。甚至对你的敌人，也要感谢他们，如果没有他们的凶狠，就磨炼不出你的坚韧。

——不离不弃，相濡以沫

袁守诚泄露天机为何没人追责

一

常言道，天机不可泄露。意思是，天上的红头文件，即使神仙们知道内容，也是不敢乱说的，谁说了，就要以泄密罪论处。

这天上的红头文件包罗万象，比如月老的红绳配对情况，龙王的施雨情况，阎王的生死簿内容……

可偏偏神仙们都能前知五百年，后知五百年，即使天庭常年组织保密教育，但他们总想向凡人吐露点什么，或显示下自己的存在，或提高在凡间的身价，顺便多收点供品。

人类都是趋利避祸的动物，如果知道了明天彩票开奖的号码，那彩票销售点肯定被踩烂；如果知道了哪个要当官，哪个要先死，那当官者家里早就门庭若市，先亡者还未亡就已无人搭理。

所以，玉帝不让神仙们乱传消息，其实是在保护下界百姓。对泄露天机者，惩罚往往很重，轻则瞎一只眼，重则打入轮回，直接开除仙籍。

但西游中有个特例，算命先生袁守诚不仅连天庭一把手的消息都敢传，还把处罚信息透露给当事人，严重违反了天庭保密原则，可是他却平安无事，连个内部警告处分也没有。

这是怎么回事呢？

二

泾河龙王的故事蜗牛已经讲过多次，本篇再给大家重复一些细节。

一天，夜叉向泾河龙王汇报工作，说有个算命先生唆使一渔民打鱼，每天都要打好多好多鱼。

本来，堂堂泾河龙王不想管这些龙子龙孙死活的，但从另外一个角度想，这算命先生欺负我的人，就是蔑视我的权威，这怎么能行呢？

于是，他化身一白衣秀士，上门挑战，出的题目是：论明天下雨的可能性。

算命先生不慌不忙答题："云迷山顶，雾罩林梢。若占雨泽，准在明朝。"

龙王追问："明日甚时下雨？雨有多少尺寸？"先生道："明日辰时布云，巳时发雷，午时下雨，未时雨足，共得水三尺三寸零四十八点。"

龙王看他入了套，笑着说：

"此言不可作戏。如是明日有雨，依你断的时辰数目，我送课金五十两奉谢。若无雨，或不按时辰数目，

我与你实说，定要打坏你的门面，扯碎你的招牌，即时
赶出长安，不许在此惑众！"

三

泾河龙王高高兴兴地回家了。没想到刚喝了两口茶，就有穿
金甲的天宫工作人员送来玉帝签发的红头文件，上面写着——

"敕命八河总，驱雷掣电行；明朝施雨泽，普济长
安城。"

这红头文件上面的内容，竟然与算命先生的答案毫发不差，
龙王顿时慌张了。

不过，狗头军师却告诉他："大王放心。要赢他有何难处？
臣有小计，管教灭那厮的口嘴。"

军师的办法是："行雨差了时辰，少些点数，就是那厮断卦
不准，怕不赢他？那时掊碎招牌，赶他跑路，果何难也？"

这龙王也是晕了头，这文件能随便改吗？这等大事，怎能听
狗头军师的？但他偏偏就听了，还这样干了，可见，平时他没少
干这样的事。

第二天，他按军师建议克扣了点数和时辰之后，兴冲冲上
街，找到算命先生要掀桌子，没想到算命先生却一声冷笑——

"我不怕，我不怕！我无死罪，只怕你倒有个死罪
哩！别人好瞒，只是难瞒我也。我认得你，你不是秀

士，乃是泾河龙王。你违了玉帝敕旨，改了时辰，克了
点数，犯了天条。你在那剐龙台上，恐难免一刀，你还
在此骂我？"

　　原来，这算命先生不仅敢随便泄露天庭机密，还知道泾河龙
王的命运如何，完全就是一个情报贩子的角色，甚至连魏征的真
实身份也被他透露了。

　　这算命先生为何有这么大神通？书中说，他是天文台台长袁
天罡的叔父袁守诚。

　　但是，任你翻遍古书，也看不到"袁守诚"这个名字。

四

守诚守诚，就是要守住诚信。但这算命先生却反其道而行之，圈套一个接一个：先是唆使打鱼者把信息透露给泾河龙王，再通过打赌激怒泾河龙王；当泾河龙王以为得胜时，再大喝一声说出残酷真相；当泾河龙王发现坏事了，六神无主时，他假意指一条路……

其实，这是一条不归路。犯事之人，哪有不去找审判官，而去找刽子手的？袁守诚不指点泾河龙王去找大舅子西海龙王向玉帝求情，而是唆使他去找刽子手魏征的领导李世民，阻止魏征动刀，这怎么可能？

魏征不杀他，玉帝就要杀魏征！

最关键的是，作为一名凡人，袁守诚是如何知道玉帝旨意的？如何知晓魏征身份的？若是一名神仙，为何泄露了天机却没受到惩罚，反而绕着圈子把龙王砍了？

这表明，这袁守诚不是凡人，更不是天上神仙。

那他是谁？

我们根据原著中一些线索进行推测。

首先，这算命先生来得突然，走得迅速，行踪非常神秘，似乎专为坑泾河龙王而来的。假称是袁天罡亲戚，可袁天罡也不认识此人。不然，他怎么可能在长安街头算命？如果真是袁天罡亲戚，泄露了天机，玉帝不砍他，地府回来的李世民也要砍他。（哪有随便把麻烦往一把手身上引的道理？）

其次，泾河龙王化为白衣秀士，身边的群众都没看出来，偏他对此一清二楚。龙王准备掀摊子时，你看他表现——

> 守诚犹公然不惧分毫，仰面朝天冷笑道："我不怕，
> 我不怕！我无死罪，只怕你倒有个死罪哩！"

如果是一名凡人，敢不怕管司雨的龙王？怎么知道自己无死罪？而且对天条相当熟悉，连罪名和行刑人、行刑时间都知道。

如果以上两条暗线不充分，文中还有一条暗线说得很清楚：没了头的泾河龙王拉着唐王李世民要他赔命，李世民左右挣脱不了，正着急，只见正南上香云缭绕，彩雾飘飘，有一个女真人上前，将杨柳枝用手一摆，那没头的龙，悲悲啼啼，径往西北而去。

女真人是谁？文中有交代——观音。西北方向通往何处？阴司地狱。也就是说，在观音指点之下，这泾河龙王又往阎王处告状，最终导致了李世民惊魂地府三日游。

难怪勾死人把李世民魂魄勾到阴间时，十王中的秦广王第一句话竟是："泾河鬼龙告陛下许救而反杀之，何也？"

李世民辩解了一番，十王却说了一番自相矛盾的话——

> "自那龙未生之前，南斗星死簿上已注定该遭杀于
> 人曹之手，我等早已知之。但只是他在此折辩，定要陛
> 下来此三曹对案，是我等将他送入轮藏，转生去了。今
> 又有劳陛下降临，望乞恕我催促之罪。"

既然你们知道他注定死于人曹之手，为何要拉李世民到阴间

对质？既然李世民已来对质了，为何不让泾河龙王现身，而匆忙送他去转世？更奇怪的是，十王为何集体向唐王道歉？

其实，只要联想到这段时间有两个人到了长安街头，一切就水落石出了。

这两个人，一个是观音，一个是哪吒的哥哥木叉，也称慧岸行者。

观音不可能幻化成算命先生，那只有木叉了。只有木叉才能知道玉帝的旨意，只有他才不会受天庭惩罚，只有他才不怕唐王怪罪，只有他才敢把龙王引进套来……

因为，他的背后站着观音，观音背后站着如来。

当然，也有可能是找的一个旁人，但远没有木叉变化更合适。以上仅为推测，读者诸君仁者见仁，智者见智。

网友说

碰上夸夸其谈的人，只要不害人，倒也无大碍。最怕的是面前装好人，背后捅刀子，这样的人必须提防。从这件事来看，袁守诚设套把泾河龙王装进去，又装老好人指点他去找李世民，其实是把他推进更大的坑。即使在今天，这样心机深、心眼坏的人也不会少，必须要擦亮眼睛有自己的判断，千万不要被他们忽悠了。

——nicole

阎王为何怕李世民

一

李世民遭如来和观音算计，被泾河龙王到地府告了一状，阎王派出鬼差，请他到地府对质。

去之前，他是很忐忑的，先把老婆叫来，交代了后事；又把大臣们叫来，吩咐谁来接班。一切准备完毕，就闭目等鬼差。

这时候，魏征匆匆赶来，扯扯他的龙衣说：

"陛下宽心，臣有一事，管保陛下长生。"

李世民不信："病势已入膏肓，命将危矣，如何保得？"

这时，魏征才说了心中的小秘密：地府有我的兄弟伙，名叫崔珏。他原是先皇之臣，死后在阴司做掌管生死文簿的酆都判官，常与我梦中相会。我给您一封书信，只要带给他，保证能回来继续当皇帝。

李世民这才稍心安，接过书信，放在袖中，瞑目而亡。

李世民的魂魄出了宫门，先还有一大队御林军马陪着他，但走着走着突然一个人都没有了。正惊慌的时候，有一人高声大叫："大唐皇帝，往这里来！"

李世民抬头一看，是一个长相怪异的鬼官，自称是崔珏，说已收到魏征的信息，保证让他回阳。

虽然魏征再三保证各个关节都已疏通好了，但李世民心里还是一直在打鼓，因为地府可不是他的地盘，万一阎王不买账，一个小小的判官能起什么作用？

特别是进了"幽冥地府鬼门关"，老爸李渊、大哥建成、兄弟元吉的魂魄一起扯住他，叫嚷"拿命来""拿命来"，更让他抬不起头，在昔日部下面前，早没了皇帝的尊严，而像个惶恐的囚犯。

好不容易来到森罗殿，冥府的地盘，他以为肯定要挨一百杀威棒，然而真实场景却让他大吃一惊——

> 只见那壁厢环珮叮当，仙香奇异，外有两对提烛，
> 后面却是十代阎王降阶而至……控背躬身，迎迓太宗。

简单点说，就是一名被免了官的罪犯，到了上级部门，以为肯定要挨顿板子，没想到迎接他的却是盛大的欢迎仪式，哪像被贬官，倒像是升官。

所以，李世民当即受宠若惊，感动得热泪盈眶，连步子都走不稳了，连连致谢。

十王向他解释："陛下是阳间人王，我等是阴间鬼王，分所当然，何须过让？"

李世民赶紧道："朕得罪麾下，岂敢论阴阳人鬼之道？"

意思是：我得罪了你们系统的人，现在早不是皇帝了，到了你们地盘，我岂敢再当老大。

但十王不听，坚持要他走前面，始终对他恭敬有加。

<h2 style="text-align:center">二</h2>

更不可思议的是，把人都勾到这里来了，那就对质吧，然而十王却又告诉他——

> "自那龙未生之前，南斗星死簿上已注定该遭杀于
> 人曹之手，我等早已知之。但只是他在此折辩，定要陛
> 下来此三曹对案，是我等将他送入轮藏，转生去了。今
> 又有劳陛下降临，望乞恕我催促之罪。"

既然泾河龙王早就注定要死，并与李世民无关，那把人家从阳间掳来地府做什么？

既然李世民是被误抓，那放他回去不就得了！偏偏十王又补一句：崔判，你去看看太宗皇帝阳寿天禄如何。

崔判官进了档案馆，找到了万国国王那个文件柜，取出资料来一看，大吃一惊，上面注明李世民死于贞观一十三年，也就是今天。

想起魏征的嘱托，想起对李世民的承诺，崔判官头上冒汗，于是，提起笔来就在"一"字上添了两画，然后把文件递给了十王。

十王打开一看，见李世民应死于三十三年，于是惊问：陛下登基多少年了？李世民老实回答：已经十三年了。十王道：放心，你还有二十年阳寿，马上安排你回去。

李世民心里明镜似的，马上拜谢道："朕回阳世，无物可酬谢，惟答瓜果而已。"十王喜曰："我处颇有东瓜西瓜，只少南瓜。"太宗道："朕回去即送来，即送来。"

这个环节也让人生疑：第一，古代写字都是毛笔，难道十王眼瞎了，崔判官加的字墨迹未干，他们看不出来？第二，十王为何说地府只少南瓜？这代表什么寓意？李世民为何连说即送来，即送来，难道他明白了什么？

三

解答这个问题之前，蜗牛先给大家普及一个基本常识。

在之前的文章中，蜗牛给大家分析过，地府最高长官根本不是阎罗王，82版《西游记》中，把地府领导塑造成一个长相凶恶的土匪头子，也是不对的。

在西游世界中（不同的朝代有不同的说法），地府领导班子主要由十个部门领导组成，分别是：秦广王、楚江王、宋帝王、仵官王、阎罗王、平等王、泰山王、都市王、卞城王、转轮王，他们分属十殿，因此也称十殿阎王。

在他们上面，还有一个地藏王菩萨。正因为地府也有佛教的领导，所以观音实施传经计划就十分顺畅。很明显，泾河龙王被砍只是一个由头，真正目的是把李世民引进地府。

可以说，从头到尾，观音和地藏王菩萨做了大量的工作。

泾河龙王到地府告状，是观音指示的；把李世民弄到地府来对质，是地藏王菩萨安排的。为了避嫌，地藏王菩萨从头到尾都没有出现。

那么，生死簿上面的信息，是真的还是假的呢？当然是假的！这是地藏王菩萨为了体现勾魂的合法性，做戏做了全套。

有人可能会说，那万一崔判官不改生死簿，地府以什么名义放李世民回去？其实，以地藏王菩萨的慧眼，完全能看出崔判官的意图。因此，崔判官明目张胆地作弊，十王都装着没看见。

四

但是，仅仅因为以上原因，十王就对李世民恭恭敬敬？别忘了，这里是地府，管你人间什么王，死后都要归地府管，所以，十王完全没必要把姿态放这么低。

真正的原因在哪里呢？在民间传说中，李世民还有另外一个身份：天上紫微大帝转世。

蜗牛告诉过大家，一般神仙修炼到一定层次，就需要转世到人间增加修为。这紫微大帝要上一个台阶，也得到人世间转世修炼。

以他的身份，当然不可能转成普通人，皇帝，自然是他的首选。于是，他便转成了李世民。

紫微大帝在汉族民间信仰中占有重要地位，属于道教四御之一，位居玉皇大帝之下，五老之上。

紫微大帝转世，按规则，他要被洗脑清除记忆，就像唐僧一样，很长时间不清楚自己前世是谁。但是，其他人是知道的，特别是掌管生死的地府十王，绝对知道一切底细。

大家想想，这样的人物到了地府，十王敢不下阶迎接吗？崔判官改二十年又如何？

至于十王为何说地府只有东瓜西瓜，唯独缺南瓜，其实有更深的含义：南瓜代表南赡部洲，也就是大唐的地盘。

十王的意思是，东胜神洲和西牛贺洲都服地府管辖，唯有南赡部洲还不守礼制。

李世民答应回去送南瓜，就是表示南赡部洲从此会加入地府协定。所以，重生之后，他马上推动佛教入唐，并着手筹备水陆大会。

但是地府同样没有北瓜，十王为何也不提呢？原因很简单，因为北俱芦洲很强大，人家根本不理会地府，地府也犯不着去招惹人家。

可见，地府在这方面还是拎得清的。

以我这智商，估计抱个南瓜就去了，哪想到还有这么多弯弯绕。看来无论地府还是天庭，人情大于法。而人情的背后，却又勾连着利益关系。正所谓没有无缘无故的爱，也没有无缘无故的恨。

——@^_^@

孙悟空的徒弟

一

大家都知道，孙悟空拥有七十二变、筋斗云和上天入地的本领。这些本领，一方面来自神秘师父菩提祖师的传授，一方面来自大闹天宫等战斗经历的锻炼。

那么，他收过徒弟吗？这身过硬本领传下去没有？

还别说，取经路上他是收过徒弟的，徒弟还焚香磕头行了拜师礼。孙悟空也不是随便点拨点拨，而是花了很多精力教授。不过，直到他西天成佛，也没听说徒弟有什么建树。

二

在原著第八十八回，唐僧师徒来到玉华州，玉华王有三个王子，均爱舞刀弄枪。听说堂上来了相貌丑陋的人，三个王子拿着兵器就冲出来，要替父王除妖。

说来也好笑，孙悟空等众一路上降妖除魔，今天居然要被三名凡人当妖除了。

三个王子冲出来的时候，师徒四人正在暴纱亭吃斋。看到这场面，八戒只管埋头吃饭不理。吃饱了，才丢了饭碗道："小殿下，各拿兵器怎么？莫是要与我们打哩？"

二王子掣开步，双手舞钯，要打八戒。八戒嘻嘻笑道："你那钯只好与我这钯做孙子罢了！"即揭衣，腰间取出钯来，幌一幌，金光万道，丢了解数，有瑞气千条，把个王子唬得手软筋麻，不敢舞弄。

从这也看出，猪八戒的钉钯如孙悟空的金箍棒一样，是可大可小，能随意变化的。

孙悟空见大王子使一条齐眉棍，跃跃欲试的样子，于是也从耳朵里取出金箍棒来，幌一幌，碗来粗细，有丈二三长短，着地下一捣，捣了三尺深，竖在那里，笑道："我把这棍子送你罢！"

大王子使尽吃奶力气，哪能取得动？

三王子使根乌油棒来打，被沙僧一手劈开，取出降妖宝杖，抌一抌，"艳艳光生，纷纷霞亮"，唬得那典膳等官，一个个"呆呆挣挣，口不能言"。

看到三位"妖怪"这么厉害，他们马上跪下磕头，有了拜师学艺的心思。

三

老王子来当说客，很婉转地向唐僧提出了要求。

唐僧还没表态，孙悟空先说话了：

　　"你这殿下，好不会事！我等出家人，巴不得要传
几个徒弟。你令郎既有从善之心，切不可说起分毫之
利，但只以情相处，足为爱也。"

　　意思是，只要他们愿学，我等巴不得传授。只要感情到位，
什么都可教的。

　　蜗牛最初以为孙悟空只是随便说说，敷衍敷衍老王子。没想
到，他说到做到，还专门要求三位王子焚香拜天地，正式履行拜
师手续。

　　三位王子焚香磕头之后，孙悟空转过身来，向唐僧行礼道：

　　"告尊师，恕弟子之罪。自当年在两界山蒙师父大
德救脱弟子，秉教沙门，一向西来，虽不曾重报师恩，
却也曾渡水登山，竭尽心力。今来佛国之乡，幸遇贤王
三子，投拜我等，欲学武艺。彼既为我等之徒弟，即为
我师之徒孙也。谨禀过我师，庶好传授。"

　　看到孙悟空如此，八戒和沙僧也转身向唐僧磕头道：

　　"师父，我等愚鲁，拙口钝腮，不会说话，望师父
高坐法位，也让我两个各招个徒弟要耍，也是西方路上
之忆念。"

　　唐僧十分高兴，统统答应了。

　　为了解决这三位徒弟的臂力问题，孙悟空还念动真言，诵动

咒语，将仙气吹入他们心腹之中，让他们脱胎换骨，能拿起金箍棒、九齿钯、降妖杖。

但拿得动不等于会使用，况且孙悟空三人还要远去西天取经，不可能把兵器给他们天天练习，因此特意让匠人仿制打造一套"山寨版"。

在打造过程中出事了，三件兵器被黄狮精掳走，从而引出另一悲情故事（详见第一本书《蜗牛看西游：揭秘取经背后的五十个谜团》之《最善之妖：他从不吃人，却被全城人吃》）。

四

从黄狮精手里抢回兵器之后，孙悟空师兄弟接着为徒弟们传授本事，几天之后，他们已将套路练会，师徒四人继续上路。

在取经路上，孙悟空为何这么爽快收徒，并尽心传授呢？

蜗牛认为，他肯定是想起了自己的学艺经历，在取经途中，心智也发生了变化，愿意多做善事。正如八戒沙僧说的一样，"各招个徒弟要要，也是西方路上之忆念"。

孙悟空等众教徒不可谓不认真、不尽力，但这三王子最终也不过能看家护院，打几个强盗。遇上真正的妖精，照样无济于事。师父的变化之方、腾云之术等精髓，他们根本没学到。

可能有人会说，三王子不过是凡人，孙悟空等也只教了一段时间，如何能成大师？其实，猪八戒、沙僧在成仙前，就是普通凡人，他们早期也没任何名师指点。

孙悟空当年为了学艺，跋山涉水十来个年头，才到灵台方寸山、斜月三星洞。又过了七年，才通过菩提祖师重重考验，学到了长生不老之术和筋斗云、七十二般变化等本领。

但是，孙悟空的师兄弟同他一样，都历经艰险，来到菩提祖师处学习，可绝大多数，三界都不知道他们的名字。这说明，师父领进门，修行在个人。

菩提祖师教给孙悟空的，更多是躲避三灾之术，是防御性本领，但孙悟空下山后，却举一反三，自己琢磨出分身法、缩地法等本领，甚至养了瞌睡虫，独创了钻肚法。这些本领，菩提祖师是不会教的，但在实战中，却是最管用的。

所以，人的一生中很多本事，绝不是学校老师教的，而是残酷社会逼着学来的。

真正的考场从来不在学校，当你跨出校门时，残酷竞争才刚刚开始。比如孙悟空，命运对他的挑战就是从他返回花果山开始的。

在今天的信息时代，知识更新换代的速度相当快，一天不学习都会落后，想拿着一本毕业证混一辈子，已经是一种奢望。

与其砸锅卖铁逼着孩子成为考试机器，不如潜心研究培养孩子的兴趣爱好。名牌大学的牌子不能吃一辈子，一技之长绝对能享用一生。

名师未必出高徒，名校未必出精英；真正的考场在社会，最管用的导师是自己。

——正月正

原来女儿国国王并不爱唐僧

一

首先，我们要感谢央视82版《西游记》的导演杨洁，她从女性的角度，把女儿国拍得非常美，给我们演绎了一段凄美的爱情故事。特别是女王对唐僧依依不舍，唐僧含泪说："假如有来生……"更是深深打动了无数观众的心。

但遗憾的是，吴承恩描写女儿国，绝不是为了给大家展现一段琼瑶式的爱情，而是揭露残酷的现实，所以，女儿国才称为一难。女王迫不及待地嫁唐僧，也有不得已的苦衷。

甚至可以说，无论是唐僧，还是女王，都未对对方动心，至少未一见钟情。

这是为何呢？

二

我们拿出地图，来分析一下女儿国的周边形势。

　　在它的东面，有一条河，叫通天河。河里住着一名妖怪，叫灵感大王，专吃童男童女。这灵感大王不仅口味独特，而且来头极大，是观音菩萨的宠物——金鱼。

　　这金鱼精，平时没事就到陈家庄搞户口调查，连匙大碗小的事他都知道，送给他的童男童女，吃前都要做亲子鉴定，非亲生的人家还不吃。

　　灵感大王一年只吃一对童男童女，那平时吃什么？手下还有那么多小妖吃什么？车迟国的陈家庄与女儿国只一河之隔，灵感大王只侵犯陈家庄不侵犯女儿国？他的觉悟有那么高吗？

　　女儿国西北方向有一座山，叫毒敌山，山中有一个琵琶洞，洞里住的是蝎子精。

　　这蝎子精更是了不得，如来都敢蜇，观音都怕她。孙悟空第一次与她作战，就吃了大亏，头上被她蜇了一下，疼了好久。她经常到女儿国"巡查"，唐僧团队刚进女儿国地界，她就知道了。她掳了不少女儿国的女人来当奴仆。作为一国之主，女王不可能不知道蝎子精的存在。

　　在女儿国正南街的解阳山上，也住着一群强盗——牛魔王的弟弟如意真仙及众弟子。他们霸占了原本是女儿国公物的落胎泉，每个女人去堕胎，都必须备重金。女王为何不敢赶走他们？很简单，他们的背后是牛魔王。这牛魔王可是妖界的带头大哥，连孙悟空都打不赢他，要灭女儿国只是分分钟的事，女王敢与之对抗？

　　大家看看，这女儿国分别被西天来的势力、南海来的势力以及妖界的势力控制，它还能太平吗？这女儿国的女人们，生活得还能幸福安稳吗？

很多人问女儿国为何没有男人，首先这三股势力就不答应。

三

我们再来看看，女儿国国王对唐僧一见钟情了没有。

在原著第五十四回，女王听说唐僧一行来到国中，说了这样一段话——

> "东土男人，乃唐朝御弟。我国中自混沌开辟之时，累代帝王，更不曾见个男人至此。幸今唐王御弟下降，想是天赐来的。寡人以一国之富，愿招御弟为王，我愿为后，与他阴阳配合，生子生孙，永传帝业。"

从这段话中，我们可以看出，女儿国国王首先感到高兴的是唐僧的身份——李世民的"御弟"，其次才问驿丞："卿见御弟怎生模样？他徒弟怎生凶丑？"由此可见，唐僧长得如何，她并没放在心上。

一见钟情至少也得见一面吧？哪有连长得怎样都不知道，就死心塌地爱上的？真正的爱情哪有不关心人怎样而先关心身份的？

唐僧为了顺利置换关文，与孙悟空合谋搞了个"假结婚"的把戏。待出城后，突然反悔，骑上马就想溜。女王什么反应？她大惊失色，扯住唐僧道——

> "御弟哥哥，我愿将一国之富，招你为夫，明日高

登宝位，即位称君，我愿为君之后，喜筵通皆吃了，如
何却又变卦?"

女王可没说"我对你情深意重，你为何突然变心"之类的
话，而是指责他合同都签了，为何突然变卦!

最后，女王看到唐僧被蝎子精抓走，孙悟空等腾云去追妖
精，她可不是"情伤"，更不是歌中唱的"只愿天长地久，与我
意中人儿紧相随"，而是"自觉惭愧"，然后和众女官回城。

她为何惭愧? 因为她知道这妖精的背景。她从头到尾就是想
利用唐僧这棵大树，重新撑起女儿国一片蓝天。

四

众所周知，唐僧可不是一个简单的和尚。

首先，他是唐朝皇帝李世民的干弟弟。唐朝的国力在当时的列国中是最强盛的，西行路上的那些小国可惹不起。

其次，他是如来佛祖的二徒弟。玉皇大帝对如来都要倍加客气，安天大会请他坐首席。观音是他手下；牛魔王最终被他俘虏；无论多狂妄的妖，听到他的名字都要心里发怵（黄眉老怪和大鹏除外）。唐僧是他最爱的徒弟，谁欺负唐僧，就等于欺负他。

最后，他是齐天大圣、天蓬元帅、卷帘大将、龙王三太子的师父。他们个个不仅有超强本事，而且背景惊人。但他们都在唐僧领导下工作。

……

而女儿国国王呢？表面上看，她贵为一国之主，长得也不错，但实际面上风光，内心苦闷，她的很多决策，恐怕走不出这皇宫吧？

因此，当女王听说唐僧来了，立刻便有了一个主意，就是通过婚姻，把唐僧绑在女儿国的战车上。只要她与唐僧结了婚，不敢说在大街上可以横着走，至少遇到三股势力欺负女儿国，唐王李世民不可能不管吧？如来不可能不管吧？他的徒弟不可能不管吧？哪怕唐僧结了婚再去取经，女儿国也有了强大后台。

唐僧呢，同样因为这些原因，不敢留在女儿国，即使中途有动心，但也绝不可能一见钟情，更不敢为了所谓的爱情留下来，甚至有来生，也是不可能来这里的。

爱情，在现实面前就是这么残酷。

　　唐僧如果真的留在女儿国，就是违背了李世民的圣旨、如来的法旨，还影响了众徒弟的前程！他们不仅不会保护女儿国，说不定还会毁了女儿国。所以，唐僧即使动了心，也是不敢爱的。可见，再纯真的爱情，也必须考虑一下在一起后的后果。

——Rafa Chen

乌鸡国国王为何敢把文殊菩萨浸河里

一

文殊菩萨，佛教四大菩萨之一，因与般若经典关系甚深，故称为大智文殊师利菩萨。文殊菩萨生于舍卫国多罗聚落梵德婆罗门家，出生时屋宅化如莲花，他从母亲右胁出世，后至释迦牟尼佛所出家学道。

文殊菩萨与普贤菩萨同为释迦牟尼佛左右胁侍，世称"华严三圣"。他也是众菩萨之首，其身份在佛教相当显赫。

这么厉害的一名菩萨，却被乌鸡国国王——一介凡人绑了浸在御水河里三天三夜！

乌鸡国国王吃了豹子胆？为什么敢收拾文殊菩萨？文殊菩萨为什么不施展法力逃跑呢？

二

在原著第三十六回，取经团队来到乌鸡国敕建宝林寺。晚上，唐僧正在灯下复习经卷，迷迷糊糊中，一人随着一股阴风，水淋淋地来到他面前。

唐僧不禁大吃一惊：你是人是鬼？我大徒弟孙悟空专收妖魔鬼怪，你赶紧走，免得他棒子打得你落花流水。

那人垂泪道：师父，我不是鬼，我是冤死的乌鸡国国王。

他告诉唐僧，五年前，乌鸡国突然干旱，草子不生，民皆饥死。为了救灾，国库粮食放完了，银子花光了，所有官员的工资也停发了，自己也不再吃肉，节衣缩食支援受灾地区。不仅如此，还仿效禹王治水，与群众同甘共苦，沐浴斋戒，昼夜焚香祈祷。但是两三年过去，一切都没什么改变，全国上下河枯井涸，百姓命悬一线。

正在危难关头，钟南山突然来了一名全真道人，能呼风唤雨，点石成金。他不禁大喜，马上请道人登台作法。令牌响处，大雨滂沱，全国旱情顿解。感激之余，他与道人结八拜之交，以兄弟相称，同吃同睡。

一天，阳春三月，花红柳绿，两人携手来到御花园八角琉璃井边，不知道人抛下什么东西，顿时金光万道。道人哄他到井边观看，结果一巴掌把他推下井，盖上石板，种上芭蕉。道人变成他模样，占有了他的江山，抢了他的老婆。如今，已满三年了。

唐僧批评他："你也忒懦，何不到阴司阎王处告状？"

乌鸡国国王说："师父啊，哪里告得赢啊！他神通广大，官吏情熟，都城隍常与他会酒，海龙王尽与他有亲，东岳天齐是他的好朋友，十代阎罗是他的异兄弟。因此这般，我也无门投告。"

从乌鸡国国王这段描述来看，害他的也是一名有背景的妖，而且背景还不浅。

三

天亮之后，孙悟空听了唐僧的讲述，决定拯救国王，积一份功德。

他先是变成一只兔子，把太子引到了敕建宝林寺，自己变成"立帝货"，告诉了太子真相。之后，又与八戒一起，从井里把乌鸡国国王的尸体搬上来，并从太上老君处找来一粒"九转还魂丹"，救活了国王。

然后，他让国王化装成一老僧，挑着担同往王宫走。

在宫殿上，孙悟空当众揭穿了假国王的真实面目。这道人眼见把戏被戳穿，立刻跳在空中逃命。孙悟空跟上拦截，两人一顿好打。那道人见打不赢，又跳下来变成假唐僧，幸亏八戒聪明，提出念紧箍咒以辨真假。道人见蒙混不过去，又跳上空中逃跑，再次被孙悟空、八戒和沙僧拦截。

正当孙悟空泰山压顶，准备一棍结果他性命时，老把戏上演了，只听东北彩云里传来一声厉叫："孙悟空，且休下手！"文殊菩萨及时赶到。

谜底揭穿，原来这妖怪是文殊菩萨坐骑青毛狮子。

孙悟空质问：既然是你的坐骑，为何让他作妖几年，也不来收服？菩萨说：你错怪他了，他是奉佛旨下界为妖，简单说，就是帮我出了一趟公差。

见孙悟空还不明白，菩萨详细解释——

"你不知道，当初这乌鸡国王，好善斋僧，佛差我

来度他归西，早证金身罗汉。因是不可原身相见，变做
一种凡僧，问他化些斋供。被吾几句言语相难，他不识
我是个好人，把我一条绳捆了，送在那御水河中，浸了
我三日三夜。多亏六甲金身救我归西，奏与如来，如来
将此怪令到此处，推他下井，浸他三年，以报吾三日水
灾之恨。一饮一啄，莫非前定。"

　　孙悟空这时说了一句非常搞笑的话："你虽报了什么一饮一
啄的私仇，但只三宫娘娘，与他同眠同起，点污了他的身体，坏
了多少纲常伦理，还叫做不曾害人？"
　　菩萨道："点污他不得，他是个骗了的狮子。"八戒闻言，

走近前，往它胯下摸了一把，笑道："这妖精真个是糟鼻子不吃酒——枉担其名了！"

<h1 style="text-align:center">四</h1>

孙悟空关心的是乌鸡国国王是否戴了绿帽，但对我们读者而言，更想知道菩萨究竟讲了什么话，让乌鸡国国王一怒之下把他浸在御水河里三天三夜。而且以他的法力，为何不中途逃走，还要六甲金身救他归西？

从原著前后描述来看，该国王应该是乐善好施、爱民如子的好皇帝，不然如来也不会派钦差大臣来考察提拔当金身罗汉。

文殊去时，如来规定了不能以原身相见，所以他只能变成一个凡僧，就像观音考察唐僧一样，考试合格了，才升至半空告诉被考试者：我是某某某，你与我佛有缘，前程无量。下面的人就磕头如捣蒜。

文殊的考察办法是向他要一些斋供，并用"言语相难"。什么言语？文殊没说，但我们相信，肯定不是要一碗米饭、一个馒头之类的东西，那样的话，国王早给了，也不至于把他绑起来浸在河里。

我们还是在原著中去找答案。

据乌鸡国国王介绍，全国干旱是在五年前，全真道人到来是在三年前，也就是说，文殊去考察他的时候，应该是在全真道人去之前。以文殊菩萨睚眦必报的性格，他与全真道人去乌鸡国的时间应该相隔不远。

因此可推断，文殊菩萨去考察国王时，正是全国干旱之日。

还有一个证据，如来为何要提拔他当金身罗汉？也是看他在灾荒之年，始终与百姓坚守在一起，与佛的宗旨完全吻合。不然，一名小小的国王，仅凭给和尚施碗粥，就能得金身罗汉吗？大家看看沙僧，费了多大劲，最后也才成了金身罗汉。

但文殊菩萨不知是没领会如来意图还是其他什么原因，到了乌鸡国狮子大张口，要这要那，说不定还把国王施舍的饭菜倒在地上，并说国王没有崇佛之心。当时乌鸡国正在全国一心抗旱的时候，官员连工资都不拿，国王肉也不吃，你却来搜刮财物，还浪费粮食，国王如何不恼怒，如何不把他浸在河里？不砍他头就算开恩了！

文殊菩萨一看这事办坏了，又不能回去给如来照实说，咋办？那就来个苦肉计，先不脱身，在河里浸满三天三夜，才跑到西天向如来告状。

如来一看，这国王也忒不给面子了，但他也清楚国王本身并没大错，因此才答应文殊让国王在井里浸三年。不过，作为交换条件，让他骗了的狮子去，同时不能让老百姓受苦。所以在青毛狮当国王期间，乌鸡国风调雨顺。

为了不暴露真实意图，还让狮子变成道人模样，狠狠地摆了道教一道。

乌鸡国国王用三年之灾换来国家安宁，相信他也愿意。只是得罪了文殊菩萨，说好的金身罗汉肯定泡汤了。

很多没有读过原著的朋友，真不敢相信这是文殊菩萨干的事。其实这是作者借事讽刺明朝官场的人事制度，小说中的"文殊菩萨"与真实佛教中的文殊菩萨无关。

记得一个小品中有一句话：用谎言去验证谎言，得到的一定是谎言，人性很难经得起测验。这名乌鸡国国王没通过考察，有两种原因，一种是伪善，最终被文殊揭穿；一种是说话不得体，让文殊很生气。不管是哪一种原因，文殊坚持在御水河里不走，最终导致国王被罚，也够拼的。

——飞舞的菜刀

他专杀和尚，为何观音也不敢管？

在西游世界里，凡是贬佛或杀和尚的人，都会受到严惩。比如车迟国三道士，结局就很悲惨，全部丢了小命。

但是，有一名凡人不仅杀和尚，并且杀的数量特别巨大，为何如来不管，观音也害怕呢？

一

在原著第八十四回，唐僧好不容易摆脱了无底洞老鼠精的求婚，继续前往西天取经，半路上却遇见了一个牵小孩的老母，高声警告他们不要往前走了，再往前走，就是死路一条。

唐僧吓了一跳，连忙问原因。

老母道："那里去，有五六里远近，乃是灭法国。那国王前生那世里结下冤仇，今世里无端造罪。二年前许下一个罗天大愿，要杀一万个和尚，这两年陆陆续续，杀戮了九千九百九十六个无名和尚，只要等四个有名的和尚，凑成一万，好做圆满哩。你们去，若到城中，都是送命王菩萨！"

说完之后，这老母和小孩就跳到空中跑了。孙悟空睁开火眼金睛一看，才发现是观音和红孩儿。

按理说，观音是取经工程总负责人，遇到困难，应该鼓励团队才对，为何不仅不帮助他们解困，反而劝阻他们西行呢？

就像领导郑重地安排你做一件事，中途却再三劝告你不要再干下去了，再干下去小命不保。

你将做何选择？

猪八戒的选择是听领导的，保命要紧，散伙。

孙悟空却道：

"呆子休怕！我们曾遭着那毒魔狠怪，虎穴龙潭，更不曾伤损？此间乃是一国凡人，有何惧哉？"

是啊，凡人难道比妖怪还狠吗？妖怪都不怕，还怕人类？其实他不知道的是，有些凡人比妖怪狠多了。

孙悟空心里虽然不怕，但还是跳到半空中观察。原以为该国应该满城雾霾，没想到却是祥云缭绕，是个吉祥之地。

"好个去处，为何灭法？"孙悟空也给搞糊涂了。

二

不过，既然观音作了警告，唐僧师徒还是要当一回事。于是，他们包了头，化了装，分别取名唐大官儿、孙二官儿、朱三官儿、沙四官儿，混进了城里。

晚上，他们住旅馆还不敢睡床，钻在一个柜子里睡觉。有强盗进来，以为这柜子里有宝贝，抬着就跑。不料，半路上被官兵发现，柜子又被抬到总府封印起来，准备天明报给国王。

唐僧埋怨孙悟空，明天要是被国王发现，我们不就被一刀咔嚓了，正好凑齐他那一万之数。

孙悟空说，那我就先下手为强。

他变成一个小虫钻了出来，使了个"大分身普会神法"，拔光了身上的毫毛，变成万千个猴子剃头匠，然后兵分几路，从国王到普通臣民，全部帮他们免费剃了光头，甚至连王后都没放过。

第二天早上醒来，国王与王后看到对方头上的闪光，大吃一惊，知道遇到了高人。更重要的是，这副尊容，如何上朝面对群臣？

没想到的是，他硬着头皮上朝，结果满朝都是电灯泡。这下大哥不说二哥了，大家愉快地聊起了今天的天气。

总兵抬着柜子上朝，里面却走出来四个和尚。国王大吃一惊，连问这是唱的哪出戏啊？

唐僧解释了藏在柜子里的原因，并说，主要是陛下您太厉害，我们不敢往您刀口上凑。

国王侧脸看了一眼瞪着眼的孙悟空和猪八戒，明白了自己为何变成光头，于是赶紧对唐僧道：

"老师是天朝上国高僧，朕失迎迓。朕常年有愿杀僧者，曾因僧谤了朕，朕许天愿，要杀一万和尚做圆满。"

意思是，这可不怪我呀，主要是有和尚骂我。

他这话与观音的解释有些出入。观音说他"前生那世里结下冤仇，今世里无端造罪。二年前许下一个罗天大愿，要杀一万个和尚"，而他却说有和尚诽谤他，要杀一万个和尚做圆满，没说前世的事。

不管前世还是今世，哪个和尚胆子这么大，敢欺负国王呢？有人推测，可能是国王梦见有和尚与皇后有染，所以醒来就开始杀和尚。

但也有人指出，这国王是天庭某位道教神仙转世，因与佛教有矛盾，所以专门杀和尚。而佛教理亏，如来就不好阻止，观音也不敢与之见面。

这个话似乎有些道理。但是，国王在解释为何杀和尚之后，马上对唐僧提了一个特殊要求：

> "如今君臣后妃，发都剃落了，望老师勿吝高贤，愿为门下。"

愿为门下的意思，就是愿意给唐僧当徒弟。

之前对佛门还有很大意见，仅仅是被剃了光头，就甘愿为僧，还要给唐僧当徒弟，这转变也太快了吧？

猪八戒也不相信，呵呵大笑道："既要拜为门徒，有何贽见之礼？"

国王道："师若肯从，愿将国中财宝献上。"

孙悟空道："莫说财宝，我和尚是有道之僧。你只把关文倒换了，送我们出城，保你皇图永固，福寿长臻。"

国王不仅听从孙悟空的建议赶紧倒换了关文，还真的将"灭法国"改为"钦法国"。

但拜师的事，唐僧没表态，国王也没再提。

三

这个故事，有很多疑点。

这名国王杀了九千九百九十六个和尚，如来居然没收拾他。孙悟空跳到半空，看到的居然是祥云缭绕。这说明，这个国王背景非同一般。

有祥云的，往往是得道高僧或者道教大神。如果是高僧，杀自己同门，那可是大罪，早就被如来拿下了。

如果是道教大神，为何被孙悟空一个小小的动作就震慑住了呢？不仅不杀和尚，还要拜唐僧为师，甚至连国名也改了，这可是典型的竖白旗，不像一个道教大神的作风啊。

所以，真相只有一个：这名国王根本就不是道教中人，也没杀和尚，他是观音安排的一个托，变化了来考验唐僧团队，总导演就是观音。所谓被谤杀和尚，只是观音编的一个故事罢了。

只有这样，才能解释为何这名国王杀了那么多和尚，如来都不处罚他。

只有这样，才能解释为何再杀四个就圆满，那是给唐僧团队量身定做的呀。

只有这样，才能解释观音的话与国王的话为何前后不一致。

只有这样，才能解释这名国王为何连国家都不要了，要拜唐僧为师。因为唐僧是佛二代，并且马上也要成佛。

唐僧前期害怕，后期却一直不表态，极有可能是发现了真相。

猪八戒还要人家的财宝，孙悟空还劝人家改国名，只有唐僧一句话不说。

而国王呢，看唐僧脸色不对，也就不再提拜师的话了。

所以，有时领导给你说的话，千万不要没弄明白就往死里钻，说不定就是一道送命题。

领导的话怎么听是很有讲究的，有时正话要正听，有时正话要反听，有时反话要正听，有时反话要反听……总之，要联系不同的场合，不同的时间、地点来领悟。是否最终符合领导的本意，那就要看个人的修行了。其实，有时领导不把话很直白地告诉你，也是要考你的悟性。比如本故事中，如果观音直接告诉唐僧，我要设个局考验你们，那么，相信取经团队成员没有一个会把这件事当回事。

——韩东

妖怪众生相

心中有魔，满眼是妖

西天路上第一只妖

取经路上，唐僧遇到了不计其数的妖，有狡猾的、凶残的，有背景的、无背景的，甚至还有善良的……他们让唐僧整整凑满了九九八十一难。

但是，唐僧西天路上遇到的第一只妖是谁，是否在大唐地界，有什么背景，观音为何安排他第一个出场，可能很多人就不清楚了。

一

在原著第十三回，唐僧带着两个凡人徒弟，骑着高头大马唱着歌，满怀激情地离开了唐朝地界，雄心勃勃地向着西天进发。可是刚到双叉岭，突然连人带马掉进了一个大坑。

狂风滚滚间，坑边出现一众小妖和一个凶猛的魔王。这魔王长得真是丑，"锯牙舒口外，凿齿露腮旁。钢须稀见肉，钩爪利如霜"。

唐僧一见就吓蒙了，连连磕头喊大王饶命。

但这大王并没有被唐僧的眼泪打动，而是一绳子捆了，拉回洞内绑起来。"正要安排吞食，只听得外面喧哗，有人来报：'熊山君和特处士二位来也。'"

来的都是客，既然来了，那就一起吃吧。但奇怪的是，熊山君提出："不可尽用，食其二，留其一可也。"

于是唐僧"幸运"地留下来了，他的两个徒弟被剖腹剜心，剁碎其尸，首级与心肝给了两位客人，魔王吃了四肢，其余骨肉，分给各妖。只听得咽哺之声，真似虎啖羊羔，霎时食尽。把一个长老，几乎唬死。

天快亮时，这二怪方告辞。

不一会儿，太阳升起来了，唐僧正吓得昏昏沉沉、不辨东西时，太白金星出现了，告诉他这名妖怪是老虎精，其余两名客人是熊罴精、野牛精。还说不是他们不吃你，而是你的本性很牛，他们吃不了你。太白金星把唐僧救出双叉岭后，指了一条路，然后丢下一张便签走人。

便签上写道："吾乃西天太白星，特来搭救汝生灵。前行自有神徒助，莫为艰难报怨经。"意思是我就是一临时帮忙的，以后就不关我事了，前面自有神徒帮忙，你也不要抱怨了。

二

在央视82版《西游记》中，这个故事被弱化处理了，蜗牛最初看原著时，也没引起注意。但是当把原著看上几遍，再回头咀嚼这个情节时，发现里面意味深长。

第一，熊山君和特处士这两个妖怪的出场很蹊跷，他们在老虎精刚准备吃人时，及时出现了。蜗牛告诉过大家，这双叉岭是个特殊的地方，从猎户刘伯钦招待唐僧的吃食和后院喂养的动物来看，岭里只有老虎、狐狸、蟒蛇等，并没有熊罴和野牛，因此，两名客人很可能是外来物种。

第二，这老虎精似乎很怕那两个妖怪。吃人时，熊山君提出三人不可尽用，只食其二时，老虎精赶忙答应（魔王领诺）。作为地头蛇的老虎精为什么怕他们呢？

第三，三妖"人肉宴"吃完，一直闲聊到天亮，看到太阳快出来了，二妖才"一拥而退"。他们真的有那么多知心话要说？要知道，在这双叉岭，坐等到天亮，那将是多么枯燥的一件事！难道他们是在等谁来救唐僧，中途根本不敢走？

第四，二妖走的时候，拱手对老虎精说："今日厚扰，容日后竭诚奉酬。"此话似乎在暗示着什么。

第五，太白金星是天庭秘书，什么时候变成西天的人了？难道他这次是替西天出差？当然，也有说法是太白星亮在西方位置。（原文：吾乃西天太白星。）

三

蜗牛反复说过，没背景的妖怪都被打死了，有背景的都被收走了，在西游世界里几乎都是这个规律。但这三名妖怪吃了两个人，还惊吓了唐僧，最后却一点儿事也没有，难道他们不是普通的妖，真的有什么背景？

恭喜你，答对了！

从蜗牛刚才提出的几个问题来看，这两名妖怪极有可能带着使命而来，他们的目的，就是处理唐僧的两位跟随者！（不然，他们为什么不仅没吃唐僧，而且连白马也没吃。他们不是好几天没吃肉了吗？）

　　其实，唐僧这两名从者也不是普通的从者，他们是李世民在全国精挑细选的勇士，而且一心向佛，不然也不会，更不敢跟着唐僧到西天，他们只知道前途凶险，根本不知道会有孙悟空等牛人出现，他们可是做好了跟着唐僧一条道走到西的准备。

　　可是，如来等西天高层连这个机会也不想给他们，想的是如何尽快让他们消失。唐僧的徒弟，那是早就选好了的，根本不可能要李世民挑选的人。他们到了西天，那功劳怎么分？所以，他们必须要死。

　　但要除掉这两人，也不好明着动手，更不可能让神仙动手，万一把李世民得罪了，不要什么经书，一怒之下召回唐僧怎么办？唐僧回还是不回？不回，就是抗旨不遵；回，佛经还怎么取，二徒弟还怎么度？所以，要做得隐蔽，要让李世民不能察觉。

　　但又不能找一般妖怪来干这事。很简单，一般妖怪对这俩凡人是不感兴趣的，或者要吃也是三人一起吃，他们动起手来可没轻重！万一有个闪失，咋办？

　　所以，找两名工作人员变化成妖，再与真的妖合作，指挥他们吃掉这两名从者，是最佳选择。

　　最后，目的达到了！太白金星及时赶来把主角救走了，一切都那么完美。

原文中老叟答礼道："你起来。你可曾疏失了什么东西？"三藏道："贫僧的从人，已是被怪食了，只不知行李马匹在于何处？"老叟用杖指道："那厢不是一匹马、两个包袱？"三藏回头看时，果是他的物件，并不曾失落，心才略放下些。

　　看来不光有西天设局剥夺那两人的取经权，就算在唐僧心中，这两个随从的重要程度也比不上一匹马、两个包袱。这个心态也是很奇怪！仔细想来，恐怕这两个随从跟唐僧并不是一条心，以保护为名，监视唐僧的一举一动，才是他们的主要任务。

——演员幸之助

白骨精背上的字是谁刻的

一

白骨精在《西游记》中是一个尴尬的角色，本是一具森森白骨，想来都令人毛骨悚然，竟然还离间了唐僧与孙悟空，让观众恨不得吃她肉。以至于当年在拍摄《西游记》时，竟无人愿意演她，怕败坏了自己名声。

杨洁没办法，只好买一送一：演了白骨精就能演女儿国国王。这样才说动了杨春霞。

《三打白骨精》拍完后，杨洁却反悔了：一个演了白骨精的演员，再出演娇滴滴的女王，观众能接受吗？于是狠心违约换成朱琳，导致杨春霞至今都不原谅她。

然而近些年来，白骨精却很是火了一把。

在周星驰电影《大话西游》中，莫文蔚演的白骨精成了一个敢爱敢恨的独特女性，一心想嫁给孙悟空，后来发现猴子爱的其实是紫霞仙子，于是毅然离去。

在《西游·伏妖篇》中，林允演的白骨精爱的却是唐僧，当得知唐僧并没有忘记段小姐（舒淇饰），伤心之余，舍身为唐僧挡枪，最后灰飞烟灭。

在巩俐、郭富城主演的电影《三打白骨精》中，白骨精更是被塑造成一位被人害死、由怨气凝结而成的女妖，她有乡村别墅、带砍刀的小弟，且功夫超群，掌握着高精尖武器，可惜被孙悟空棒打，幸亏危急关头被唐僧超度。

此外，白骨精还成了白领、骨干、精英的缩写，通俗地讲，就是女强人。她们独立意识很强，能力超群，令很多男人着迷却又得不到。

总之，白骨精已经从人人惧怕的野鬼，变成了一个值得同情、值得尊敬、自强自立却又有点儿小女人心态的可爱女性。

那么，在原著中，白骨精究竟是怎样一个人，不，怎样一个妖呢？

二

白骨精的出场在第二十七回，是西游中第三批出场的妖怪，前两批（老虎精和黄鼠狼）都有西天官方背景，唯她是典型的"三无"妖怪。

哪"三无"呢？即无背景、无团队、无本事。她没有天庭、西天的关系，也没有一帮小弟帮忙，纯粹是个单干户，甚至连住的洞府也没有，就在乡间游荡。

此外，她本事也不高，除了变化本事稍强外，打斗本领连孙悟空一棒子也扛不住，最厉害的算是解尸法了，可惜只成功逃脱两次，最后一次还是被孙悟空一棒送了性命。

她唯一能采用的办法，就是食诱。由于没有别人帮忙，她一人承包了三个角色。不过她演技着实太差，连唐僧也看出她是假的，所以始终不肯上当。

但是，由于孙悟空的嘴太损了，唐僧看破也不说破，仍以此理由念孙猴子的紧箍咒。

白骨精的另一个标签是，她居然是第一个获知吃唐僧肉能长生的妖！这样一名无背景的妖，她的消息从哪儿来的？

原著是这样描述的——

> 白骨精在云端里，踏着阴风，看见唐僧坐在地下，不胜欢喜道："造化，造化！几年家人都讲东土的唐和尚取大乘，他本是金蝉子化身，十世修行的原体。有人吃他一块肉，长寿长生。真个今日到了。"

按理说，像这样的机密消息，应该高度保密才对，就算有小道消息流传，肯定也是有西天背景的妖怪第一个知道。然而在原著中我们看到，老虎精不知道，黄风怪（佛祖殿前专偷灯油的老鼠）不知道，居然是这位无业游妖先知道。

究竟是谁告诉她的？

最让人不可思议的，就是白骨精背上的字了。

孙悟空为了防止唐僧再念紧箍咒，在打第三棒之前，专门请土地、山神等公证人员到场。把白骨精打死后，还把尸骨拖到唐僧面前让他验尸。

唐僧惊讶地发现，在白骨精的尸体，也就是一堆白骨的脊梁上，居然刻有四个字：白骨夫人。

　　请注意看：这字不是刻在胸前、胳膊、大腿，而是刻在脊梁上。这说明什么问题？说明肯定不是白骨精自己刻的。因为这个位置，她根本够不着。

　　而且，从内容来看，也不会是她找人刻的。就算她有此爱好，也不可能刻"白骨夫人"，谁会刻上自己的名字呢，难道怕别人认不出来？就算刻名字，也不会刻"白骨夫人"，这不像一个独身的、单干的女妖精的自称。

　　那么，究竟是谁干的？

三

　　要找到答案，就要从唐僧肉消息来源去分析。

刚才蜗牛也说了，这个消息应该属于佛门高度机密，轻易不可能泄露。但我们换个角度想一下：会不会有人故意告诉她呢？

在第一本书《蜗牛看西游：揭秘取经背后的五十个谜团》之《吃唐僧肉真的能长生吗》一文中，蜗牛就分析过，吃唐僧肉究竟能不能长生，真不好说，一是从未有人验证过；二是唐僧本人及几个徒弟也不知情；三是天庭、西方来的妖怪都只叫嚷，从不实施；四是在凌云渡时，唐僧升华后尸体直接抛到了河中，为何不拿去度群妖？这不是极大的浪费吗？

这充分说明，唐僧肉就是个诱饵，根本没那么大的功效。

在原著第八回，如来的话也透露出些许秘密——

（三藏真经）我待要送上东土，叵耐那方众生愚蠢，毁谤真言，不识我法门之旨要，怠慢了瑜迦之正宗。

也就是说，取经工程形式大于内容，取经不是目的，目的是让东土人们看到，这经取得是多么不容易，你们要好好珍惜。

要体现取经不易，就要给唐僧凑齐八十一难。如果妖怪们都不出演，这八十一难如何凑得齐？所以，必要的彩头还是要给的。唐僧肉，就成了彩头。

由于唐僧肉正好能解决妖怪的痛点，因此他们拼了老命，也得搏一搏。

但是，敢冒险的妖怪毕竟是少数。照这样下去，唐僧还是旅着游就把经轻松取了，实现不了如来的意图啊！因此，观音必须想办法解决这个问题。她的办法之一，便是采取邀约制。

比如太上老君的两个童子，就是她邀请了三次，老君才同意他们下界为妖的。

但是，只招募天庭、西天的人员，也不行啊，那西天取经不就从头作弊到尾了吗？于是，观音把目光转向了地上的野妖。

方法嘛，很简单，通过多种渠道散布消息吃唐僧肉能长生（还记得观音到长安寻唐僧，不住高楼大厦偏住土地庙吗），然后对邀约来的妖精进行划片而治：在你的地盘内，谁捉到唐僧，就归谁吃，绝不能越境追捕。比如白骨精，就多次提到唐僧过了白虎岭，就不归她管了。

白骨精只是一堆白骨，甚至还没成人形。观音点化了她一下，给了她生命。为了便于识别和管理，手一挥，就在她背脊上刻下"白骨夫人"。（还有一个目的，在最后关头替孙悟空证明清白，可惜被八戒一番话搅乱了。）

然而，好不容易修炼成人的白骨精夫人，被孙悟空三大棒再次变回一堆白骨。直到她死去的那一刻，可能都不明白观音为何帮她点化成人。

其实白骨精是《西游记》里最重要的妖怪，因为重要的妖怪打三遍！她也是最悲惨的妖怪，从头到尾，就是一个道具。可这个道具，却被唐僧和猪八戒利用，强行把孙悟空撵回了花果山。

——韩东

唯一有坐骑的妖怪

一

在《西游记》中，只有相当级别的神仙才有坐骑，比如太上老君、观音菩萨、文殊菩萨等，其他散仙如孙悟空之流，只能驾云。而且，这些坐骑都是神兽，能自动识别主人，个个功力非凡，绝非凡间白马所比。

介绍了这么多坐骑的知识，就是想告诉大家，西游中一件奇怪的事：其他兽类都是给神仙当坐骑，只有一个兽类给妖怪（也是兽类）当坐骑。

这妖怪为何这么牛？他的坐骑又属哪类神兽？

二

在原著第六十回，取经团队经过火焰山，孙悟空借扇受阻，只得去找结拜大哥牛魔王求助，却被牛魔王干净利落地拒绝了，两人随即展开了一场大战。

五百年前，孙悟空海外寻仙学得过硬本事，东海龙宫抢得如意金箍棒，地狱阎王处勾掉生死簿，以一己之力大战十万天兵，一时风光无限。牛魔王和其他魔王为此屈尊，答应与这位花果山新人结拜为七兄弟。

但奇怪的是，他们不久就分道扬镳了。特别是孙悟空被压在五行山下，也不见牛魔王的身影。

五百年之后，两人在火焰山首次相聚，牛魔王依然不给孙悟空面子，不仅不借扇，还给孙悟空当头一棒子。

两人大战了百十回合，不分胜负。正在难解难分之际，只听得山峰上有人叫："牛爷爷，我大王多多拜上，幸赐早临，好安座也。"

牛魔王一听，使混铁棍支住金箍棒，叫道："猢狲，你且住了，等我去一个朋友家赴会来者！"说完，转身就走，孙悟空拿他毫无办法。

牛魔王回洞给玉面狐狸简单交代了几句，换了一身装束，跨上辟水金睛兽，半云半雾，一直向西北方而去。

看到没有？牛魔王本身就是一只兽（大白牛），居然也和观音等高级神仙一样，拥有自己的专车（神兽），牛不牛？

三

这辟水金睛兽究竟是什么出身？说出来吓死你！它居然是龙族！

据传，辟水金睛兽可上天入海，无所不能，貌似麒麟，龙口、狮头、鱼鳞、牛尾、虎爪、鹿角，全身赤红，能腾云驾雾，会浮水，性情通灵。龙生九子，个个不同，虽然它的长相没有小白龙帅，但它也是真真正正的龙族，拥有龙的特征和法力。

按理说，龙比牛高级多了，可这辟水金睛兽为何甘愿给牛魔王当坐骑？

其他兽类跟着高级神仙混，拥有很多福利，比如可把主人的法宝拿出去蒙蒙人，可随时下界当妖王干一票，等等，这辟水金睛兽究竟为了啥？跟一个魔王能有啥出息？

其实，牛魔王降服它的诀窍，关键在掌握了其特点：四肢发达，头脑简单。

辟水金睛兽拥有很高法力的确不假，但它判断力差，脑子里缺根弦，别人说什么就是什么。肯定是牛魔王忽悠了它几天，它就死心塌地地跟着牛魔王了。

四

前面说了，这辟水金睛兽法力强大，可自动识别系统相当差（只看相貌，不看气质，缺乏气味辨识功能），而且头脑简单。因此当孙悟空趁牛魔王赴宴，变成他的样子骑上之后，它也没仔细辨别，驮着就往罗刹女（铁扇公主）的洞走。

罗刹女一看，丈夫从辟水金睛兽上下来，哪还有假？立即兴高采烈地迎进洞，与悟空喝酒调情，差点儿就推倒在床上了，幸亏悟空定力够强，关键时刻不忘骗扇使命。

正因为这件事，牛魔王一直耿耿于怀，原还可商量借扇的，这下为了脸面，打死也不干了。后来，如来派天兵天将和佛兵佛将将他团团围住，罗刹女垂泪恳求道："大王！把这扇子送与那猢狲，教他退兵去罢。"牛魔王道：

> "夫人啊，物虽小而恨则深。你且坐着，等我再和
> 他比拼去来。"

看看，如果辟水金睛兽稍长个脑子，不把孙悟空驮到牛魔王老婆家门口，说不定他们的恩怨就此了了，可是，正因为有了"欺嫂"事件，牛魔王为了男人的面子，只能死撑到底。

最终的结局大家都知道了，牛魔王被哪吒一连砍下十几个牛头，又被李天王的照妖镜照住元神不能脱身，只得求饶归顺佛门。最后，被哪吒穿了鼻，牵到西天如来处去了。昔日枭雄，成了待宰羔羊。

表面上老牛是为争面子而被抓，可实际上，天庭和如来会让一个枭雄逍遥在外不受控制吗？老牛的倒霉不在悟空，而在他的江湖！

——许之

西游好多妖精都是他放的？

一

西游中最厉害的妖怪是谁？

有的说是青牛精，偷走了金钢琢，把孙悟空的吃饭家伙金箍棒也收走了，幸亏太上老君手里还留有一把扇子，不然拿他也没办法。

有的说是大鹏，他是如来的舅舅，法力强大，连如来都不放在眼里，孙悟空更不是他的对手。

还有的说是蝎子精，连如来都被她蛰了，要不是昴日星官正好可以收拾她，大家都得玩完。

……

其实，他们都不及一名小妖怪，因为他们都疑似被他放出来的。所以说，他才是西游中最厉害的妖精。说他厉害，不是指法力最强，而是危害最大。

二

在《水浒传》开篇，介绍了一名目中无人、举止傲慢的洪太尉，正是他不听真人劝阻，强行挖开青石板，放跑了地穴中天罡地煞，才有了后来的梁山一百零八位好汉。

其实《西游记》中也有这个桥段，只不过电视中没放，粗读原著的人也很难发现。

且看原著第二十回。唐僧五行山下救了孙悟空，鹰愁涧收了小白龙，云栈洞招了猪八戒，取经团队基本成形，他们来到了一个奇特的地方——八百里黄风岭。

黄风岭的主人叫黄风怪，但他对具有奇特长生功效的唐僧肉一点儿兴趣也没有（是不是很奇怪），是他的手下虎先锋急于表功，把唐僧弄进了洞里。

后来虎先锋被孙悟空和猪八戒打死，这才激发了他的怒气，他当即披挂出阵，要为虎先锋报仇。

这黄风怪水平相当不错，大战三十回合，居然与孙悟空不分胜负。孙悟空急了，抓下一把猴毛，变成百十个小猴子，集体围攻黄风怪。黄风怪一看势头不对，嘴巴一噘，"望着巽地上，把口张了三张，嘑的一口气吹将出去，忽然间，一阵黄风，从空刮起"。顿时把小猴子吹得打旋旋，把孙悟空的火眼金睛吹得眼泪直流。

这风究竟有多厉害？原著是这样描述的——

碧天振动斗牛宫，争些刮倒森罗殿。五百罗汉闹喧天，八大金刚齐嚷乱。

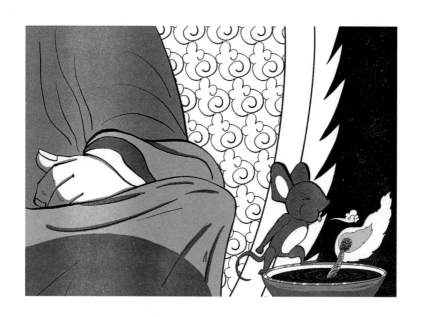

　　黄风把三十三重天太上老君的兜率宫也吹得摇摇欲坠，罗汉和金刚还以为发生了地震，到处吵嚷躲藏。于是，牛棚中的那头青牛乘机溜走，跑到金兜山金兜洞当起了混世魔王。

　　　　文殊走了青毛狮，普贤白象难寻见

　　黄风把文殊和普贤的后棚也吹倒了，青毛狮和大白象也乘机偷走，下界吃人肉叉烧包去了。

　　　　老君难顾炼丹炉，寿星收了龙须扇

黄风把老君炼丹炉也吹熄了，两名童子偷了他的法宝到莲花山当起了金角、银角大王。

王母正去赴蟠桃，一风吹断裙腰钏

黄风把王母的裤腰带也吹断了，弄得她甚是狼狈。乘这个机会，天上仙女跑下凡间当了公主，引得奎木狼直追下凡当了黄袍怪。

天王不见手心塔，鲁班吊了金头钻

月宫也不太平，玉兔乘机逃下界，找她的"御弟哥哥"补阳去了。

此外，还有很多，简要列在下面——

一轮红日荡无光，满天星斗皆昏乱（玉帝吹感冒了，星宿下界赚外快都不知道）；南山鸟往北山飞，东湖水向西湖漫（海里、湖里妖怪都不甘寂寞，争相出来乘风作乱）；这风吹倒普陀山，卷起观音经一卷（金鲤鱼也偷偷开溜，到通天河当起灵感大王）；白莲花卸海边飞，吹倒菩萨十二院（观音后院拴着的坐骑金毛犼下界摄走金圣宫娘娘，过起了二人世界）……

盘古至今曾见风，不似这风来不善。唿喇喇乾坤险不炸崩开，万里江山都是颤！

难怪连五百年前大闹天宫的孙悟空也连呼："利害！利害！

我老孙自为人，不曾见这大风。"何止他没见过，连盘古都没见过，你说这风厉不厉害？

最厉害的是，这风把那么多神仙、野兽、妖精的心都吹动了，纷纷下界干起了拦路抢劫吃人肉的勾当，并设好了捕猎网，就等唐僧一行的到来。

三

这黄风怪是何方神圣，为何能吹起这么厉害的风？

孙悟空被护教伽蓝治好眼睛后，变成一只花脚蚊子，偷偷飞进洞里，正听这怪大吹牛皮：

> "怕他怎的，怕那甚么神兵！若还定得我的风势，
> 只除了灵吉菩萨来是，其余何足惧也！"

孙悟空这才明白，除了灵吉菩萨，他似乎谁都不怕。

但是他为何独怕灵吉菩萨呢？孙悟空飞到须弥山，这才获知答案。灵吉菩萨告诉他：

> "我受了如来法令，在此镇押黄风怪。如来赐了我
> 一颗定风丹，一柄飞龙宝杖。当时被我拿住，饶了他的
> 性命，放他去隐性归山，不许伤生造孽。不知他今日欲
> 害令师，有违教令，我之罪也。"

原来，灵吉手里有如来赠送的法宝，是专门负责看守他的

警察。

灵吉菩萨陪同孙悟空到了黄风山，待猴子引他出洞之后，放出了飞龙宝杖，这飞龙宝杖立刻变成一条八爪金龙，"拨喇的轮开两爪，一把抓住妖精，提着头，两三捽，捽在山石崖边，现了本相，却是一个黄毛貂鼠！"

不过是一只老鼠精，为何能驱使老虎当先锋？为何能张嘴喷起满天狂风？为何能吹动全世界的妖精？

且听灵吉菩萨怎么说——

"他本是灵山脚下的得道老鼠，因为偷了琉璃盏内的清油，灯火昏暗，恐怕金刚拿他，故此走了，却在此处成精作怪。如来照见了他，不该死罪，故着我辖押，但他伤生造孽，拿上灵山；今又冲撞大圣，陷害唐僧，我拿他去见如来，明正其罪，才算这场功绩哩。"

灵吉菩萨这话说得大有深意，让人听得迷惑、看不明白。

第一，既然是得道老鼠，为何还偷清油？一般动物得道就成神仙了，如奎木狼，原来就是一只狼，得道后名列二十八星宿之一，就会有工资收入，何至于穷得连吃的都没有，偏要去偷油？

第二，他这吹牛皮的本事哪学的？为何凭着一张嘴，就把天上、西天众多神仙的身边人都说动下界为妖来了？

四

吴承恩在取经团队尚未组建成功之时，就安排了这么一个桥段，并且是用诗的形式描绘了这风的厉害，预示了后来即将出来的妖怪，有何用意？

而且这诗写得相当隐晦，蜗牛好几次看原著，都因没细读诗词，忽略了黄风怪的存在，和很多人一样，以为他不过是一只不入流的老鼠精罢了。

《水浒传》安排了京城来的洪太尉放出一百零八将的魂魄，而《西游记》却由一只老鼠精担负这样一个重任，作者想表达什么？

蜗牛查了一下，《西游记》成书时间为16世纪明朝嘉靖年间，而《水浒传》成书时间为元末明初，也就是说，《水浒传》比《西游记》早很多。事实上，吴承恩也比施耐庵晚生了两百多年（一个是1500年，一个是1296年），所以，完全有可能吴承恩借鉴了《水浒传》的写法。

《水浒传》虚构这个故事告诉我们，社会动乱完全有可能是某一个官僚引起的，而吴承恩的用意似乎还深了一层。

我们来看看，小老鼠的出身是什么？如来身边的！为何能得道？如来关照的！为何被下放基层？偷琉璃盏内清油！为何能吹动那么多妖怪下界？因为自带西天光环！

最后，它犯了错，灵吉菩萨还不敢随便处置它，必须带回灵山交给如来发落！

所以，作者精心讲述一只神通广大的小老鼠的主要目的，是揭露皇帝身边某些小人翻云覆雨、颠倒乾坤，最后还逃脱法律制裁！

作者煞费苦心把这些隐喻藏在一首诗中（导致被很多人忽略），实际上在悄悄提醒我们：一定不能轻视领导身边的小跳蚤，稍不注意，他们就会吹起漫天黄风。一旦他们下界为妖，破坏力将是惊人的。

　　小人物搅动大世界！身边的任何一个小人物都可能改变你的命运，影响你的未来！所以，千万不要眼睛只盯着大人物，轻视小人物。大人物需要关照的人太多，往往光辉照不到你身上。但小人物是最易被感动，也是最易被得罪的，善待身边的每个小人物吧，或许他才是你真正的贵人或者敌人。

──颖婷

唯一刺伤如来的妖精是谁?

在西游世界里,如来的法力深不可测。孙悟空那么厉害,如来一个巴掌就把他压在五行山下。西游路上的那些妖怪,无论有多牛,一听如来的大名,无不吓得魂飞魄散。

但是,偏偏有两个妖精不怕他,其中一个不仅不怕他,而且还欺负了他一回,如来派出八大金刚,都没抓住她。

她是谁?为何这么嚣张?

一

在原著第五十四回,取经团队来到了西梁女国,女王要留下唐僧做夫妻,孙悟空使了一计,让唐僧假意答应女王,把关文倒换了之后,出城才告诉女王实情。

唐僧突然要离去,女王自然悲痛欲绝,正拉着唐僧衣襟不让他上马,路旁闪出一名女子,喝道:"唐御弟,不跟她就跟我,咱们一同耍风月儿去来!"然后一阵风,就把唐僧摄走了。

孙悟空等三人气急败坏,腾云跟踪找了半天,才发现一个奇特的地方:毒敌山琵琶洞。这妖怪把唐僧抓到这里,欲强行交配。

虽然在取经路上孙悟空的功力下降了许多，但能与他打平手的妖怪还是不多，这女怪不仅不怕孙悟空，而且孙悟空与猪八戒联手，她也不惧。

> 三个战斗多时，不分胜负。那女怪将身一纵，使出个倒马毒桩，不觉的把大圣头皮上扎了一下。

看到没有？一敌二，居然"战斗多时，不分胜负"。而且可以随意跳出战圈，使出倒马毒桩，把孙悟空的头狠狠扎一下。

孙悟空最自负的，就是这头，每每与妖怪打赌，都叫别人随便砍。比如与铁扇公主见面，便提出让她砍头，结果铁扇公主砍了十几剑，居然不伤分毫，自己先被吓趴了。

然而这铜头铁皮遇到这女怪却不好使，一个"倒马毒桩"，就让他头疼难禁，败下阵来。

不过，当他知道如来也被这怪刺破手指，疼得与他一样狼狈时，便不会觉得惭愧了。

二

这女怪是何方神圣，为何这样厉害？

孙悟空变成蜜蜂，飞进洞里，见女怪与唐僧拉拉扯扯，忍不住现出本象，掣铁棒大喝一声："孽畜无礼！"

那女怪什么反应？口喷一道烟光，把花亭子罩住。然后拿了一柄三股钢叉，跳出亭门，指着孙悟空骂道：

　　"泼猴惫懒！怎么敢私入吾家，偷窥我容貌！不要
走！吃老娘一叉！"

看到了吗？她居然告孙悟空"偷窥罪"，看来对自己的容貌
相当自负。可一句"老娘"，泼妇性格显露无遗。

孙悟空招呼猪八戒共同斗她，她叫道：

　　"孙悟空，你好不识进退！我便认得你，你是不认
得我。你那雷音寺里佛如来，也还怕我哩，量你这两个
毛人，到得那里！都上来，一个个仔细看打！"

什么叫牛？这就叫牛！连如来都怕我，你们两个毛人算啥！
一齐来看打！

最开始，孙悟空还以为她吹牛，被刺破头后，渐渐有些相信
她的话了。

师兄弟接连吃败仗，猪八戒也被刺破嘴唇，取经团队的总负
责人观音及时赶来了，她告诉悟空：

　　"这妖精十分利害，他那三股叉是生成的两只钳脚。
扎人痛者，是尾上一个钩子，唤做倒马毒。本身是个蝎
子精。他前者在雷音寺听佛谈经，如来见了，不合用手
推他一把，他就转过钩子，把如来左手中拇指上扎了一
下，如来也疼难禁，即着金刚拿他，他却在这里。若要
救得唐僧，除是别告一位方好，我也是近他不得。"

这妖怪原来是蝎子精，居然连如来也敢扎，难怪连观音也怵她！在交代完"去找昴日星官"后，观音立即化着一道金光，径回了南海。可见这怕是真怕。

三

就是这么厉害一个妖怪，见了昴日星官，结果又怎样呢？

> 只见那星官立于山坡上，现出本象，原来是一只双冠子大公鸡，昂起头来，约有六七尺高，对着妖精叫一声，那怪即时就现了本象，是个琵琶来大小的蝎子精。星官再叫一声，那怪浑身酥软，死在坡前。

真是一物克一物，敢扎如来和孙悟空的妖精，连观音也"近他不得"，昴日星官叫一声就现了本象，叫两声就死在坡前！八戒一脚踏住，一顿钉钯，捣作烂酱。

是不是反差太大了？

作者费这么多笔墨描述这么一个妖怪，又让她死得这么难看，究竟想告诉我们什么？

在多篇文章中，蜗牛告诉过大家，西游中，有背景的妖怪都被收走了，没背景的妖怪都被打死了，这蝎子精就是一只没背景的妖怪。她出身卑微，但又个性鲜明，做事不计后果，所以如来并不喜欢她。

因此，她去听如来讲经时，如来不想让她听，觉得她的佛缘并没到，所以用手推她，要赶她出去。结果她马上翻脸了，转过钩子，扎了如来左手中拇指一下。大家想想如来平时的造型，就知道她扎这里极有深意。

她这一扎，灵山自然是待不下去了，所以跑到了女儿国附近当妖怪，打算自学成才。

可能很多人并不清楚如来讲的是什么经，妖怪们都爱去听，并且听后都有道行，比如老鼠精，就是听了如来讲经后法力高涨，自封为半截观音。所以，如来讲经就是成仙得道、长生不老的辅导讲座，只要听了，成仙得道十拿九稳，没听的，那就难于上青天。

但是，这辅导课并不是谁都可以听的，完全取决于如来的态度。

蝎子精得罪了如来，失去了听课资格，因此只得把希望放在唐僧身上，渴望与之交配，得到他的元阳，从而实现名列仙班的梦想。

但是，蝎子精不怕悟空，不怕如来（因为她太低贱了，如来不想亲自捉她，怕失了身份，所以叫八大金刚拿她。八大金刚也怕她胡来，因此也不敢全力追她，最终被她逃脱了），却怕昴日星官！

这昴日星官又是什么身份，她为何那么怕，叫两声就被吓死了？昴日星官位居二十八星宿，本相是一只六七尺高的大公鸡，神职是“司晨啼晓”，其母是毗蓝婆菩萨。通俗说，就是天上有点儿小背景的一个司号员。

从食物链来看，公鸡是蝎子的克星。从神职来看，昴日星官代表的是天庭势力。从蝎子精自身来看，自从螫了如来中指一下，背上了沉重的心理包袱，虽然逃脱了八大金刚的追捕，但无时无刻不活在恐惧中。一看孙悟空在天庭把她的克星都请到了，顿时明白大祸临头了。还没等到宣判，就吓死了。

这说明光脚的不怕穿鞋的，但光脚一定怕草刺、玻璃碴、铁钉……老领导告诉过蜗牛，做任何事一定要想想你的抗风险能力，要想想做事的后果，千万不要一时任性，毁了自己的一生。

穷的怕横的，横的怕不要命的。卤水点豆腐，一物降一物。在这个世界上，没有人敢说我谁都不怕，再牛的人也会有克星。所以，人必须要有敬畏之心。

——帅帅

这名妖怪也曾大闹天宫

一

大闹天宫是孙悟空最引以为豪的资历，走哪里都要提一嘴："俺老孙就是当年大闹天宫的齐天大圣！"

但当他一路降妖伏魔，到了狮驼岭后才发现，与狮驼洞的大大王相比，他只能算个山寨版。

孙悟空大闹天宫，不过是打败了巨灵神，吓跑了几名神将；而这妖怪一怒之下，一张口就吞十万天兵，吓得玉皇大帝赶紧关掉了南天门。

孙悟空大闹天宫的后果很严重，先后遭鞭刑、火刑，以及老君火炉炼烧，最后还被如来压在五行山下，判了五百年有期徒刑。

而此妖呢，却一点儿事没有，跑到人间当了几千年妖王，天天吃香的喝辣的，连如来也对他无可奈何。

此妖是何背景，为何这么风光无两？

二

在原著第七十四回，取经团队来到了一座奇特的高山，太白金星变化成一老头，专门提醒大家：此山三大魔王个个神通广大，最好绕道而行。

这三大魔王有何神通呢？原著中是这样写的——

> 妖精一封书到灵山，五百阿罗都来迎接；一纸简上天宫，十一大曜个个相钦。四海龙曾与他为友，八洞仙常与他作会，十地阎君以兄弟相称，社令城隍以宾朋相爱。

孙悟空偏不信这个邪，驾起筋斗云飞上山顶，结果发现一名小妖正在巡山。小妖名叫"小钻风"，仅仅是一个"死跑龙套"的。为了套出实情，孙悟空变成"总钻风"，糊弄说是他的新领导。结果小钻风第一句话就把孙悟空震惊了——

> "我大大王神通广大，本事高强，一口曾吞了十万天兵。"

孙悟空显然不相信。想当年俺老孙大闹天宫，虽然十万天兵不禁打，但也不至于那么不济事。再说，十万之众，你大大王嘴有多大，能一口吞得下？

因此，他训斥小钻风乱吹牛，连大王的基本情况都不清楚，肯定对妖洞不忠诚！是个假妖精！！

小钻风慌了神，忙道：长官老爷，我是真妖精啊，我说的句句是真话啊！

孙悟空道："你既是真的，如何胡说！大王身子能有多大，一口都吞了十万天兵？"（孙悟空的问题也是我们想知道的。）

小钻风忙解释道——

"长官原来不知，我大王会变化：要大能撑天堂，要小就如菜子。因那年王母娘娘设蟠桃大会，邀请诸仙，他不曾具束来请，我大王意欲争天，被玉皇差十万天兵来降我大王，是我大王变化法身，张开大口，似城门一般，用力吞将去，唬得众天兵不敢交锋，关了南天门，故此是一口曾吞十万兵。"

听了此话，不知孙悟空是什么心情！

想当年，他大闹天宫的主要原因，也是王母蟠桃宴不邀请他。那时他是齐天大圣，天上地下谁不尊敬？偏偏王母不把他放在眼里，他如何不生气？而这妖精是什么身份，怎么也敢跟王母叫板？还惊吓了玉帝，派出了十万天兵？

孙悟空大闹天宫无非是偷了些桃子，喝了些美酒，打了些天兵，而这妖居然一张口就要吞十万天兵，还逼得天庭把南天门都关掉，无论声势、气场、成果，都比他大多了。

孙悟空大闹天宫的底气来自菩提祖师教的一身本事，而这名妖精的本事却不高，在之后的战争中，被悟空弄得哭爹叫娘，是一名不禁打的货。

那么，他大闹天宫的底气又来自哪里？

三

小钻风口中的大大王，口吞天兵的牛人，其实是文殊菩萨的坐骑青毛狮子。

孙悟空了解到大鹏是如来的亲戚，到灵山找如来算账。如来让二尊者上五台山、峨眉山宣来文殊和普贤菩萨，问他们："菩萨之兽，下山多少时了？"文殊道："七日了。"

如来说："山中方七日，世上几千年。不知在那厢伤了多少生灵。"

由此可见，这青毛狮子下界的事，他的主人文殊是非常清楚的，并且日子都计算得很精确。但是，任他在世上祸害几千年，也没下手去收拾他，着实让人想不明白。

回到大闹天宫这件事，青毛狮不过是文殊菩萨的司机，凭啥也要王母邀请他？凭啥也敢大闹天宫？玉皇大帝为啥不像收拾猴子一样收拾他？

其实，只要了解了原著中文殊菩萨的背景，就知道他的底气来自哪里了。

文殊菩萨，佛教四大菩萨之一，因与般若经典关系甚深，故称为大智文殊师利菩萨。文殊菩萨生于舍卫国多罗聚落梵德婆罗门家，据说出生时屋宅化如莲花，他从母亲右胁出世，后至释迦牟尼佛所出家学道。文殊菩萨与普贤菩萨同为释迦牟尼佛左右胁侍，世称"华严三圣"。

虽然小说人物与真实佛教菩萨不一样，但在《西游记》中，文殊也是如来跟前红人，比如考察乌鸡国国王是否能升罗汉，就是如来委托他去考察的。所以，坐骑青毛狮不牛都难。

王母开蟠桃会，青毛狮跟着主人到了天庭，却只给主人发了吃桃入场券，让他在外面喝西北风，他如何不发脾气？

而且，文殊的面子也不好看。所以，当青毛狮大闹天宫，一口要吞十万天兵时，文殊装着没看见。当事情闹大了时，才装模作样批评一下青毛狮，然后骑着扬长而去。

青毛狮不舒服了，就会随意耍脾气，请客的主人还不敢拿他怎么样。但孙悟空不舒服了，随便叫一声，便会招来一顿乱棍：凭你也敢在这里放肆？

所以，取经路上，孙悟空每每说出"俺就是当年大闹天宫的齐天大圣"时，获知底细的妖精没有哪个被唬住，反而很鄙夷地说："不就是养马的弼马温吗？牛什么？"常常把孙悟空气得半死。

四

其实，像孙悟空一样，我们经常有这样的经历和感受——

我们跑了很多腿，出了很多成果，好不容易提了一职，结果一打听，公司某领导的亲戚比自己小三岁，刚到公司不到两年，今年直接升职了。

我们为了评一个奖，天天熬更守夜，头发熬白了，身体熬垮了，好不容易奖评下来了。正请客祝贺呢，旁边某人淡淡说了一句：去年他们找我参评，我直接拒绝了。果不其然，几天后更高奖评下来了，有他。

……

每次听到这样的消息，我们是否会像孙悟空一样，自尊心受到严重打击？是否从此怨天尤人，骂这个骂那个？或者拍拍屁股一甩手：老子不干了！

其实，大可不必。

青毛狮可以随便闹天宫，吞十万天兵也没事，孙悟空只是小打小闹了一下，就受到严厉惩罚。但是，无论是仙还是怪，无论喜不喜欢孙悟空，绝大多数都承认他是个英雄，而心底里却不把青毛狮当回事。

若干年后，孙悟空成了斗战胜佛。而青毛狮呢？仍是一名菩萨的坐骑。此时，王母再办蟠桃宴，必须要请孙悟空，而青毛狮呢？仍得不到一张入场券。

会来事的，不一定赢得别人尊重；自带光环的，不一定让人敬佩。只有勤奋努力的人，才会永远让人尊敬。

出身是不可选择的，但努力是可选择的，而且主动权就在你手中。

春秋时期，也有一个车夫（就是司机），因为领导没给他分肉吃，两军交战时居然拉着他的领导飞快地跑到了敌方阵营里，导致主将被俘全军覆灭。这说明教育好身边人的重要性。千万不要认为身边人没有功劳也有苦劳，看到他的缺点也不好意思说，最终的结果是既害了他，也害了自己。

——爱步

孙悟空唯一跪拜过的妖精

一

孙悟空一生好汉，绝不轻易向人跪拜磕头。他拜天拜地拜师父，除此之外，谁也不拜。见了玉皇大帝，也仅仅唱个喏。

很多人说，他正式跪拜过的只有四个：菩提祖师、佛祖、观音、唐僧。其实是不对的，还有一人，而且是个十恶不赦的妖怪。

不信？且听蜗牛道来。

二

在平顶山莲花洞，取经团队遭遇了两名劲敌：金角大王、银角大王。其实这两名妖怪本身并不厉害，厉害的是他们的后台，太上老君。

太上老君不仅把装丹的葫芦（紫金葫芦）、装水的净瓶（玉脂瓶）、扇火的扇子（芭蕉扇）、炼魔的宝剑（七星剑）给了这两名妖怪（实际上是下界的看炉童子），甚至把裤腰带（幌金绳）都给了他们，孙悟空如何能打赢？

更关键的是，这两名童子是观音向太上老君借了三次，才出公差故意来为难唐僧师徒的，说穿了，就是要给孙悟空一点儿苦头吃吃。

可怜孙悟空一切都被蒙在鼓里。他先后被宝剑砍、葫芦装、绳子捆……幸亏仗着一身本事及头脑智慧，才逃了出来。

但是他跑了，唐僧等人却被捆在洞里，两名妖怪嚷出去了要吃唐僧肉。

这就有点儿违背观音的初衷了。但这两名童子，特别是金角大王，并没将观音放在眼里，或者说，并不按套路出牌，不仅自己吃，还要请人来吃。

二魔头请的这名客人，身份比较特殊，竟然是他们的母亲，太上老君的裤腰带（幌金绳）居然在她手里（由此可见两童子有假公济私之嫌）。为了平安接得这名老妖怪来吃唐僧肉，二魔头对小妖巴山虎和倚海龙千叮咛、万嘱咐，一定要亲自把老娘接过来。

孙悟空变成苍蝇进洞获知消息，吓了一跳，立即沿路跟踪巴山虎、倚海龙。找到老妖家后，将两小妖打死，拔根毫毛变成巴山虎，自己变成倚海龙。

三

孙悟空三五步跳到林子里，看见两扇石门半开半掩，不敢擅入，吆喝一声："开门！开门！"

　　把门的一个女怪将那半扇儿开了，道："你是哪里来的?"孙悟空说："我是平顶山莲花洞里差来请老奶奶的。"那女怪道："进去吧。"

　　到了二层门下，孙悟空闪着头往里看，见正当中高坐着一个长相奇特的老太婆，正双眼盯着他。

　　这个时候，孙悟空万分犹豫，有一段复杂的心理过程。原著是这样写的——

　　　　"老孙既显手段，变做小妖，来请这老怪，没有个直直的站了说话之理，一定见他磕头才是。我为人做了一场好汉，止拜了三个人：西天拜佛祖，南海拜观音，两界山师父救了我，我拜了他四拜。为他使碎六叶连肝肺，用尽三毛七孔心。一卷经能值几何? 今日却教我去拜此怪。若不跪拜，必定走了风讯。苦啊! 算来只为师父受困，故使我受辱于人!"

　　在这里，孙悟空说他一生只拜了三个人，实际上没算进菩提祖师。他这时陷入了两难选择，跪拜吧，有辱他气节；不跪拜吧，会被老妖识破。

　　他甚至发出"一卷经能值几何"的感慨，由此可见，他把跪拜的气节看得比取经还重。也正因为这一原则，他前半生吃尽了苦头。

　　大闹天宫的时候，天庭招安，太白金星引他去见玉帝。太白金星磕头朝拜的时候，他立在旁边像没事人一样看着老头子启奏。玉帝垂帘问："哪个是妖仙?"悟空才躬身答道："老孙便是!"

这让其他神仙大惊失色：

> "这个野猴！怎么不拜伏参见，辄敢这等答应道：
> '老孙便是！'却该死了！该死了！"

看看，那些神仙的反应有多大！玉帝脸上挂不住，传旨道："那孙悟空乃下界妖仙，初得人身，不知朝礼，且姑恕罪。"这时，那些神仙齐声高喊"谢恩！"，真不知是谢的什么恩。

孙悟空并不是不知礼数，而是觉得玉帝根本就不值得他跪拜。他这一高傲性格，导致天庭把他划入异类，处处针对、算计他：先是给个小官弼马温，不满意再给个有名无实的齐天大圣。知道他喜欢偷桃，专门安排他去看管蟠桃园，犯了错，直接叫如来把他压在五行山下，判处有期徒刑五百年。

还有个细节看得蜗牛热泪盈眶：三打白骨精时，唐僧几次冤枉他，念他紧箍咒，痛得他在地上打滚。即使这样，唐僧还不满意，写下贬书，要撵他走。孙悟空悲伤到了极点，将贬书放在袖中，对他说：

> "师父，我也是跟你一场，又蒙菩萨指教，今日半
> 途而废，不曾成得功果，你请坐，受我一拜，我也去得
> 放心。"

但是唐僧却转身不受。孙悟空见他不睬，拔出猴毛变了三个行者，四方围住唐僧，强行跪拜了一回。

谁说悟空高傲？谁说悟空不懂礼数？这时他虽然满含委屈，

但依然记得唐僧救他出五行山的恩情，所以一定要跪拜还礼。

但这一次，他却要向一个老妖怪磕头！这老妖怪是什么东西，值得他堂堂美猴王跪拜？取经大业又算什么东西，值得他丢掉气节卑躬屈膝？

可是，他不跪，唐僧就救不出来。所以，他只得忍辱负重，老老实实地磕了个头。老妖怪叫"我儿"时，也只得答应。"算来只为师父受困，故使我受辱于人！"

因为这一跪，老妖没看出假象，高高兴兴地上了轿。行至半路时，孙悟空一棒结果了她的性命，拖出来一看，竟然是只九尾狐狸。

四

每看这一章，蜗牛总是感慨万分。

孙悟空无父无母，一生命运坎坷，没有一名知心朋友，但他把跪拜当成自己的气节，把操守当成宝贵财富，把自尊看得比性命还重。可是，在西游世界中，他这一尊严却屡屡受到挑战。

菩提祖师是他授业恩师，虽然最终把他撵出了师门，但他心甘情愿跪拜师父；唐僧把他救出五行山，不管出于何种目的，总给了他自由，他心甘情愿跪拜还恩；观音虽然有一定动机，可终究帮了他不少，他也愿意跪拜感谢。

但如来是造成他命运坎坷的根源，无论是被压在五行山下，还是被戴上紧箍，如来都是始作俑者，可是，他不得不拜。

如来倒还罢了，这老妖怪不过是一名老狐狸而已，还作恶多端，平时没少吃人，可是，为了痴迷于取经大业的唐僧，他依然得跪拜。

有人说，在这个浮躁的年代，人生如戏，气节值几个钱？有人说，为了生活，要脸面有何用？有人说，大丈夫能屈能伸，该低头时就要低头，该跪拜时就要跪拜。

可是，当我们"屈"下去时，很难再"伸"得起来。当卑躬屈膝成了习惯，就不会再站着挣钱了。

姜文电影《让子弹飞》里有一句话：今天，我站着也要把钱挣了。跪着挣钱的，别人始终俯首看你；站着挣钱的，别人才能平等相对。

有时为了生存，我们不得不低头做一些潜规则的事，但做了就要接受为此付出的代价。我们为什么要同情孙悟空？难道错都是别人造成的？孙悟空就像生活的一面镜子，时刻提醒着我们，每个人都该为自己的行为负责，没有无缘无故的爱，也没有无缘无故的恨。

——海阔天空

纯真儿童是如何成为恶魔的

一

在《西游记》中，号山圣婴大王红孩儿是个奇怪的存在——

他年纪虽小，野心却不小：指名道姓要吃唐僧。唐僧是谁？取经团队核心人物，如来座下二徒弟，他父亲也不敢吃，他居然敢吃。

他身躯不高，功夫却不低：红孩儿不过是童子之身，居然会使用三昧真火，而且还差点儿烧死孙悟空。孙悟空是谁？大闹天宫的英雄，在老君八卦炉中炼了七七四十九日也没事，居然栽在小屁孩手里。

他资历不深，心性却狠毒：把号山六十多名山神、土地抓来当差役用，还强行收他们的租子。这山神、土地都是天庭任命的干部，他父母都不敢随意得罪，他竟然敢随便下手。

他还是典型的"坑二代"。正因为他的任性，让孙悟空与牛魔王的兄弟情彻底终结，为借芭蕉扇撕破脸皮，最终导致亲叔如意真仙被羞辱，母亲罗刹女名节扫地，父亲牛魔王被哪吒所擒，一家人四分五裂。

很多人说，像红孩儿这种心狠手辣的坏儿童，就该严加处置，为何大慈大悲的观音不仅不怪罪，反而将他收在身边，当了善财童子？真让人想不通！

其实，红孩儿虽然狠毒，但毕竟是个孩子，也有其纯真的一面，观音正是看中了他本性善良，才把他收到身边管教。

不信？且听蜗牛道来。

二

首先，红孩儿有孝心。

在原著第四十一回，红孩儿使计捉住唐僧后，并没有独享，

而是差人星夜去请父亲，为的是让父亲寿延千纪。

大家都知道，牛魔王身在魔教，目前已经一千多岁了。按照西游人物的寿命计算，一般修仙的寿命是五百岁，他已经侥幸活到一千多岁，如果不能修成长生不老术，便离死亡轮回不远了。

他既没资格吃王母的蟠桃，也没机会吃五庄观的人参果，因此，完全有理由相信，红孩儿捉唐僧就是为了父亲牛魔王。不然，为何不请母亲罗刹女、叔父如意真仙呢？一大家子一人一块肉，人人长生不老该多好？

其次，红孩儿也有童真一面。

为了捉住唐僧，他居然变成一个赤条条倒吊在树上的小孩童，根本没有成年人的羞涩。放三昧真火时，他也不像太上老君那样念念有词，而是对着自己鼻子连捶两拳，鼻孔冒烟，嘴里冒火，典型的小孩做派。

他剥削山神土地的方式也很奇怪，叫他们烧火顶门、提铃喝号，还要去打山獐和野鹿。并且处罚方式也奇特，不听话就剥衣服。因此，孙悟空看到土地山神时，众人皆"披一片，挂一片，裙无裆，裤无口"的狼狈样子。

观音最清楚他这种顽性，所以专门去李天王处借了天罡刀收拾他。

在原著第四十二回，观音用净瓶装了四海之水，在号山附近生造了一个南海。孙悟空把红孩儿引到她身前，红孩儿问她："你是孙行者请来的救兵么？"观音不答。又问："咄！你是孙行者请来的救兵么？"也不答。于是劈枪刺来，观音丢下莲台升到半空。他一看，这莲台好玩，爬上去双手合十，学观音念经。孩子天性显露无遗。

然而，这莲台是天罡刀变的，一下制住了他。

最后，红孩儿也懂得善恶。

在原著第四十回，红孩儿变成一小孩，骗孙悟空驮自己。结果走到半路，孙悟空把他往石头上一掼，"将尸骸掼得象个肉饼一般，还恐他又无礼，索性将四肢扯下，丢在路两边，俱粉碎了"。

红孩儿早使一个解尸法升到半空，见孙悟空这样，忍不住心头火起：

> "这猴和尚，十分骁懒！就作我是个妖魔，要害你师父，却还不曾见怎么下手哩，你怎么就把我这等伤损！早是我有算计，出神走了，不然，是无故伤生也。"

由此可见，他并非不懂善恶，只是在号山作恶多，作善少罢了。

观音收他之后，为了消除他的恶，激发他的善，让他从号山开始，一步一拜，一直拜到落伽山。

三

鲁迅经常在书里呼吁，恶孩子不是天生的，主要受外界影响，因此再三恳请大家"救救孩子"！

中国古代也有"孟母三迁"的故事，告诫后人要让孩子健康成长，首先要给他一个健康的环境。

红孩儿原本不过是一个纯真儿童，如何一步一步成为杀人不眨眼的混世魔王？其实根源还在牛魔王。

我们知道，牛魔王与罗刹女夫妻感情不和，在外找了小情人玉面狐狸，天天不回家。罗刹女肯定充满了怨恨，天天给红孩儿灌输恶毒理念，最终恶遮住了善的眼睛。

牛魔王一看，这样可不行啊，于是干脆把他送到遥远的号山，独守一方。殊不知，这一错误举动，反而把红孩儿往善的方向越推越远、往恶的方向越推越近了。

号山是什么地方？妖魔鬼怪聚堆的地方。他们虽然惧牛魔王的威名，不敢对红孩儿怎么样，却天天给他灌输吃人的负能量，剥削山神土地等馊主意说不定就是他们出的。

看看他视为知己的六健将，一个叫作云里雾，一个叫作雾里云，一个叫作急如火，一个叫作快如风，一个叫作兴烘掀，一个叫作掀烘兴，都不是什么好东西。

由于牛魔王和罗刹女，乃至如意真仙都不管红孩儿，导致他遇到不良信息时也无人帮他甄别，更无人帮他"拉袖子"，从而使他由一名纯真儿童最终沦为吃人恶魔。

小时候都想当红孩儿，自由自在地当孩子王，活在自己的国度里。长大后才知道他就是个留守儿童，没有父怜母爱，没有好的导师，天天和地痞流氓混在一起，最终混成了小霸王。好不容易被招安，也是头戴金箍，脚戴镣铐，连见父母一面都难。可见，没有父母陪伴的孩童，是最可怜的孩童。

——后天也要元气满满哦

车迟国道士死亡真相

　　熟悉《西游记》的朋友，想必对"车迟国斗法"中三个道士虎力大仙、鹿力大仙、羊力大仙印象深刻，他们居然能请动玉帝降雨，却得不到道祖老君认可，直到他们丧命，老君也没出面帮着说过一句话。

　　要知道，在西游世界里，太上老君护短是出了名的，金角银角被收、青牛精被打，他都及时赶到，也不管吃没吃人，直接带走了事，根本不给取经团队一点儿面子。

　　这三名道士简直就是老君骨灰级粉丝，专门修了三清殿，日夜焚香敬拜，对三清比爹妈还亲。即使这样，为何还是没换来老君一丁点儿照顾？

一

　　原著第四十四回，取经团队来到车迟国，与其他地方优待僧人、好吃好喝笑脸相迎不同，一来就看到一幅悲惨画面：五百名僧人衣不遮体，在两名道士的皮鞭下干活，惨叫声此起彼伏。

　　孙悟空去打探消息，才得知这里是和尚的地狱、道士的天堂。

和尚有多惨？原著是这样描述的：

> 不放归乡，亦不许补役当差，赐于那仙长家使用。但有个游方道者至此，即请拜王领赏；若是和尚来，不分远近，就拿来与仙长家佣工。

那么，能不能跑呢？当然不能，抓回来更惨。

> 若有官职的，拿得一个和尚，高升三级；无官职的，拿得一个和尚，就赏白银五十两。且莫说是和尚，就是剪鬃、秃子、毛稀的，都也难逃。

原来有两千多名和尚，"熬不得苦楚，受不得厘煎，忍不得寒冷，服不得水土，死了有六七百，自尽了有七八百"，最后只剩下五百名。

为何车迟国佛道差距就那么大呢？

原来，二十年前车迟国干旱，国王让和尚们求雨，他们又烧香又拜佛，就是求不下来一滴雨。可虎力、鹿力、羊力三位大仙一到，马上雷电交加、甘雨倾盆，解了全国之困。因此，国王认为佛门弟子只知道念经吃干饭，根本没啥用，于是拆了他们的山门，毁了他们的佛像，追了他们的度牒，全部交给道士当奴役。

这说明，三位大仙之所以得到国王青睐，关键是会求雨。

要知道，这雨可不是买卖，你想买就能买。必须要有玉帝旨意，风云雷电四神和四海龙王才敢下雨。玉帝是什么角色？三界之主，连如来也得听旨行事。

泾河龙王为何被砍头？就是不按玉帝旨意，改了一个时辰，克了三寸八点！八百里号山，孙悟空被红孩儿三昧真火烧得差点儿丢了性命，去请龙王下雨，龙王都不敢私自行事，最后打了个擦边球，弄个喷嚏，下了点儿私雨。

可就这么难办的事，三位大仙居然办到了！

二

在原著第四十五回，孙悟空与虎力大仙打赌求雨。

虎力令牌一响，风云雷电四神和四海龙王都来了，孙悟空很是不解，跑到半空中问究竟。雷部领导邓天君怎么回答？

"那道士五雷法是个真的。他发了文书，烧了文檄，惊动玉帝，玉帝掷下旨意，径至九天应元雷声普化天尊府下。我等奉旨前来，助雷电下雨。"

原来，他们之所以能求雨，是因为掌握了正宗五雷法。

五雷法又称五雷阵法，是道教独门绝技之一，因雷公有五兄弟，故称"五雷"。掌握了它，就能呼风唤雨、降魔抓鬼、祈晴祷雨等。

通俗说，就是掌握了指挥雷神的加急密码，只要报到玉帝那里，玉帝一般会批。

可是，他们小小道士，为何能掌握这等机密的雷神密码？

原著中并没有明文交代，却留下一条暗线：三名道士长期拜三清，专门修了一座道观，日夜念《道德经》，走的全是正门道法。

这三清是哪几位大神呢？元始天尊、灵宝道君、太上老君。前两位大神很少管道教的事，而太上老君却是道教创始人之一（注：历史上道教创始人是张道陵，老子只是道家创始人），可以说是道士的祖师爷。这三位道士能掌握正宗五雷法，肯定是太上老君默认、道教内部的人传授的，不然绝不可能掌握这门不传之秘。

可是，既然是太上老君系统的人，为何他们与孙悟空打赌，乃至被杀，老君那边也没人出面呢？

不仅如此，道教神仙们还通风报信，帮助孙悟空置三道士于死地，更让人想不通。

在原著第四十四回，孙悟空了解到，车迟国两千多名和尚，死掉了一千五百多名，只剩下五百名。这五百名和尚为何没死？原来有神人保护，"悬梁绳断，刀刎不疼，投河的飘起不沉，服药的身安不损"。神人还在梦中劝他们：不要寻死，且苦捱着，等那东土大唐圣僧，往西天取经的罗汉。他手下有个徒弟，乃齐天大圣……只等他来显神通，灭了道士，还敬你们沙门禅教哩。

神人是谁？六丁六甲、护教伽蓝！

护教伽蓝为佛教守护神，他们替和尚出头还说得过去，但六丁六甲为道教真神，为何也热心掺和"灭道士"？

孙悟空听了众和尚转述的六丁六甲、护教伽蓝对他的表扬，心里很高兴，于是对他们说：我就是大唐圣僧徒弟孙悟空行者，特来此救你们性命。

众和尚怎么说？不是的，不是的！那老爷我们认得！这让孙悟空疑惑了，我还没来此，你们怎么认得？

众和尚解释："我们梦中尝见一个老者，自言太白金星，常教诲我等，说那孙行者的模样，莫教错认了。"孙悟空道："他和你怎么说来？"众僧道：他说那大圣——

磕额金睛幌亮，圆头毛脸无腮。
咨牙尖嘴性情乖，貌比雷公古怪。
惯使金箍铁棒，曾将天阙攻开。
如今皈正保僧来，专救人间灾害。

这简直就是对孙悟空的赞美诗啊，猴子听了很是受用。

三

太白金星是何人物？

太白金星，亦名启明、长庚、明星，是汉族民间信仰及道教神仙中知名度最高的神之一。据百度百科介绍，他本为道家先哲老子的学生，后悟得老子口中之道教真言，得道升仙。为感恩老子真传，在其出生得道地亳州修建了道德中宫。

在《西游记》中，虽然看不出太白金星与太上老君有多亲密，但他是玉帝特使，深得玉帝信任，也是道教骨干力量。

这就让我们疑惑了，车迟国三位大仙对道教诸神的敬仰，有如滔滔江水连绵不绝，可道教诸神为何对他们冷若冰霜？

其实，原著中早就给了答案。在第四十六回，孙悟空与羊力大仙打赌比油锅洗澡。孙悟空洗时热油滚滚，幸亏他本领高强，方才无事；但这只羊洗澡时，孙悟空抽空一摸，居然一点儿热气也没有，于是怀疑北海龙王捣鬼，把他呼来劈头盖脸就是一顿臭骂。

北海龙王委屈地说：

> "敖顺不敢相助。大圣原来不知，这个孽畜苦修行
> 了一场，脱得本壳，却只是五雷法真受，其余都髹了旁
> 门，难归仙道。这个是他在小茅山学来的大开剥。那两
> 个已是大圣破了他法，现了本相，这一个也是他自己炼
> 的冷龙。"

后来，北海龙王化一阵旋风，到油锅边将他的冷龙捉下海去
了，那道士在滚油锅里打挣，爬不出来，滑了一跌，霎时间骨脱
皮焦肉烂。

大家看到没有？这三名道士虽然掌握了正宗五雷法，却根本
没入道神法眼，甚至连道门都没让他们入。他们没办法，只能走
旁门左道，什么砍头掏腹下油锅，完全是江湖手段。这就是他们
一边掌握着仙术，一边干着江湖勾当的原因。

四

既然不被主流认可，自然就有很多的无奈。有时干最苦的
活，却拿最少的钱，一旦出了问题，还可能被拉出去顶缸。

为了便于开展工作，上面给了他们一身道服，传了点儿五雷
法，给了点儿特权。这就是三位道士没入老君门，却掌握正宗五
雷法的根本原因。

但他们毕竟没有正式身份，说的话并不那么管用，为了完成

任务，只能采取江湖手段。车迟国三道士为何敢明目张胆地欺压和尚，就是以为自己在弘扬道教，道神爷爷们会为他们撑腰。

可是，出了问题后，羊力大仙私下修炼的冷龙马上被擒，"霎时间骨脱皮焦肉烂"，死相非常难看。

遗憾的是，尽管三道士知道可能会有这样的下场，但他们仍心存侥幸，对和尚们横眉竖眼，对三清们顶礼膜拜，希望道祖爷爷哪天开眼，给他们点儿圣水，挤一个位置，让他们也能像殿中不少正神一样，天天坐在上面啥事不干，也能供奉香火不断。

三个道士其实也有点儿本事，如果孙悟空不出老千与他们比赛也就是个平手。谁让他们的关系网没有孙悟空硬呢，所以最后败得一塌糊涂。

——富士山下

连如来都不敢见面的妖怪

一

在多篇文章中，蜗牛给大家分析过西游精壮派如来的江湖地位：虽地处西牛贺洲，但三界大神均不敢小视。孙悟空可以不把玉帝放在眼里，但对如来却敬畏有加。

然而，在西游世界中偏有一些妖不买他的账。比如他的舅舅大鹏鸟，不仅不听他的话，还要抢他的雷音寺，并当着他的面砍孙悟空。

取经路上还有一个妖怪，不是他怕如来，而是如来怕他，甚至连面也不敢见，叫了一帮小弟送十八粒金丹砂当买路钱，才把事情摆平。

这妖是谁，为何如来会怕他？

二

在原著第五十回，取经团队来到一座高山前，唐僧突然肚子饿了，非要悟空化碗干饭来吃，不然就不走。

孙悟空无法，只得对他们说：这山凶险，我走后你们不准乱动，以免遭妖怪毒手。他再三叮嘱，仍不放心，用金箍棒画了一个圈，说你们一定不能走出这个圈！只要你们在圈内，即使妖怪来了，他们也近不得你们身。

孙悟空走了后，唐僧左等右等，不见饭来，就有些急躁，猪八戒乘机出馊主意。原著描写如下——

> 八戒在旁笑道："知他往那里耍子去来！化什么斋，却教我们在此坐牢！"三藏道："怎么谓之坐牢？"八戒道："师父，你原来不知。古人划地为牢，他将棍子划了圈儿，强似铁壁铜墙，假如有虎狼妖兽来时，如何挡得他住？只好白白的送与他吃罢了。"

不得不承认，猪八戒很有嘴才，几句话就说得唐僧动了心，于是大家一起走出圈，继续前行找饭吃。

突然就见到一座装修得很豪华的别墅，猪八戒高兴地说：你看，我说猴子骗我们吧？你们不信，这不是有人家吗？里面肯定有吃的。

于是他自告奋勇前去化斋，然而饭没找到，人也不见一个，却看到有三件棉背心放在桌上。他不管三七二十一，先拿了再说。回去后送一件给唐僧穿，唐僧死活不要，还给他讲了很多大道理。八戒不耐烦，自己和沙僧一人一件穿了起来，没想到刚穿在身上，背心立刻化为绳索，将他们手脚绑住，捆成了粽子。

孙悟空找到饭回来，不见了师父和八戒、沙僧身影。找来土地一问，才知道被山里一个魔头捉去了。

悟空没办法，只得到处找洞救师父。最后终于被他找到了，没想到这魔头很厉害，不仅知道孙悟空的全部底细，而且武艺居然与他不相上下。孙悟空急了，把金箍棒扔在半空，化着千百条铁棒一起打下来。那妖怪冷笑一声，掏出个白圈子往空中一扔，那千百条棒子立刻回归一条，被圈子深深套住，落在了那怪手中。

孙悟空丢了金箍棒，顿时功力减少了三分之二，赶紧逃命要紧。

三

孙悟空失了武器，就没办法救师父。于是来到天上，想查查该妖的底细，谁知玉帝查遍了所有岗位，大家都天天上班打卡，下班回家，表现非常良好，没有人私自下界！还真是奇了怪了！

玉帝还算够意思，派了李天王父子及十万天兵、邓张二雷公随同他去除妖。

谁知，这个豪华捉妖团刚与妖怪交战，人家就冷笑了：你们谁谁谁，不在天宫吃蟠桃，却来打扰我清净，简直太可恶了。圈子一亮，所有神仙的兵器，又被他套走。

孙悟空再次到天宫搬救兵，这次来的是火德星君。但依然没用，人家圈子又一亮，什么火龙、火马、火鸦……全被一股脑儿套了去。

此后，孙悟空请了多路救兵，全被这圈子套去了。他这才明白，不是这妖怪有多神勇，而是这圈子太厉害了。

四

孙悟空一个筋斗赶到灵山，他知道，必须如来亲自出马，才能收拾这妖怪。因为天宫来的神再多，都不是这圈子的对手。

没想到如来听了实情后，居然推辞道——

> "那怪物我虽知之，但不可与你说。你这猴儿口敞，一传道是我说他，他就不与你斗，定要嚷上灵山，反遗祸于我也。"

看到没有，如来居然怕这妖找自己的麻烦，不仅不敢露面除妖，而且不让悟空透露前来找过自己。

不过，如来叫了十八罗汉，又开宝库取了十八粒金丹砂，随悟空前去捉妖。然而出发的时候，有两位竟然迟到了。孙悟空很不满，两人解释说昨晚火锅吃多了拉肚子，所以来迟了一步。

有了这十八罗汉和金丹砂，孙悟空底气足了，立刻去叫阵。让他万万没想到的是，魔头一亮圈子，十八粒金丹砂变的金砂海，依然被套走了。

不要以为这十八粒金丹砂只是普通的砂子，原著有描述——

> 此砂本是无情物，盖地遮天把怪拿。只为妖魔侵正道，阿罗奉法逞豪华。手中就有明珠现，等时刮得眼生花。

所以，这哪是十八粒金丹砂，分明是十八座金山。不然，如来也不会把它们单独放在宝库里。可见，如来出手还是很大方（逗豪华），给了青牛精大把的买路钱（刮得眼生花）。

然而，青牛精把钱收了，却不办事，依然不放唐僧。咋办？孙悟空也没法了。

这时，迟到的两名罗汉才过来告诉他：你真以为我们火锅吃多了？其实如来有交代，如果金丹砂被套牢，就到天上找太上老君！

孙悟空一听，气得吐血：

> "可恨，可恨！如来却也闪赚老孙！当时就该对我说了，却不免教汝等远涉？"

孙悟空虽然没弄明白如来的真实意图，还是赶紧去找太上老君，怕晚了唐僧就变成人肉汤了。

看到孙悟空前来，太上老君还装傻：这妖怪不可能与我有关啊！到牛棚一看，放牛倌睡着了，才一拍大腿：原来果真是我的宝牛下界了！还带走了我的金钢圈！

太上老君下界来，用手里的那把破扇——芭蕉扇一扇，青牛精就被远程控制，不由自主地把圈子丢了出来；再一扇，青牛便像被打了麻醉枪一样，倒在地上。最后，太上老君把圈子套在青牛鼻子上，笑着跨上牛背，一溜烟跑了，也没说还十八粒金丹砂的话。（原文：老君降伏却朝天，笑把青牛牵转。）

这个时候，孙悟空才彻底明白了：虽然很多妖怪是天宫、西天下来配合演戏的，但也不乏浑水摸鱼之辈。比如这老君老滑头，就是明显来收买路钱的。

其实，如来一听孙悟空的汇报，就知道是怎么回事。但他也没办法，不可能前去捉青牛吧？万一额头上被打一下，那脸就丢大了。即使赢了，传出去也不好听，堂堂佛祖，竟跟太上老君的坐骑打架！

所以，该出血时必须出血，这是如来的聪明之处。唐僧团队到了西天，因没有人事给二尊者，结果被骗，取了无字经书。孙悟空当面问责，他却说：经不可轻传，亦不可空取。有次众比丘圣僧下山，曾将此经在舍卫国赵长者家与他诵了一遍，只讨得三斗三升米粒黄金，我还说他们忒卖贱了，教后代儿孙没钱使用。

这段话引来很多西游迷的口诛笔伐，但是大家回头看老君，一伸手就要十八座金山，又比如来高尚到哪去？

但在西游世界中，名声最臭的却是猪八戒，因偷藏了五钱"私房钱"，一直背着"贪财"的黑锅，好不容易到西天，也只被封为"吃货"了事！

网友说

其实孙悟空知道妖精的来历，绕一个大圈子再去找佛祖，是为了给自己开脱，不然就会显得自己没用。

原文写道——那魔王见孙悟空棍法齐整，一往一来，全无些破绽，喜得他连声喝采道："好猴儿！好猴儿！真个是那闹天宫的本事！"这大圣也爱他枪法不乱，右遮左挡，甚有解数，也叫道："好妖精！好妖精！果然是一个偷丹的魔头！"可见大家都清楚，这根本就是老君给唐僧下的套。最终佛祖破财免灾不说，取经队伍偷东西一事还毁坏了佛派的名誉。如来也是无可奈何，也只能将损失降到最低了。

——兰陵君

带上母亲去当妖

一

众所周知，平顶山金角、银角大王其实是太上老君烧锅炉的两名童子，观音借了三次，老君才偷放他们下界出公差。因担心一出场就被孙悟空干掉，老君还有意无意让他们偷走了五件宝贝，这使他们成为西游路上持有宝贝最多的妖怪。

但是，有个情节让人想不明白，按理说他们带着使命下界为妖，完成任务后回去继续烧锅炉得了，怎么又多了一位狐狸老母亲？还将太上老君的裤腰带（幌金绳）交在她手上。

在《孙悟空唯一跪拜过的妖精》一文中，蜗牛给大家分析了孙悟空为何要跪拜她。本期，我们分析这位老妖婆是两大王的干娘还是亲娘，与太上老君有无关系，两童子为何带着她出公差。

二

我们仍先来看原著。

在第三十四回，两大王抓住了唐僧、猪八戒、沙僧，孙悟空却脚底抹油，溜了。不仅如此，还从精细鬼、伶俐虫两小妖手中骗去了紫金葫芦和净瓶。收到消息，金角大王大为生气，银角大王安慰他说：

> "还有七星剑与芭蕉扇在我身边，那一条幌金绳，
> 在压龙山压龙洞老母亲那里收着哩。如今差两个小妖去
> 请母亲来吃唐僧肉，就教他带幌金绳来拿孙行者。"

为防止再次出现精细鬼、伶俐虫被骗事件，两人挑选了更为机灵的巴山虎和倚海龙去请老母亲。但让两大王没想到的是，两小妖刚出门，就被孙悟空棒杀。猴子用一根毫毛变成巴山虎，自

己变成倚海龙，直接往压龙洞请老奶奶。

到了目的地，孙悟空骗开门，见到了老妖婆，说明来意，老妖婆十分高兴，大喜道："好孝顺的儿子！"然后叫小妖准备轿子。

孙悟空心里还嘀咕了几句："我的儿啊！妖精也抬轿！"可见，这老妖婆平时生活还是很讲排场的，可不是山里野妖的风格。

老妖婆坐在轿里准备出门，回头一看，后面有几个小女怪，"捧着减妆，端着镜架，提着手巾，托着香盒，跟随左右"，老妖婆道："你们来怎的？我往自家儿子去处，愁那里没人伏侍，要你们去献勤塌嘴？都回去！关了门看家！"那几个女妖于是回去，只留下两个抬轿的。

从这段对话也可看出，这老妖婆不像两妖王拜的干妈，妖王对老妖婆特别信任，还把幌金绳放在她那里；老妖婆也对两儿子特别相信，没有考察报信小妖真假，就把小女怪叫回去了，连贴身保镖也没带一个。

当然，她的结局也是悲惨的，被孙悟空一棍打死，推出轿子一看，是一个九尾狐狸。

三

孙悟空变成老妖婆，回到洞中，两妖王倒头就拜，礼节十分周到。

偏偏猪八戒看穿了这老妖婆是猴子变的，听说要割他耳朵下酒，于是大叫大嚷，引起了妖怪注意，假象被戳穿，老狐狸变成了毛猴子。

两妖王听说老母亲被杀，悲愤之下，与孙悟空大战，最终，银角大王被孙悟空装进了葫芦。

金角大王逃到了压龙山，通报了母亲死讯。老舅爷狐阿七大王闻言点兵赶来助阵报仇，金角换了缟素孝服躬身迎接。（如果仅是干娘，金角不可能这么讲究礼数。）

可惜这老舅爷本领也不高，激战中，被猪八戒一钯筑死，也是一个狐狸精。

四

综上所述，蜗牛认为，这老狐狸是两童子的母亲无疑。也有人说两童子下界来，为了站稳脚跟，才拜老狐狸为干娘，其实这是不对的。

首先，太上老君门下童子，即使在凡间地位也是非常高的，更不要说在妖界了，他们占山为王，哪个敢来欺负？何况他们还带了那么多宝贝。

其次，他们即使要结盟找干亲，也不可能找势力那么弱的老狐狸！无论是九尾狐，还是狐阿七大王，本事都差劲得很，一上场就被秒杀。

所以，这老狐狸一定是他们如假包换的母亲。但问题是，他们下界出公差，怎么带着母亲走呢？真的是孝心泛滥？

其实，是我们的思维出了偏差：他们的老母亲本来就住压龙洞，他们只不过重新回到老家为妖而已。也就是说，这两童子上天之前，本来就是平顶山的狐狸。

他们下界为妖，既有老君承观音之情，偷放他们的意思，也有他们想逃离兜率宫，返回老家创业的私心。不然，也不会一下偷走五件宝贝。

原著第三十五回，老魔闻二魔被装进葫芦丧命，唬得魂飞魄散，骨软筋麻，扑的跌倒在地，放声大哭道：

> "贤弟呀！我和你私离上界，转托尘凡，指望同享荣华，永为山洞之主。怎知为这和尚伤了你的性命，断吾手足之情！"

这便是他们私离的明证。

他们下凡间，打算帮老君完成任务之后，就不再回天上了（因老君是偷放，玉帝并不知情，因此他们算是私离）。为了给母亲防身，专门把操作最简单的幌金绳留给了母亲。可惜孙悟空太强悍，最终让他们的愿望落了空，连累老母亲也丧了命。

天宫好好的，他们为何想回家呢？只因天宫太不好混了！太上老君作为道祖，眼里只有教派利益，对手下如烧火童子等服务员是不怎么关心的，他们烧一辈子火，也不可能得一粒金丹，谋一个职位，有时还得出公差当老君的马前卒，成绩是老君的，黑锅由他们背（青牛精下凡亦如此），这使道童们极为不满。因此，一有机会他们便想跳槽。

回头看两童子，无论行为有多可恶，但对母亲是真孝顺，不过，孝敬的方式却出了问题，用公家的东西来撑母亲的面子，最终给母亲带来了灾难。

无论是孝顺还是慈爱，都必须走正道，不然，爱得越深，陷得越深。

九尾狐狸肯定是他们的母亲！老君早发现他们不安心天庭工作，于是给个出差机会，让他们下界同母亲、舅舅团聚。这两童子还以为可以脱离天庭，却不料是老君借孙悟空之棒除掉他们妖族的亲戚，这样才能一心修道。最后，老君还故意透露消息，嫁祸于观音。完美！

——竹如人生

孙悟空为何放走九头虫?

在西游世界里,孙悟空嫉恶如仇,哪怕被师父的紧箍咒念死,对妖怪都不会棒下留情。比如白骨精,他就冒着被开除的风险,坚持打了三次,才将她打死。

但对有些背景深厚的妖怪,孙悟空有时也会卖主人一个面子,因为他知道,创造良好的取经环境,远比打死一两个妖怪重要得多。

但唯有一个妖怪,没有任何背景,孙悟空却放了他一马,连二郎神都说遗祸为害。

孙悟空为何要坚持这么做呢?

一

在原著第六十二回,唐僧一行来到祭赛国,遇到几个和尚正在做苦力,而且不久之后就要被杀头。

原来,金光寺的佛宝舍利在一场血雨之后被盗,皇帝怀疑是和尚们搞的鬼,要求他们找回来,找不回来就要杀头,已经杀掉两批和尚了。

同为沙门中人，唐僧自然十分同情和尚们的遭遇。晚上坚持与悟空去扫塔，却在塔顶遇到两个妖怪：奔波儿灞和灞波儿奔，名字很拗口，不过招供倒挺爽快。

他们供出，是碧波潭老龙王和女婿九头虫所为，万圣公主还从天上王母处盗了灵芝草来供养着。

孙悟空让猪八戒前往碧波潭里寻宝，与九头虫遭遇，孙悟空与他大战了三十余合，不分胜负。

这龙王女婿有多厉害？

　　　　九个头颅十八只眼，前前后后放毫光；翅膀一展，
有丈二规模；两只脚尖利如钩，发起声远振天涯。

猪八戒见后心惊："哥啊！我自为人，也不曾见这等个恶物！是甚血气生此禽兽也？"

孙悟空也说："真个罕有，真个罕有！等我赶上打去！"

两人又开打。不料此怪从半腰伸出一个头来，张开血盆大口，一下咬住八戒，捉下碧波潭。

孙悟空急了，变成一螃蟹下水，才救出猪八戒。

二

两人正在商议如何战胜此怪，突见天上狂风滚滚、惨雾阴阴，原来是二郎神带着司机、秘书打猎归来。

孙悟空不好意思见他，叫八戒前去通报。然后几人坐着吃了一顿火锅，商量一起捉此怪。

八戒潜下水打死了龙孙，那九头虫追着屁股跳出水潭，现出本象与孙、猪恶斗。二郎神一看，立即挽弓开射。

九头虫急铩翅，掠到边前，要咬二郎。结果被二郎的哮天犬撺上去，汪的一口，把一个头血淋淋地咬了下来。

九头虫负痛逃生，径投北海而去。八戒要追赶，孙悟空扯住他说：

> "且莫赶他，正是穷寇勿追，他被细犬咬了头，必
> 定是多死少生。等我变做他的模样，你分开水路，赶我
> 进去，寻那宫主，诈他宝贝来也。"

二郎神与其他兄弟说："不赶他，倒也罢了，只是遗这种类在世，必为后人之害。"

正因为孙悟空的阻拦，九头虫成为唯一跑掉了的没有背景的妖怪。

三

敲小黑板了——孙悟空为何扯住猪八戒，不让追赶呢？连二郎神也看出这样做的严重后果：穷寇不追，必成一害。

那么，它逃到哪里去了，最终成为一害了吗？原著中有一句话：

> 至今有个九头虫滴血，是遗种也。

我们要弄清孙悟空为何放它一马，先得弄清这九头虫究竟是什么来历。

据说，九头虫实际上是传说中的九凤神鸟鬼车，别名九头鸟。色赤，似鸭，大者翼广丈许。白天看不见东西，晚上就厉害得很，遇到有晦气的东西（噩兆），就飞鸣而过。

这样的东西成妖，难怪孙悟空和猪八戒都吃惊从未见过。

这九头虫被哮天犬咬掉一个脑袋后，据传经常滴血，血滴到哪家，哪家就要倒霉。

孙悟空为何不乘胜追击，彻底为后人解决后患呢？

他的解释是九头虫被咬了一个头，必定"多死少生"，先找宝贝要紧。

他这个回答，与以前做事风格很不相符。

首先，多死少生，不代表不生。九头虫九个脑袋，咬掉一个，最多有个疤，死掉的可能性很小。

其次，孙悟空对妖怪的原则是赶尽杀绝，当然，有背景的妖怪他也没办法。

最后，这个时候老龙王被打死了，九头虫跑了，只剩下一个万圣公主，根本没啥本事，最后被猪八戒一钯就筑倒了，早一点儿迟一点儿去找宝贝，也没啥关系。实在不行，也可穿着长裤打屁——兵分两路，一路由孙悟空带队去找宝贝，一路请二郎神带队去捉九头虫，同样不误事。

四

实际上，孙悟空放走九头虫只有一个原因：他是牛魔王最好的朋友！

　　大家还记得三调芭蕉扇吗？当时老牛与他恶斗，突然山下有人喊：牛爷爷，车来了，酒席就要开始了。于是牛魔王就架住了孙悟空的棍子说，猴子，改天再战。然后便回家换了装，坐着专车，跟着这工作人员去了。当时请客的，就是老龙王和这九头虫。

　　火焰山一战，牛魔王损失最惨，大老婆成尼姑了，二老婆被打死了，芭蕉扇被夺了，他也被哪吒牵着鼻子，拉到西天如来处服刑。之前，儿子红孩儿还被观音拉到南海做人质，好好的一个家就此四分五裂。

　　这次见到二郎神，孙悟空肯定想起了当年花果山与之恶斗，最终自己被如来压在五行山下的经历（二郎神还一把火烧了他的花果山，烧死了不少猴子猴孙）。

　　由二郎神想到自己，由自己想到牛魔王，孙悟空的心情肯定是非常复杂的。因此，心一软，便放了九头虫一条生路。

　　人在江湖，做事留三分余地，日后好相见。孙悟空原来也是妖，现在却对妖大开杀戒。牛魔王这个曾经的大哥也被他送进了西天监狱。面对九头虫，悟空肯定在反思自己这样做对不对。心一软，就放了他一马。

玉面狐狸为何倒贴百万嫁牛王

一

在西游众多妖精中，玉面狐狸是个独特的存在，她坐拥百万家私，长得又漂亮，父亲是堂堂万岁级妖王。按理说，她才是货真价实的公主。

但是，父亲死后，她却倒贴家产，嫁给牛魔王做小，铁扇公主不高兴了，她就送东西。

结婚两年，送了铁扇公主多少东西呢？原著里有描述。在第六十回，孙悟空冒充铁扇公主的信使，来请牛魔王回去。玉面狐狸一听，心中大怒，彻耳根子通红，泼口骂道——

> "这贱婢，着实无知！牛王自到我家，未及二载，也不知送了他多少珠翠金银，绫罗缎匹。年供柴，月供米，自自在在受用，还不识羞，又来请他怎的！"

从这段话我们可看出，玉面狐狸不仅要养牛魔王，还要养牛魔王的大老婆，连米、柴等基本生活用品都要由玉面狐狸承担。

有人说，玉面狐狸是相中了牛魔王有本事，所谓美女爱英雄，因此愿意倒贴家产招老牛上门，甘愿为爱牺牲。

牛魔王是看中了玉面狐狸漂亮，所以抛弃了糟糠之妻，待在温柔之乡不回去。

其实，这些都只是表面现象。

二

我们先来看牛魔王自身条件如何。

牛魔王长得帅吗？长嘴唇粗鼻孔，头上还有两只角，无论如何算不上帅哥！

牛魔王会撩妹吗？天天与碧波潭老龙王、九头怪喝酒，既没陪好铁扇公主，也没陪好玉面狐狸，是个不解风情的货。

牛魔王会写诗吗？牛蹄子拿不起笔！会唱歌吗？长嘴肯定跑调……

用现在的标准来看，牛魔王绝对不是小鲜肉，而是老腊肉；没有颜值，只有暴力。

再看他对玉面狐狸用情如何。

他经常当着玉面狐狸的面，表扬铁扇公主：

> "我山妻自幼修持，也是个得道的女仙，却是家门严谨，内无一尺之童。"

当听说孙悟空调戏了老婆，骗走了芭蕉扇，他火烧屁股一样赶回去，安慰罗刹女——

> "夫人保重，勿得心焦，等我赶上猢狲，夺了宝贝，剥了他皮，锉碎他骨，摆出他的心肝，与你出气！"

他对玉面狐狸，就不是这样了，虽然口里叫着美人儿，可既没阻止铁扇公主月月来要东西，也没有将她的安危放在心上：当玉面狐狸被猪八戒一钯筑死后，他连问都没问一下。

更奇怪的是罗刹女。

虽然经常抱怨牛魔王很久不回家，但并没有吃玉面狐狸的飞醋，更没有因此与牛魔王撕破脸，在四路佛兵外加李天王父子把牛魔王围在中间，准备要他的命时，罗刹女甘愿献出芭蕉扇换老公的性命。

而且以罗刹女的性格，肯定不会不顾廉耻到靠牛魔王情人的接济才生活下去，她月月收租，儿子还在号山当大王，根本就不差钱。

综上所述，牛魔王抛弃糟糠之妻倒插门娶玉面狐狸，可不是为了爱情，而是有更大企图：收编万岁狐王的产业！

大家可以想象一下，一只物种低贱的老狐狸，居然活到了万岁才死，并且攒下了百万家私，没有点儿手腕肯定不行！没有团队更不行！

也就是说，万岁狐王最珍贵的遗产，不是百万家私，而是打拼下来的地盘。牛魔王不缺钱，但缺地盘，这也是他把红孩儿派到千里之外当总管、把兄弟派到女儿国占领落胎泉的重要原因。

现在，万岁狐王死了，他只要搞定了玉面狐狸，就轻易得到了狐狸家族的地盘，简直是一本万利。

如果真为了爱情，他完全可以把玉面狐狸娶回家，何必去倒插门？在明朝，一妻一妾可是普遍做法。

铁扇公主肯定知道牛魔王的心思，因此才没有大吵大闹，独守空洞坚持了整整两年。

三

那么，玉面狐狸了不了解牛魔王的心思？了解！有没有办法？没有！

在乱世，最易招来坏人的是什么？美女，财产！而玉面狐狸两样都占。父亲一死，她就成了众妖王争夺的肥肉，如果不尽快找个靠山，她都不知道自己将怎么死。

虽然父亲也留下了团队和小弟，但未必能让她信任，或者完全臣服于她，万一别人起了歪心怎么办？要知道，狐狸可是最狡猾的。

所以，在危急关头，她赶紧找到牛魔王，不仅愿意当妾，还愿意每月给罗刹女送东西，以作补偿。

孙悟空冒充铁扇公主的信使来请牛魔王回家，还要挥棒打她。她跑进洞责骂牛魔王：

> "我因父母无依，招你护身养命。江湖中说你是条
> 好汉，你原来是个惧内的庸夫！"

这句话，把她嫁牛魔王的意图表明得十分清楚。

但是，如果你认为玉面狐狸此举仅为了找靠山，却又错了。

玉面狐狸父亲在世时，也算威震一方，但是，过了一万岁高龄，依然一命呜呼。

在西游世界里，要想长生不老，必须取得正果。要达到这个目的，有四种途径：

一种是自己修炼。这个相当困难，没有导师引路，苦练到死，也难脱妖界。就像孙悟空一样，没有菩提祖师传授技艺，也就活三百四十二岁；猪八戒如没遇真仙指导，可能至今仍是一名爱玩的凡人。

一种是王母的蟠桃。但这是给神仙准备的，下界的妖或凡人肯定吃不到。

一种是人参果。可是镇元子太厉害了，连孙悟空这种级别

的，一袖子就给笼了，纵使有筋斗云也没用。

还有一种就是唐僧肉。可是，谁也没吃过，难以辨别消息的真假。就算是真的，唐僧肉也不是你想买就能买、你想吃就能吃的！

万岁狐王既吃不了蟠桃、人参果，也吃不了唐僧肉，所以只有凭苦修。最后没能挺过命运那道坎，撒手归西了。

他的死，给玉面狐狸留下了深刻影响，她必须想办法解决这个问题。

四

牛魔王长得不帅，还有私心，并且不是同类，武艺也不是妖界中最厉害的，玉面狐狸为什么找他？

要解答这些问题，就要分析牛魔王究竟有什么。

脑子转得快的可能马上得出答案：芭蕉扇！

回答正确，加十分。

但是，玉面狐狸拿这玩意儿解决不了生死的问题，还会惹来一堆麻烦，况且铁扇公主也不会给她。所以，她需要的肯定不是这个。

在西游世界中，牛氏家族除了牛魔王、如意真仙外，还有谁？对了，太上老君的坐骑青牛。

大家别小看他，在金兜山时，他下界为妖，本事与孙悟空不分上下。用一个圈子，就把前来帮忙的神仙的武器全部套走了。

最后，如来派人送来十八座金山，他才与老君演个双簧戏，回天庭了。

所以，牛魔王夫妇的芭蕉扇虽然不是太上老君给的，但牛魔王与老君是有联系的，其中间人就是青牛精。这也是孙悟空大战牛魔王时，如来派出四路佛兵围剿，非得逼他归顺佛家才饶他性命的原因之一。

太上老君最厉害的法宝是什么呢？有人说是金刚琢，有人说是芭蕉扇，但这些只是攻击别人的武器，并不能保长生。

有没有能让人长生不老的东西？有，九转大还丹！

这是能长生不老的第五条路径。猪八戒为什么成仙？就是吃了九转大还丹！孙悟空为何刀砍不死雷打不伤？也是吃了九转大还丹！乌鸡国国王死了三年为何能活过来？还是孙悟空向老君借了一粒九转大还丹！

因此，只要吃了九转大还丹，不仅能加速成仙，还能长生不老。

这才是玉面狐狸需要的。她认为牛魔王可以通过青牛搞得到。

实际上，虽然同为本家，青牛精未必会买牛魔王的账，让他偷拿金丹，更是有很大难度。但可能牛魔王常年向玉面狐狸吹嘘，说多了，她就相信了。

现在，大家明白玉面狐狸的本意了吧？与长生不老相比，百万家私算什么啊，长得漂亮算什么！况且容颜终会老去，现在不抓住机会，老了更难有机会了。

可惜，她的这点儿小心思还是没实现，在孙牛大战中，手无缚鸡之力的玉面狐狸被猪八戒一钯筑死，一缕幽魂，追随她父亲去了。

而铁扇公主不仅要回了芭蕉扇，还修炼成了正果。

这说明，靠天靠地靠别人都靠不住，还得靠自己。

老狐王的家业是如何积攒起来的？为何还是死于非命？可能玉面狐狸从父亲之死得到教训：没有靠山，再多的财产也保不住。这也是她找牛魔王的原因之一吧。

——番茄炒苹果

玉兔复仇记

一

在《西游记》中，有个著名的桥段，叫玉兔精招亲。

故事情节很简单，太阴星君的宠物玉兔溜达到凡间，光天化日之下大变活人，硬生生把天竺国公主丢到几百里外的布金寺，公主靠装疯卖傻才保得一命。自己则变成公主模样，过了三年女一号的幸福生活。

不仅如此，她还成功策划了抛绣球招亲事件，打中了唐僧脑袋，把长老圈进了天竺皇宫。

就在她要对唐僧下手时，孙悟空赶到。猴子对她一路棒打，刚准备一棒结果她性命，老把戏上演了，半空中突传来一声喊："大圣，棒下留人！"（这句话听得我们耳朵都起茧了。）

孙悟空扭转猴头一看，原来是太阴星君，月宫的最高领导。她告诉孙悟空，这是她家养的宠物，请抬起铁棒，饶她一命。

孙悟空不同意，说：

"老太阴不知，他摄藏了天竺国王之公主，却又假合真形，欲破我圣僧师父之元阳。其情其罪，其实何甘！怎么便可轻恕饶他？"

意思是，她摄了公主就算了，又要对我师父不轨，这怎么可以？至少也得判个强奸未遂罪！

太阴星君见这猴头不买账，于是又抛出一个重磅新闻——

"你亦不知。那国王之公主，也不是凡人，原是蟾宫中之素娥。十八年前，他曾把玉兔儿打了一掌，却就思凡下界。一灵之光，遂投胎于国王正宫皇后之腹，当时得以降生。这玉兔儿怀那一掌之仇，故于旧年走出广寒，抛素娥于荒野。但只是不该欲配唐僧，此罪真不可逭。幸汝留心，识破真假，却也未曾伤损你师。万望看我面上，恕他之罪，我收他去也。"

这时候，我们才明白，原来那公主也不是凡人，在月宫时就给了玉兔一记排山倒海，然后跑下界投胎成了公主。玉兔自然不肯善罢甘休，摩擦摩擦，跟着魔鬼的步伐，一路追踪她到皇宫，然后成功把她扔走替换了。

这个故事让我们极不明白的是，在月宫，这素娥可以随便给玉兔一耳光，为何下了界就脓包了，被兔子随便吊打却无还手之力？

同为月宫出身，为何一个下界是公主，另一个只能当妖精？

更吊诡的是，此桃色事件结束后，太阴星君收走了玉兔，却不召回素娥？背后有何玄机？

二

要弄明白以上问题，先得弄清中国神话界第三类居民——神仙们的私生活。

正如蜗牛在前文《唯一敢在天庭生子的凡人》中介绍的那样，天庭的户籍是很稀缺的，很多人为了弄一个户口指标，穷尽一生去修炼。但是，他们成仙之后才发现，神仙的生活也不快乐！

首先，你不准恋爱，更不得结婚。因为天宫没有避孕措施，如果添丁进口，老的死不了，新的不断来，天宫人口不是爆炸了吗？

其次，神仙也是有寿限的，只是比凡人活得久而已。你要寿与天齐，就必须不断修炼，还得防着别人。万一遇到能力比你强、法宝比你厉害的神仙，一杆子把你打落凡尘，转世投胎之后，你就成为没有任何法力的凡人了。

最后，神仙并非不吃东西，也得凡人供养。至于供品的档次高低、质量优劣、分量多少，取决于你的威信。比如，土地就只能在荒山野岭啃几块冷馒头，而财神则普遍在闹市享受豪华套餐。

所以，很多人没成仙之前，一心想成仙；真的成了仙，又羡慕凡人的生活。正如今天很多人一样，没当北漂之前，向往北上广的生活；真的北漂了，才发现还是家乡好，不过，此时转身已经很难。

神仙也是一样的，天庭不是你想来就能来、想走就能走的。

要想离开天庭到凡间，除非玉帝批了假条，否则只有一条官方通道：转世投胎！但是，这是要付出代价的。一是将抹掉你全部记忆，二是夺去你全部法力。

这并非天庭统治者残暴，而是为了天地平衡。你想啊，如果你还记得天上的事，把天机泄露到地上，那人间不是乱套了吗？如果你还拥有法力，让其他平民怎么活？不公平嘛！

但是，前文已经讲了，很多神仙能修炼到今天地位，都曾付出了惨重代价，现在要夺去全部法力，当然舍不得！如果抹掉全部记忆，那以前的爱恨情仇如何清算？所以，一般是不愿意干的。

不想走官方渠道，不想抹掉记忆丢失法力，怎么办？给看门的四大天王塞点儿红包，偷跑下界。对这类神仙，三界居民都是看不起的，把他们等同于那些魔界混混，统称为妖。

西游中，这样的例子举不胜举。

披香殿侍女与奎木狼相好，二人相约下界为夫妻。侍女走的是投胎路线，于是成为百花羞公主；奎木狼走的偷渡路线，于是只能成为黄袍怪。正因为一个有记忆，一个无记忆，于是悲剧发生了。

在唐僧师徒中，金蝉子走的是投胎路线，所以根红苗正；孙悟空、沙僧走的是非主流，因此必须要取得正果才给他们正式身份；猪八戒最特殊，虽经过投胎，但保存了记忆，可付出了惨痛代价，成了猪头人身的怪物。

相信这样一解释，大家就明白玉兔精与素娥同时下界，为何一个是妖，一个是公主了吧？

三

那么，素娥走正规投胎路线，而玉兔为何不走官方通道呢？

这其实体现了两人的价值观和人生追求。

爱看宫斗剧的读者就明白，只要女人扎堆的地方，肯定不太平。特别是大部分为女性的机关，如后宫、月宫，为了争权争宠，常常你来我往，斗得不亦乐乎。

素娥与玉兔一顿撕之后，突然醒悟：这样的人生即使能活上万年，又有何意义呢？哪有人间富有温情和丰富多彩？

于是，她很快写出申请，愿意丢掉法力和记忆，下界投胎去了。

而玉兔呢？既舍不得月宫衣食无忧的生活，也牢记着那一掌之仇，于是偷跑下界，把素娥丢在布金寺受折磨。不过，当她看到人间男欢女爱之后，却又舍不得离开了。特别是听说唐僧要经过这里，只要取得他元阳，就能直接提升仙位，于是有了更大贪欲。

最终，贪欲让她错上加错。回到天庭后，至少也是一个警告处分吧？说不定还要连降两级。

古人云，塞翁失马，焉知非福。这其实在告诉我们，任何选择，都是有风险的。你选择了人间的繁华，就得丢掉护身的法力；你想过上另一种生活，就得丢掉以前的记忆。

更重要的是，天上常有钩心斗角，人间未必就是一片太平。

在任何时候，我们都在做选择，大到事业工作，小到中午吃什么饭。选对了，你或许就是无忧无虑的公主；选错了，你有可能就是三界难容的妖！

选择，不仅赌你的运气，更多靠你的智慧。

对没有任何人生经历的人来说，只能把命运交给上天。烧一炷香，磕三个头，抽到哪条路就走哪条路；但对饱经人生风霜、多次跌倒又站起来的人来说，他们每一次选择，都渗透人生智慧，永远胜天半子。

你有什么眼光，就会做出什么样的选择；你做出什么样的选择，就会过着什么样的人生。

要我说，这兔子脾气还真差劲，本身就是个宠物，挨一两巴掌还不是正常的么？还非跟人家较真。可怜这素娥，也是结了个孽缘，引发了天界版"一个馒头引发的血案"。

——怪我咯

蜘蛛精的澡堂子

一

小时候常听父亲讲，七夕是找不到喜鹊的——就像上下班高峰期打不到车一样——它们都上天给牛郎织女搭鹊桥了。如果晚上躲在葡萄架下，还可听到牛郎织女说情话的声音。

那时觉得葡萄架好神奇，居然可以直通天上。就像今天的远程遥控摄像头一样，可窥探别人的隐私。

长大些了，最羡慕的是牛郎，他不过是一个放牛郎，而织女是皇二代加仙二代，竟然主动下嫁给他，看来放牛是一门很有前途的职业！于是我便很积极地向父亲提出要去放牛。

上岗之后，每遇到池塘什么的，都忍不住伸头看一看，结果没发现一名洗澡的姑娘，最多有几个光屁股戏水的小孩。

成年了，才明白牛织配的婚姻只能存在于童话里。你想啊，皇二代过的是什么生活？牛郎过的是什么生活？织女为何要去找牛郎？

二

在我等凡夫俗子眼里，七仙女（织女是七姊妹中最小的仙女，也有说法是织女星。董永七仙女的故事属另一版本）是皇二代、仙二代、富二代，那是需仰视才能见的。

但在西游世界里，她们的地位却很低，不仅孙悟空要欺负她们（用定身法定住），就连妖精也要欺负她们。盘丝洞的蜘蛛精，就霸占了她们洗澡的池子，让天下牛郎们再没机会。

在原著第七十二回，唐僧要去化斋，刚离开住地，就见一座桥那边有四个美女在描十字绣。他傻呆呆地看了半个小时，心想，如果半路打退堂鼓，肯定会被徒弟们耻笑。于是，硬着头皮过桥，向美女们化斋。

美女们见是个俊和尚，自然答应了。把他引进小黑屋，拿出人肉食品让他吃。唐僧自然不敢动嘴，这下惹恼了美女，七个人一起上，把他扑倒在地，吊在房梁上，奇怪的是，没绑成肉粽子，却绑了个"仙人指路"的造型。

什么叫"仙人指路"，相信练瑜伽的粉丝们肯定不陌生。

更奇怪的是，把唐僧绑起来之后，她们不急着吃唐僧肉，而是当着他的面开始脱衣服，唐僧同志自作多情地想：

> "这一脱了衣服，是要打我的情了，或者夹生儿吃我的情也有哩。"

不得不说，虽然他很帅，但这次却想多了，蜘蛛精们只是露出上半身，从肚腹吐出丝来掩住房子，便到池塘洗澡去了。

三

一直以为，七仙女们洗澡的地方，不过是乡村野堂子，俗称"牛滚塘"。看了蜘蛛精们洗澡的池塘，才明白为何小时候找不到七仙女。

原来，这可不是普通的澡塘，而大有来历！

孙悟空到处找不到唐僧，打出土地来问路，土地告诉他——

"离此有三里之遥，有一座濯垢泉，乃天生的热水，原是上方七仙姑的浴池。自妖精到此居住，占了他的濯垢泉，仙姑更不曾与他争竞，平白地就让与他了。我见天仙不惹妖魔怪，必定精灵有大能。"

七仙女为何要选择濯垢泉来洗澡？原来——

自开辟以来，太阳星原贞有十，后被羿善开弓，射落九乌坠地，止存金乌一星，乃太阳之真火也。天地有九处汤泉，俱是众乌所化。那九阳泉，乃香冷泉、伴山泉、温泉、东合泉、潢山泉、孝安泉、广汾泉、汤泉，此泉乃濯垢泉。

牛郎兄还真有点儿狗屎运，竟然找到了这么一个神秘的澡堂子，难怪把七仙女降伏了。

不过，这七名蜘蛛精是什么来头，竟然敢霸占七仙女的澡堂子，七仙女还不敢与她们争？

七仙女最多一周来洗一次澡，这蜘蛛精一天竟然要洗三次，又是为什么？难道真的是她们有洁癖？当然不是，她们是想洗掉身上的妖气！

事实证明，七名蜘蛛精并没什么本事，除了肚里能吐丝外，根本没啥必杀技，偏偏还好面子，不敢裸体出来示人。

孙悟空就是抓住她们这一弱点，变作一只老鹰，把衣服全叼走了。不过，他比牛郎做得好，没有强迫蜘蛛精做他的老婆，而是叫来猪八戒，把这便宜让给呆子占。

猪八戒自然不客气，变成一条鱼，在她们大腿间钻来钻去，弄得她们气喘吁吁。可老猪爽了之后，翻脸不认人，拿出钉钯就要杀人。

她们在池塘里跪下，苦苦哀求天蓬饶命。但呆子执意不从，于是她们不顾羞耻，从池塘里赤裸站出来，吐出丝把八戒捆了起来，丢在路边就跑。

四

她们就这三两下本事，而且为人也不狠，为何就能夺下七仙女的澡塘，并且七仙女还不敢与她们争？

原来，她们还有一个师兄，就住在不远的道观里，俗称多目怪，也叫蜈蚣精。她们如果不叫师兄报仇，或许能逃脱一劫，但因猪八戒的调戏，心中忍不下一口气，于是让师兄出手教训教训那几个和尚。

但这蜈蚣精却是一个自私自利的家伙，一听说中间的白面和尚是唐僧，立刻动了私心，用毒枣毒倒了唐僧、八戒和沙僧。

孙悟空捉住了七个蜘蛛精，说如果放出师父，就饶她们一命，她们也苦苦哀求师兄救一救。多目怪却说："妹妹，我要吃唐僧哩，救不得你了。"

孙悟空一听，大怒道："你既不还我师父，且看你妹妹的样子！"

　　把叉儿棒幌一幌，复了一根铁棒，双手举起，把七个蜘蛛精，尽情打烂。

蜘蛛精被灭了，唐僧还在多目怪手里，孙悟空于是又打进观里，不料却被千只眼里射出的激光眩晕了火眼金睛。

正不知怎么办的时候，黎山老姆出来指点迷津：紫云山上有个毗蓝婆菩萨，只有她能制住这妖怪。

毗蓝婆菩萨来之后，一根绣花针就解决了问题。多目怪被制伏，孙悟空要打，毗蓝婆却拦住说：我家缺个保安，不好意思，我带走了。

这个时候，我们似乎才猜到事情的真相！

推测一下：七仙女为何不敢惹七名蜘蛛精？因为背后有位厉害的师兄；师兄为何这么厉害？原来有靠山——毗蓝婆！

这毗蓝婆菩萨有多牛呢？她就是大公鸡昂日星官的母亲！前文给大家介绍过蝎子精，连如来都不敢惹、观音都害怕，可遇到昂日星官，人家叫两声她就被吓死了。

毗蓝婆菩萨是混沌初开"第一只母鸡"修炼成的大神，与如来的母亲孔雀大明王菩萨同时代，如来每年开盂兰盆会，都要亲自请她老人家作为特邀委员出席，可见，她的地位委实不低。

　　正因为有这样的大神罩着，七仙女也就不敢与七个蜘蛛精争了，反正她们想洗澡，多的是地方，只要避开牛郎就行，或者只要牛郎能找到就行。

　　七仙女不和蜘蛛精争，是因为蜘蛛精已经把泉水污染了，争下来也没用，还掉面子。就像摆了一桌酒席，有身份的人吃了一会儿，有事离开，回来后看见几个乞丐在吃，只会说我吃饱了让他们吃吧，而不会把乞丐轰走接着吃。

——鱼瑞克

西游第一毒师

一

　　说起西游最会下毒的妖怪，可能很多人都会想到蝎子精。

　　的确，这货屁股后的刺太厉害了，孙悟空的头可以让铁扇公主随便砍，猪八戒钉钯随便筑，可就怕这蝎子精，铁头被人家毫不费力就刺穿了。

　　如来是灵山绝对的领导，连玉帝都得给面子，但赶上蝎子精不高兴了，屁股一甩，就刺了如来左手中拇指一下，疼得他龇牙咧嘴，严重影响领导形象。

　　更不要说观音，连蝎子精的面都不敢见，给孙悟空报了警，赶紧一溜烟跑了。

　　蝎子精的屁股虽然厉害，可射出的毒液顶多让孙悟空头疼一晚上，让猪八戒的嘴唇肿得像香肠，让如来形象受损一丢丢，却不至于毙命。

　　但有个妖怪就不一样了，他专注炼毒五百年，一直被模仿，从未被超越，终于成为制毒领域专家型人才。

服了他的药，保证药到命除，如果不死，免费再送。人送绰号：第一毒师。他的药丸是居家旅行、杀人越货的必备良药。

二

在上文中，蜗牛告诉过大家，七名蜘蛛精抓了来化斋的唐僧，没有吃就去洗澡，这一洗，就洗出问题来了（再次证明不吃饭就洗澡的危害），先是孙悟空变成老鹰，叼走了她们的衣服，然后又让八戒变成一条鱼，在她们大腿间钻来钻去。她们感到受了侮辱，就跑到师兄蜈蚣精那里去告状。

这蜈蚣精道人打扮，说话做事拿腔拿调，显得非常道貌岸然。如果要评西游最会装的人，一定非他莫属。

我们来看他前后不同表现——

唐僧刚进道观的时候，见他仙风道骨，很有气质，于是连忙拱手："老神仙，贫僧问讯了。"

他也非常谦虚低调，连忙丢了手中之药，按按簪儿，整衣服，降阶迎接道："老师父，失迎了，请里面坐。"

唐僧一看，这可是同道中人，连说客套话都是老机关的味道，于是"欢喜上殿，推开门，见有三清圣象，供桌有炉有香，即拈香注炉，礼拜三匝，方与道士行礼"。

这蜈蚣精就是一个毒贩子，房间里却端端正正摆着三清塑像，这真是莫大的讽刺。

茶端上来，宾主双方把杯言欢，谈的都是高大上的话题。

蜘蛛精七姐妹在后台看到唐僧和八戒，恨得牙痒痒，让童子把师兄叫进来，直接让他替她们报仇。

蜈蚣精一听，非常不爽，把脸一板——

　　"且莫说我是个清静修仙之辈，就是个俗人家，有
妻子老小家务事，也等客去了再处。怎么这等不贤，替
我装幌子哩！且让我出去！"

意思是，你们太不像话了，怎么能干这种有损官体的事呢？
让别人怎么看我们？
　　蜘蛛精们被他高大形象吓住了，赶紧解释说，里面有个白面
和尚，是十世修行的真体，吃了他的肉，能长生不老……
　　我们再看这位道貌岸然的神仙是何态度——

　　（他一听）遂变了声色道："这和尚原来这等无礼！
这等惫懒！你们都放心，等我摆布他！"

　　蜘蛛精提出是不是抄家伙上，他却摆摆手道，注意素质！
注意素质！我等是有身份的人，怎么能干那种丢人的事？你们
跟我来。
　　原来，他不是把唐僧等众打死，而是用毒药毒死！果然是个
很有素质的道人。
　　他入房内，取了梯子，转过床后，爬上屋梁，拿下一个小皮
箱儿。那箱儿有八寸高下，一尺长短，四寸宽窄，上有一把小铜
锁儿锁住。即于袖中拿出一方鹅黄绫汗巾儿来，汗巾须上系着一
把小钥匙儿。开了锁，取出一包儿药来。
　　他的动作非常熟练，可见平时没少干这事。而且药放得非常

隐秘，显然非同一般。

<h1 style="text-align:center">三</h1>

这药究竟有多厉害？书中详细介绍了制作过程（请勿照学）：

山中百鸟粪，扫积上千斤——原材料是鸟粪，并且是百种、千斤以上勾兑而成。某名贵酒才用四百多种原头酒勾兑，人家的元素可比这齐全多了。

是用铜锅煮，煎熬火候匀——铁锅、铝锅、钢锅、你家的锅……统统不行，必须是他家铜锅，并且火候也有讲究。

千斤熬一杓，一杓炼三分。三分还要炒，再锻再重熏——杓者，勺也。一千斤只能熬一杓，一杓只能留三分之一，这三分之

一还得再次熏炼……剩下的，绝对是精华中的精华了。

制成此毒药，贵似宝和珍。如若尝他味，入口见阎君——这样炼出来的药，贵比黄金啊，不是你想吃，就能吃得到的。

像这样用匠人精神科学炼制毒药的，西游里的确很少见，所以说蜈蚣精是天下第一毒师，一点儿不为过。

蜈蚣精对七个蜘蛛精说：

> "妹妹，我这宝贝，若与凡人吃，只消一厘，入腹就死；若与神仙吃，也只消三厘就绝。"

普通人只消一点点，沾到嘴里就死。神仙呢，是凡人三倍的量。可见，即使是神仙，也怕这毒药。

蜈蚣精看唐僧等人不是一般人，所以给他们享受了 VIP 待遇，直接给了三厘的量，放在枣子里。

但是，这毒药大师长期熬药，把眼睛熏坏了，在骗唐僧师徒吃毒枣时，却错把猪八戒当成了大师兄，把孙悟空当成了老三，因此给孙悟空的量最少。而孙悟空的警惕性又是最高的，所以三个都被毒倒，唯他根本没喝。

蜈蚣精当即责怪猴子：怎么不遵医嘱？还把我杯子打坏了？

孙悟空道：我们与你无冤无仇，为何下手毒害？

蜈蚣精找的理由竟然是——"你可曾在盘丝洞化斋么？你可曾在濯垢泉洗澡么？"可见，他连究竟是谁犯谁都没弄清楚。

孙悟空当即道："濯垢泉乃七个女怪。你既说出这话，必定与他苟合，必定也是妖精！不要走！吃我一棒！"

然后两人就一番打。事实证明，毒药无效时，用刀砍最直接。

四

七个蜘蛛精一看打得热闹，也立刻抄家伙上——脱掉衣服，露出雪白的肚皮，当然不是对孙悟空色诱，而是从脐孔中吐出丝来，把孙悟空铺天盖地盖住。

孙悟空见势不妙，翻身念声咒语，扑的撞破天篷走了。然后从尾巴上捋下七十根毛（注意，孙悟空用毫毛作法时，不同用途拔毛的部位不一样），变成七十个小行者；又将金箍棒吹口气，变成七十个双角叉儿棒。

然后每个小行者一根蛛丝，他也一根蛛丝，化身为辛勤的纺织工人，众猴喊着号子，一起纺起线来。每个行者整整纺了十余斤丝线，终于从里面拖出七个蜘蛛来。

每个蜘蛛有笆斗那么大，一个个攒着手脚，索着头，只叫："饶命！饶命！"此时七十个小行者，脚踏蜘蛛精，等候发落。

孙悟空道："且不要打他，只教还我师父师弟来。"蜘蛛精们一听，松了一口气，冲里屋喊道："师兄，还他唐僧，救我命也！"

蜗牛看到这里的时候，心想，他们再怎么也是师兄妹，这蜈蚣精再想吃唐僧肉，也得先救人吧？

但这毒师就是和常人不一样，素质非常高，内心非常强大，不会被任何外界因素干扰——他从里边跑出来道：

"妹妹，我要吃唐僧哩，救不得你了。"

孙悟空一听，大怒道："你既不还我师父，且看你妹妹的样子!"好大圣，把叉儿棒幌一幌，复了一根铁棒，双手举起，把七个蜘蛛精，尽情打烂，却似七个肉布袋儿，脓血淋淋。

从以上细节可以看出，蜈蚣精的毒药再毒，也毒不过他的心，他的心阴毒，就是我们俗称的两面人，台上道貌岸然，台下心狠手辣。而且在关键时绝不含糊：谁侵犯我的利益，谁挡我的道，都得死!

但是，有人就喜欢这样的人，或者被他表面现象所蒙骗，或者用他来当枪以毒攻毒。在这个故事中，毗蓝婆菩萨，也就是天地间第一只母鸡在收伏了蜈蚣精后，猪八戒气得准备一钉钯筑死他，毗蓝婆却拦住说："天蓬息怒，大圣知我洞里无人，待我收他去看守门户也。"

最关键的是，这天下第一毒师制造的天下第一毒丸，却被毗蓝婆菩萨的解毒丸轻轻松松就破解了。这再次证明，蜈蚣精早就是毗蓝婆菩萨的马前卒。

关键是蜈蚣精有一技之长，好领导都喜欢有能力的，蜈蚣精看门比蜘蛛精强，如果是蜘蛛精就不行了，贪玩。蜈蚣精坐得住，没事就研究研究毒药配方，不会到处跑。最关键的是领导控制得住，不怕蜈蚣精下毒。

——鱼瑞克

灵山大妖王

一

很多人认为，灵山是和平之地，居住的都是众佛和菩萨，平时不问西东，没事就搞搞沙龙。

总之，西天是有志和尚向往的圣地。

但仔细读原著就会发现，很多事并不是你想的那样简单！除了前文介绍的内部斗争不断，外部也面临着很多威胁。

比如，灵山就囚禁着西游最大的妖王，她手下的妖族也一直蠢蠢欲动，从未停止过对佛派的攻击。

二

在原著第七十七回，孙悟空遭遇了史上最强劲敌大鹏，孙悟空的最牛本领，在他面前不过是小儿科：一个筋斗十万八千里，可人家翅膀扇两扇就超过了；孙悟空七十二变，可人家用爪子锁喉，变什么都在其控制之中。

孙悟空就这样被暴力征服。好不容易等到晚上，用缩骨功从柱子上脱身，却听到满城水军传言：唐僧已被吃了，取经团队覆灭了！甚至连八戒和沙僧都这么说，孙悟空一时心灰意冷。

他赶到灵山，向如来哭诉，请求取下紧箍圈，放自己回花果山养老。

不料如来呵呵一笑，说出一番惊天地、泣鬼神的话来：

> "自那混沌分时……走兽以麒麟为之长，飞禽以凤凰为之长。那凤凰又得交合之气，育生孔雀、大鹏。孔雀出世之时最恶，能吃人，四十五里路把人一口吸之。我在雪山顶上，修成丈六金身，早被他也把我吸下肚去。我欲从他便门而出，恐污真身，是我剖开他脊背，跨上灵山。欲伤他命，当被诸佛劝解，伤孔雀如伤我母，故此留他在灵山会上，封他做佛母孔雀大明王菩萨。大鹏与他是一母所生，故此有些亲处。"

这段话透露出两个惊人信息——

第一，大鹏是如来的干舅舅。

第二，孔雀是妖王二代，也是如来的佛母。

不过，让人想不通的是，如来正在修炼，孔雀十里之外一口气就把他吸进肚中，幸亏如来已炼成丈六金身，从它胃里破背而出。用现在的话来说，孔雀犯了谋杀罪，可奇怪的是，如来不仅不怪罪她，还将她认作佛母。

诸佛的理由也非常牵强，什么从肚子里出来，就相当于她的儿，那孙悟空多次从妖怪肚子里出来，是不是也得认妖怪为父，认铁扇公主为母？

请大家再注意另一个细节：如来出来时动作简单粗暴，先是剖开孔雀脊背，然后跨上她从雪山骑到灵山。这哪是请一个母亲，分明是犯人待遇。

最为关键的是，既然拜孔雀为佛母，那就端茶送水好好孝敬，而事实上，如来把她"留"在了灵山，软禁多年不得出户。

在原著第七十一回，观音坐骑金毛犼把朱紫国老大的老婆抓到洞里囚禁了三年，孙悟空正要痛扁这畜生，观音来了，告诉猴子：不怪我家司机耍流氓，主要责任在朱紫国男方。

> "你不知之，当时朱紫国先王在位之时，这个王还做东宫太子，未曾登基。他年幼间，极好射猎。他率领人马，纵放鹰犬，正来到落凤坡前，有西方佛母孔雀大明王菩萨所生二子，乃雌雄两个雀雏，停翅在山坡之下，被此王弓开处，射伤了雄孔雀，那雌孔雀也带箭归西。佛母忏悔以后，吩咐教他拆凤三年，身耽啾疾。那时节，我跨着这犼，同听此言，不期这孽畜留心，故来骗了皇后，与王消灾。"

这段话什么意思呢？是观音说出了一个残酷现实：堂堂佛母的儿女被凡人欺负，佛母想找人教训一下这名凡人，可命令发下去，竟无人理睬。

恰好观音骑着金毛犼经过这里，观音没当一回事，金毛犼却非常难受，于是偷跑到朱紫国，帮助佛母完成了这一心愿。

三

敲小黑板了——

如来为何不直接杀了孔雀却要拜她为母；既拜她为母，为何又要将她软禁呢？

其实根本原因，还在她背后的势力。从如来的讲话中，我们可以看出，天地初开的时候，以凤凰为首的妖族是很厉害的，但是，随着天庭神仙势力和佛教势力的崛起，妖族的地盘像患了重病一样渐渐萎缩，很多不得不转战到山野林间。

但是，虽然妖族势力不再，但也不可小视，比如大鹏、牛魔王和其他五大圣。如果如来杀掉凤凰的女儿孔雀，势必引起妖族的强势反弹和报复，因此，最好的办法就是把孔雀软禁在灵山，还把她架空到一个很高的位置。

这样一来，既安慰了妖族不明真相者，也要挟了妖族几个恶势力代表，可谓一举两得。

如来的这些手法，被大鹏看穿了。五百年前，他从灵山偷跑出来，吃掉了狮驼国一座城池的人，还筹建有四万之众的妖军，直接跟如来叫板，可奇怪的是，如来竟不理他。

然而，当他抓了唐僧，想动取经这块奶酪时，如来果断出手了，而且一出手就是大手笔。

四

按理说，以如来的法力，想除掉大鹏太容易了，比如给孙悟空一个法宝，让文殊、普贤助力等，都能轻松铲除这股恶势力。但他却都没用，而是自己亲自出马（取经途中唯一一次），并派出了史上豪华的除妖团！

我们来看看除妖团有哪些超级大佬——

> 满天缥缈瑞云分，我佛慈悲降法门。
> 明示开天生物理，细言辟地化身文。
> 面前五百阿罗汉，脑后三千揭谛神。
> 迦叶阿傩随左右，普文菩萨殄妖氛。

让我们把手指脚趾都用上，来数一数：一、普贤；二、文殊；三、迦叶；四、阿傩；五、五百罗汉；六、三千揭谛；七、燃灯古佛；八、弥勒佛（原文：只见那过去、未来、见在的三尊佛像与五百阿罗汉、三千揭谛神，布散左右，把那三个妖王围住，水泄不通）。

而大鹏那方呢，只有三妖。文殊坐骑青毛狮子、普贤坐骑大象，一见到主人来，马上举白旗投降了，最后只剩下大鹏一个人在战斗。

仔细一琢磨就会发现，青毛狮子和大象精看起来是大鹏的铁兄弟，其实更像是西天的卧底。孙悟空告状时，如来马上召集两菩萨回西天，问他们：司机们下界多久了？菩萨答：七日了。可见，一切都在如来掌控中。

按理说，看到这么豪华的除妖团，大鹏应该屈服才对，可事实上，他居然当着如来的面砍孙悟空，并且要把如来赶出灵山。

三魔（大鹏）道："大哥休得悚惧，我们一齐上前，使枪刀搠倒如来，夺他那雷音宝刹！"

只可惜，两位大哥已不能听他的了。如来在头顶上放块鲜肉，待他来抓时，一下将其控制。即使这样，大鹏也没服软，还直接责问如来："你怎么使大法力困住我也？"

我们都以为，如来肯定会像对待孙悟空那样，直接训斥外加收拾。不料，如来却异常温和地对他说："你在此处多生孽障，跟我去，有进益之功。"

大鹏气势没减："你那里持斋把素，极贫极苦；我这里吃人肉，受用无穷！你若饿坏了我，你有罪愆。"

而如来却道："我管四大部洲，无数众生瞻仰，凡做好事，我教他先祭汝口。"

这哪像威风八面的佛祖，倒像委曲求全的小国诸侯。

即使大鹏有通天的本事，在如来面前也是小儿科。那如来为何这样哄着他？

其实道理同拜孔雀为佛母一样，不是敬大鹏，而是敬大鹏背后的势力。他收拾的不是大鹏，而是大鹏背后的势力。

我们回头来捋捋如来的思路——

1.妖王已衰，将妖王二代捧杀在灵山。

2.故意放纵大鹏作恶。

3.派出豪华陪审团，见证大鹏的罪行。

4.不计前嫌，将大鹏招安到身边，彰显胸怀。

当大鹏归顺如来并被拜为护法（该职务相当于维护会场秩序的总管，谁不好好听如来讲佛法，大鹏就去啄他眼睛），牛魔王被哪吒牵着鼻子到灵山后，妖界就完全平息了。

五

蜗牛在各网络平台发稿时，不少读者留言：吴承恩都没想那么多。

如果我们仔细静下心来品读如来与孔雀、大鹏的故事，就会发现，这是一个非常完整、细致的世界观系统，绝不是作者一时冲动而写出来的一个普通降妖故事。

在这个故事中，充分展示了如来的高超智慧和政治手腕。有时候征服敌人，真不是靠拳头，而是靠脑子。如来完全可以见人杀人，见妖杀妖，但这样取得的战果是不稳固的，也是违背灵山宗旨的。

因此，如来才安排了取经工程，选择了与天庭合作，故意输给太上老君十八座金山，放风吃唐僧肉能长生不老……当取经团队到了灵山时，又纵使二尊者索要人事，目的是告诉唐王经不可轻传，亦不可轻取，你们要珍惜……这样一来，就把送经活动变成了取经活动。

什么是世界上最高明的事？把你要做的事，变成别人来求你做的事。

什么是世界上最难办的事？把别人的钱放进自己的口袋，把自己的思想放进别人的脑袋。

对我们来讲，永远不要忘了自己的大目标，才能抵制各种诱惑，既保证自己的钱不被别人掏走，也保证自己的思想不被别人干扰。

什么叫大目标？就是根据自己的情况进行一个清晰的定位，

可以不要太远，但一定要跳一跳够得着。近看三年，远看五年、十年、十五年……

好多人就是太高估了自己三年后的价值，而低估了十年后的价值。如来这样的高高手，一眼就能看穿你的欲望，一个诱饵就能将你捕获。

你在低头数钱时，他已脚踩着你的枯骨，向英雄的高位前进了一步。

孔雀不贪恋佛母之称，大鹏不贪恋口舌之欲，或许就不是今天的境地。

佛家是讲涅槃的。涅槃是寂灭，也是重生的开始，佛祖经过涅槃转世才能增加修为。但是涅槃也有风险，如果转世之后修为被毁就前功尽弃了。如来既成丈六金身，也就是修成了佛祖级别，此时恰巧孔雀把他吃下去了，这就很微妙了，为何早不吃晚不吃，偏偏在他刚修成金身的时候吃了呢？但是她没想到如来竟然破背而出，还把她掳到灵山。

孔雀背后是凤凰，凤凰是最能涅槃的，凤凰涅槃就是重生，满血复活。如来竟然打败了孔雀，这是让她没想到的，这时候灵山里的卧底势力发挥作用了，阻止如来杀掉孔雀。同样道理，如果如来杀大鹏，也肯定会有人阻止，因此如来去降伏大鹏就把人全部带去，看看这个时候谁还来给大鹏讲情。

——格正致知

黄眉怪见到这个字为何双腿发软

一

蜗牛曾给大家介绍过观音收服红孩儿，为何要在孙悟空手里写"迷"字，这一篇，就来分析弥勒佛收服秘书黄眉老怪，为何要在孙悟空手里写"禁"字。

两人都喜欢在猴子手心里写字，是比赛书法吗？当然不是，而是另有寓意！

如来在西天的威望太高了，别说妖怪听到他的名字两腿打颤，就是神仙听到他的名头，也敬畏不已。

但是，偏偏有两个妖怪不把他放在眼里。一个是大鹏，一个是弥勒佛的黄眉童子。前者是如来的舅舅，老辈子腰杆硬，如来没办法。但黄眉童子不过是弥勒佛跟前秘书，凭什么也这样跋扈？

黄眉童子不仅不把这位西天一把手放在眼里，还装成他的样子骗唐僧，事后如来也没有追责，让人觉得不可思议。

更让人想不通的是，弥勒佛收黄眉时，完全可以手一伸，卡住他脖子，扔进人种袋走人。可他却不这样做，而是像观音一

样，在孙悟空手心里写一个"禁"字，并在半山腰设下瓜田局，让孙悟空变成一个西瓜，钻进黄眉肚子后才现真身。黄眉自然痛哭流涕，马上表示悔改。可孙悟空出来后，还没来得及验明正身，黄眉就已被弥勒佛装到口袋里了。

弥勒佛这样做，仅仅是为了给自己加戏？

二

我们还是到原著中找答案。

在第六十五回，唐僧团队收拾了荆棘岭一伙假诗人，来到一座高山前。这高山长得十分奇怪，看起来很有圣境味道，却偏有一股妖气萦绕。

孙悟空立刻拉响警报，提醒大家一定要防火防盗防女妖精。唐僧却打着官腔说："既有雷音之景，莫不就是灵山？你休误了我诚心，担搁了我来意。"

意思是，人家都亮证件了，你还怀疑别人！耽误了我的大事，你担当得起吗?！

孙悟空说，灵山我也走了几回，这次明显感觉很山寨，不像正宗的灵山。唐僧说，你是领导还是我是领导？听你的还是听我的？

两人正在争执，唐僧猛一抬头，突然发现一座豪华庙宇，上有"雷音寺"三个字，马上吓得屁滚尿流，就要冲进去朝拜。

孙悟空再次拉住了他：你可要看清楚，它虽是"雷音寺"，但前面还有一个"小"字啊。

唐僧怎么说？

> "就是小雷音寺，必定也有个佛祖在内。经上言三千诸佛，想是不在一方。似观音在南海，普贤在峨眉，文殊在五台。这不知是那一位佛祖的道场。古人云，有佛有经，无方无宝，我们可进去来。"

最后，唐僧坚持要进去，结果自然成了妖怪的俘虏。

三

很多人怀疑唐僧智商有问题，或者说他迂腐，包括孙悟空也骂他：就是死三回也活该。

其实我们仔细一想，唐僧真的迂腐或者是个书呆子吗？

随着取经进程的推进，相信他越来越明白自己的前世和使命，知道取经路上好多妖怪都是如来和观音安排好的，基本没危险，最大的危险在于背后的考勤团——有三十九人拿着考勤本记着账呢，他去了哪些地方，被哪些妖怪捉过，都记得清清楚楚。

到了西天，由于还差一难，也在通天河补了回来。如果他这也不进，那也不进，都听孙猴子的，拣好走的路走，这些群演如何领盒饭？最后要补的，可能就不只通天河了。

唐僧知不知道这山寨庙宇里有妖怪？当然知道！为何孙悟空拉都拉不住，非得哭着喊着进去送死？注意唐僧说的那番话——就是小雷音寺，必定也有个佛祖在内！

唐僧这话有两层意思：第一，只要挂着"西天××"牌子的单位，肯定与高层领导有关系，不然不敢这样挂牌；第二，哪怕只有一个打扫卫生的，也必须赔个笑脸，说不定人家七大姑八大姨就是上面一把手。

这家山寨企业敢明目张胆地挂着"雷音寺"的牌子，肯定与如来有瓜葛，就是进去被人砍了，也得硬着头皮进，不然如来怪罪下来，那就不妙了，完全可以定一条"佛心不诚"的罪状。

可见，唐僧才是真正的老江湖！

四

唐僧让妖怪把自己捆起来，任务就完成了，至于孙悟空如何救，那与他无关，反正晋级是肯定的了。

唐僧被抓，还有免费桶桶浴可洗，孙悟空就麻烦了，他不得不想尽一切办法救人，不然，他就是履职不力，是要被查办的。

孙悟空先是提着棍子进去打人，结果人家丢出一副金铙，把他关在里面，使完吃奶的力也钻不出来。幸亏还没忘召唤众神的密码，叫来二十八星宿帮忙，亢金龙才用尖尖的角把他偷渡出来。

此后，孙悟空拜了很多大神，但他们不是百般推托，就是一来就被丢翻装进人种袋里。

孙悟空翻遍通讯录，正发愁无人可找时，一位大师却不请自来。谁呢？弥勒佛！

弥勒佛一见面，就劈头一句：悟空，认得我么？

孙悟空一向不把别人放在眼里，但一看弥勒佛，却慌忙行礼道："东来佛祖，失回避了！"

孙悟空称他为东来佛祖，其实他还有一个名称，叫未来佛。在前文中，蜗牛就给大家介绍了，燃灯古佛叫过去佛，如来是现在佛，弥勒佛叫未来佛。通俗地讲，就是如来接班人。

现在大家明白，为何黄眉老怪敢肆无忌惮地冒充如来骗人了吧？也难怪其他大神一听他的名字就不敢来帮忙。

既然东来佛祖这么厉害，那只需把手一招，甚至一个眼神，黄眉老怪就必须乖乖跟他走，为何偏要蘸着口水，在孙悟空手心里写"禁"字，以身去引诱自家秘书呢？这里面大有学问。

我们先来看，黄眉老怪看到这个"禁"字的表现——

> 孙行者迎着面，把拳头一放，双手轮棒。那妖精着了禁，不思退步，果然不弄搭包，只顾使棒来赶。

　　他的表现同红孩儿类似，像打了麻药一样，傻呆呆地跟着孙悟空就走，那种嚣张气焰完全不见，变得像个小绵羊。

五

　　这个"禁"字，为何有这么大的威力？

　　有人说，这其实是一个隐喻：弥勒佛在提醒秘书，当前而今眼面前，做事一定要收敛点，该干的事才能干，不该干的事千万不要干！同时，也在提醒孙悟空，禁止把这件事说出去，不然，小心你的猴头！

　　其实，这只是表面现象。知道最强大的敌人是什么吗？不是很嚣张的愣头青，而是懂得收敛的老江湖。他们知道什么能干，什么不能干，你始终抓不到他的把柄，而他却在你背后冷眼旁观，一旦发现你的缺点，立刻致命一击！这样的敌人可不可怕？

　　弥勒佛见到人都是一副笑脸，给人以宰相肚里能撑船的感觉。而他秘书黄眉老怪又是装一把手骗人，又是拿着他家宝贝到处装人，完全违背了弥勒佛的处事原则，因此，他在孙悟空手心里写个"禁"字，其实是告诉黄眉，你小子越界了，把柄留给了敌人，必须出局！

　　黄眉老怪好不容易混到领导身边当秘书，耀武扬威的日子还没过几天，一见这个字，就明白是老板来了，在对自己提出警告，心里如何不怕？至于到瓜田被孙悟空钻肚，不过是配合老板演一场戏给孙悟空看罢了。

离灵山越近，离花果山就越远。我们总说初心，但真正能坚守的，又能有几人？好多人都像孙悟空一样，最后都变成了自己曾经最讨厌的那类人。

——孙晖

女儿国唯一的男人

一

《西游记》中有一个神奇的国度，叫女儿国，全国上下都是美女，没有帅哥；还有一条神奇的河，叫子母河，只要喝一碗水，哪怕是男人，也能让你怀孕。

有怀孕就有堕胎，牛魔王的弟弟如意真仙不知从哪里得到这个消息，专门赶到那里开了一家私人诊所，专做女儿国堕胎生意。

让蜗牛感到奇怪的是，像这种恶霸，孙悟空应该直接把他灭了，还女儿国一片晴朗的天空。然而，最终结果却是，孙悟空只是把他赶跑，舀了一桶水就轻易放过了他（女儿国国王也没请孙悟空灭了他）。也就是说，唐僧师徒走后，如意真仙还继续做他的垄断生意，直到天荒地老，或者女儿国被灭掉。

这是为何呢？有人说，如意真仙掌握着女儿国最高机密，他与女儿国相关重臣关系密切。

真是这样吗？我们来分析分析。

二

要解答这个问题，必须先弄清，女儿国的男人都到哪儿去了。

在原著第五十四回，唐僧等众一进女儿国城门，满城美女激动得纷纷围拢过来，鼓掌欢呼，一会儿就"塞满街道，惟闻笑语"，类似今天的追星族，疯狂起来简直不要命，甚至连自诩学过"熬战法"的猪八戒都不好意思了，嘴里乱嚷道："我是个销猪！我是个销猪！"意思是我不行，我不行，不要找我。

这些美女不仅把几人围得水泄不通，而且还激动地高喊着一句话。她们喊的是什么呢？

人种来了！人种来了！

你没看错，的确是"人种来了"！

什么是人种？可能一些人还抱着幻想，老子就是来播种的，当人种也不怕！但当你了解了残酷的现实，恐怕你再也不敢去女儿国了。

在原著第五十三回，唐僧等众刚踏上女儿国国土，不小心误喝了子母河的水，结果肚疼得不行，只得进了一老妇人的屋。老妇人什么表现呢？居然是不忙着烧汤给他们喝，而是跑到后屋叫道："你们来看，你们来看！"

于是又走出三个半老不老的妇人来，一起望着唐僧洒笑，一副花痴的样子。

孙悟空发怒了，拿出大棒吓她们，老妇人才战战兢兢地说了实话——

　　"爷爷呀，还是你们有造化，来到我家！若到第二家，你们也不得囫囵了！"八戒哼哼的道："不得囫囵，是怎么的？"婆婆道："我一家儿四五口，都是有几岁年纪的，把那风月事尽皆休了，故此不肯伤你。若还到第二家，老小众大，那年小之人，那个肯放过你去！就要与你交合。假如不从，就要害你性命，把你们身上肉，都割了去做香袋儿哩。"

　　什么叫香袋？就是男人的命根割下来，晒干，放在袋子里，挂在女人腰上当饰物。

<h1 style="text-align:center">三</h1>

　　从上面的分析，大家可以看出，男人来到这女儿国，是相当危险的，要么赶紧跑掉，要么被榨干杀掉。所以，该国的女人们无论如何也不敢生男孩。
　　但是，喝了子母河的水，可以怀孕，但不敢保证只生女孩啊！怎么办？就需要堕胎。
　　因此，喝水怀孕后，就到迎阳馆照胎水边去照，如果是女的，就生下来，如果是男的，就去喝破儿洞"落胎泉"的水。
　　这落胎泉，本来就是如意真仙的产业吗？
　　不是！！！
　　原著是这样写的——

"我们这正南街上有一座解阳山，山中有一个破儿洞，洞里有一眼落胎泉。须得那井里水吃一口，方才解了胎气。却如今取不得水了，向年来了一个道人，称名如意真仙，把那破儿洞改作聚仙庵，护住落胎泉水，不肯善赐与人。但欲求水者，须要花红表礼，羊酒果盘，志诚奉献，只拜求得他一碗儿水哩。你们这行脚僧，怎么得许多钱财买办？但只可挨命，待时而生产罢了。"

也就是说，这落胎泉原是女儿国国有资产，哪个都能去取水。但是，奸商如意真仙一看这里有利可图，于是赶来强行霸占了，就开始收费，而且价格还不便宜，不仅要送花红表礼、羊酒果盘，还必须"志诚奉献"，否则，想都不要想。

老婆婆还嘲笑唐僧等众，你们只是行脚僧，哪里给得起高昂的医疗费？还是老老实实把孩子生下来吧！

后来，孙悟空到如意真仙处强行打了一吊桶水回来，唐僧和猪八戒各喝了一碗，剩下的送给了老婆婆。老婆婆什么表现呢？

那婆婆谢了行者，将余剩之水，装于瓦罐之中，埋在后边地下，对众老小道："这罐水，觳我的棺材本也！"众老小无不欢喜。

读到这里，蜗牛忍不住十分心酸，可见这如意大夫把女儿国女人们剥削得有多惨！

那些生活艰难，出不起堕胎钱的女人，怎么办呢？只得生下来！但是，这又违反了风俗习惯，因此，她们只得选择把他们摁在河里淹死，或者偷偷送到河对面的车迟国陈家庄。

可能有人问，女儿国国王为何不下旨，改变这种陋习，让女人们不需要堕胎？孙悟空来了，为何不除掉或者赶跑如意真仙，让女人们可以随意取水？

其实，女王也有苦衷。

在前文中，蜗牛就给大家分析过，女王一听说来了个骑白马的唐僧就想与他结婚，真是对唐僧一见钟情吗？（还没见到真人就决定要嫁给他，万一相貌比猪八戒还丑怎么办？还没结婚就决定退位让唐僧当国王，万一唐僧不懂治国理政怎么办？）这里面有着非常复杂的背景。

女儿国周边有些什么？东边是观音宠物灵感大王，西边是如来宠物蝎子精，国中有如意真仙，而如意真仙是牛魔王的亲弟弟……所以，哪一方她都惹不起，只想通过与唐僧结婚，从而获得唐朝和西天的支持。

但唐僧脱身而去，女儿国又没其他实力，所以，想赶跑如意真仙，也没有能力。不然，当初他就霸占不了落胎泉。

孙悟空为何不把他撵走，直接替女儿国除害呢？根由还在于牛魔王。

在这之前，孙悟空就把他的儿子整到观音处去了，虽然获得了正果，但失去了自由，他知道牛魔王肯定会不爽。现在，又把如意真仙生意搅黄了，牛魔王会怎么看？肯定会认为专门针对他。他们兄弟还怎么相处？

只是，让孙悟空没想到的是，即使没撵走如意真仙，还是因为芭蕉扇的事把牛魔王得罪了，昔日的兄弟反目成仇。最后，牛魔王被送到了西天的监狱，而孙悟空则再也回不去曾经的江湖。

从小就有疑问，如果女儿国的女人不堕胎，把男孩养大，以后就有男人了，这个国家不就正常了吗？干吗还得花重金堕掉，不符合逻辑啊？这只能说明，有人不想让这个国家有男人！具体是谁呢？细思极恐啊！

——古都的秋